浪漫得要命

戴建业 著

人生可能没有"意义"
但不能没有"意思"

天津出版传媒集团

天津人民出版社

果麦文化 出品

目　录

砚边笔谈

自序

我的口头禅——散文集"口头禅三部曲"自序

一、见识"浪漫"

拙著是我散文集"口头禅三部曲"的最后一部，前两部分别是《你听懂了没有》《我的个天》。和前两本书名一样，这本书名也是编辑给我取的。

严格地说，"浪漫得要命，狂得要死"，是我讲盛唐诗歌时的惊叹，并不是我的口头禅，由于它在社会上影响很大，现在竟然成了我自己的标签。去年12月，我在西安街上与几个朋友散步聊天时，一小伙听到我的口音后立刻认出了"本尊"："这不是那位'浪漫得要命，狂得要死'的老师吗？戴老师，您什么时候来我们西安的？我能和您合个影吗？"

这真让我哭笑不得。我既不能否认"是那位'浪漫得要命，狂得要死'的老师"，又不敢承认"是那位'浪漫得要命，狂得要死'的老师"。不能否认，是因为我的确说过"浪漫得要命，狂得要死"的话；不敢承认，是因为我自己既不"浪漫"又不"狂"，更别说"浪漫得要命，狂得要死"了。

西安那位小伙有所不知，人们推崇什么才会赞美什么，缺少什么才会向往什么。"浪漫得要命，狂得要死"，是盛唐诗人的"专属品"，却是后世文人的"稀缺品"。

你知道盛唐诗人有多狂吗？

先来领教一下李白的狂劲：只要稍一不高兴，爷就不想侍候了："安能摧眉折腰事权贵，使我不得开心颜！"（李白《梦游天姥吟留别》）就算是"天子"又怎样，别想对爷大呼小叫："李白一斗诗百篇，长安市上酒家眠。天子呼来不上船，自称臣是酒中仙。"（杜甫《饮中八仙歌》）

别以为只有李白一个人这么狂，李白身边那些兄弟们同样都狂得让你瞠目结舌。人们印象中老实巴交的杜甫，在"狂"这一点上和李白完全可以打个平手："会当凌绝顶，一览众山小"（杜甫《望岳》），我杜甫一定要登上泰山极顶，让所有的山所有的人都在我的脚下！现在你该知道什么叫"目空一切"了吧？下面再让你领教一下什么叫"老子天下第一"："饮酣视八极，俗物都茫茫……气劘屈贾垒，目短曹刘墙"（杜甫《壮游》），连屈原、贾谊、曹植都不在他眼里，我们这些人更是他眼中的"俗物"。

再来见识一下盛唐诗人的浪漫。

说起浪漫，我们首先想到的自然是李白，不妨以他的《庐山谣寄卢侍御虚舟》为例："我本楚狂人，凤歌笑孔丘。手持绿玉杖，朝别黄鹤楼。五岳寻仙不辞远，一生好入名山游。"一上来就说，我本"楚狂"接舆投胎转世，嘲笑一下迂腐的孔丘又怎么啦？这倒是说了句实话，不过他李白可比接舆牛多了。狂放和浪漫是形影不离的孪生兄弟，狂放的必然浪漫，浪漫的也必定狂放。叫人好笑又好气的是，清朝沈德潜编《唐诗别裁集》时，把"凤歌笑孔丘"改成了"凤歌笑孔（圣讳）"，李白有胆说"孔丘"，清人连抄都不敢抄"孔丘"，这种人你给他一百个胆都不敢狂。我非常喜欢"手持绿玉杖，朝别黄鹤楼"这两句，手上拿着仙人的"绿玉杖"，在红霞满天的清晨作别黄鹤楼，简直比"昔人已乘黄鹤去"的仙人还酷，还有比这更浪漫更潇洒的吗？"五岳寻仙不辞远，一生好入名山游"，看他在三山五岳寻仙，在名山大川闲逛，突然想起自己明天早上还要上班，周末还得还房子贷款，这两句诗真要把我们羞死。更精彩的还在后头：

> 登高壮观天地间，大江茫茫去不还。
> 黄云万里动风色，白波九道流雪山。

谁有"壮观天地间"这般开阔的视野？谁曾见过"黄云万里动风色"这般宏伟的景象？谁曾领略过"白波九道流雪山"这般浩荡的气势？只有站在九重天上俯瞰，才能见到这种"天地间"的"壮观"：长江源头的皑皑"雪山"，"白波九道"的众多支流，茫茫无际的滔滔"大江"，狂风翻卷的"黄云万里"……没有李白那种开阔的眼界，见不到这么壮阔的美景；没有李白那盖世的才华，即使见到这么壮阔的美景，也写不出李白笔下这么壮美的诗歌。唉，不仅没人家浪漫，还没人家狂放，更没人家的才华，人家"浪漫得要命，狂得要死"不是理所当然的吗？可人家李白并没有止步于只看人间美景，他还想升仙和仙人们一起遨游：

早服还丹无世情，琴心三叠道初成。

遥见仙人彩云里，手把芙蓉朝玉京。

先期汗漫九垓上，愿接卢敖游太清。

　　他早早服用仙丹以摆脱俗世之情，修道成仙升入"琴心三叠"的清虚之境，遥见五彩彤云里的仙人，双手捧着盛开的芙蓉朝拜天尊。并早与仙人们约好在九天相聚，携上卢敖一起漫游太清。卢敖是战国时燕国人，传说曾和神仙一块畅游天国。踏遍了名山大川，尝遍了人间百味，看遍了万紫千红，尘世并没有让李白满足，他还邀上神仙饱览仙界，不打算带我们一起玩了。

　　宋代哪怕最浪漫的苏轼，比起李白来也未免太清醒现实了，刚刚说"我欲乘风归去"，马上"又恐琼楼玉宇，高处不胜寒"，最终一辈子都和我们这些凡夫俗子待在一起——"起舞弄清影，何似在人间"。我们之于苏轼，尚属愚智之分；而苏轼之于李白，则是凡仙之别。朋友，现在该明白为什么说李白"浪漫得要命"了吧？

　　李白不过是盛唐诗坛上一个杰出的代表，盛唐茂林中一根最高的枝条，盛唐园囿中一枝最鲜艳的花朵。比起后世诗人来，盛唐诗人差不多人人都"浪漫得要命"。还是以杜甫为例。杜甫去山东看望父亲，写了《望岳》以后就彻底"放飞了自我"："放荡齐赵间，裘马颇清狂。春歌丛台上，冬猎青丘旁。呼鹰皂枥林，逐兽云雪冈。射飞曾纵鞚，引臂落鹙鸧。"（杜甫《壮游》）"呼鹰""逐兽""春歌""冬猎""放荡""清狂"，这还不够轻狂浪漫吗？尤其让我吃惊的是，独自漫游江南时，杜甫竟然"东下姑苏台，已具浮海航。到今有遗恨，不得穷扶桑"（杜甫《壮游》）。早在一千多年以前，一个不到二十岁的小伙，就已经准备好"浮海"的小船，打算一人单闯日本，这在今天也不失为大胆的壮举，在当时可能要让大家惊为天人了。

可见，"浪漫得要命，狂得要死"，不只是盛唐诗人外现的神情举止，还是刻在他们骨子里的精神气质。

尤为可贵的是，支撑盛唐诗人一身狂气的，是他们身上的凛然正气。他们把对正义的坚守、对邪恶的批判、对人民苦难的同情，视为自己生命的终极价值和创作的最高使命，所以他们敢于路见不平一声吼。李白大骂"董龙更是何鸡狗"（李白《答王十二寒夜独酌有怀》），高适怒斥"战士军前半死生，美人帐下犹歌舞"（高适《燕歌行》），杜甫更是揭开社会的阴暗，"朱门酒肉臭，路有冻死骨"（杜甫《自京赴奉先县咏怀五百字》）。

仰望先人，如在天际；反观我辈，犹伏阴沟。

二、"你听懂了没有"背后的辛酸

如果说语言是人的"第二张脸"，那口头禅就是人的显著标识。作为一个人的习惯性用语，口头禅中蕴含着个人的性格与气质，生存的处境与心境，还有岁月的沧桑与人生的悲喜。

我的口头禅中，或许要数"你听懂了没有"，过去重复得最多，如今流传得最广，因而成了我"口头禅三部曲"的第一部。

《你听懂了没有》一经面世便广受欢迎，成为图书市场上的爆款，这真让我一时"悲喜交集"。

"喜"当然不难理解，谁不乐意见到自己的书有人喜欢呢？"悲"则须从头道来。

我还不到两岁时，老家麻城便在全国放了第一颗"卫星"——离我们村不远的建国乡水稻亩产三万六千多斤！"卫星"放后不久，饥荒接踵而至。弟弟出生四年，赶上了"文革"。我的中小学都在"文革"中度过，没有受到过规范的基础教育，连拼音课都没上过。我们本地的老师全用家乡话教学，高中时才接触到外地的老师。加上我家的经济条件很差，一日三餐是父母的"当务之急"。对于我和弟弟来说，首要的是保命，其次才是读书。我们村头倒是有个大喇叭，但常常是生产队队长通知下地、开会、分粮、分菜，记忆中没有播放过广播电台的新闻。上大学前，我听普通话的机会都很少，更别说学普通话了，二十岁那年才第一次进县城，买收音机更在参加工作以后。

自己说话同学们听不懂，是我上大学后最大的苦恼；老师上课讲普通话自己听不懂，则是弟弟刚上大学时最大的苦恼。弟弟很快就听懂了普通话，他的苦恼也随之消失，而我却很长时间不会说普通话，一开口说话就像过鬼门关。在老家我总是有说有笑，上大学后变得沉默寡言，又因自己一时糊涂错报了文科，整个大学四年我一直郁郁寡欢。

同学们调侃我的语音倒不在乎，可我的教学实习成绩太差则非同小可。那时大学毕业后的工作都是分配，实习成绩差就意味着必须回乡。高中毕业后，我当了三四年"回乡知青"，要是大学毕业后再当一辈子"回乡老师"，我这一生就没有迈出家乡的"门槛"。我爱我的父老乡亲，可我也向往异乡的风景，也许这就是男人的"野性"。我曾写过一篇《故乡无此好湖山》的散文，表现了自己希望在"大地方"闯一闯的心愿。

实习尚未结束，我就决定考研究生。那时还没有想到要从事学术研究，只是想给自己的人生多一份选择。四十多年前，全国招收研究生的总数极少，可命运之神对我一直青眼有加，研究生一考即中。

哪知研究生毕业后回母校工作，又开启了我教学生涯的噩梦，才一走上讲台，便一炮打哑。第一学年，不少同学反映听不懂我的"普通话"，校方一度还要我转行政岗。收入本集的一篇散文《做更好的自己》，记录了我与一位相关领导就转岗一事的滑稽对话。在巨大的压力之下，我痛下决心学习普通话，于是练就今天这一口标准的"麻普"。

担心同学们听不懂自己的课，上课时我常问同学们"你听懂了没有"，久而久之它就成了我的口头禅。

几年过后很少人"听不懂"了，每次上我的课同学们都提前抢占座位。由于有不少外系甚至外校学生旁听，每次上课教室都挤得水泄不通。

我很快意识到，原先问"你听懂了没有"，是我对自己的普通话没有信心，如今自己的课堂已经一座难求，还要问"你听懂了没有"，则是对学生的智力没有信心。从前问"你听懂了没有"，表明自己的谦虚；现在还问"你听懂了没有"，则表明自己的傲慢。于是，讲课时我尽力改变问法，从问"你听懂了没有"，变为"我讲清楚了没有"。前者强调没听懂的责任在"你"，后者强调没听懂的责任在"我"。

可"你听懂了没有"，大家越传越远，而"我讲清楚了没有"，人们却充耳不闻，因此，"你听懂了没有"不仅成了我的书名，如今还成了我的"招牌"。

三、"我的个天"与《我的个天》

"我的个天"也许是我的口头禅，不然，编辑怎么会将它作为"口头禅三部曲"中的书名呢？"也许"的意思是说，我并没有意识到这是自己的口头禅，可见，说"我的个天"是无意识地脱口而出。

大多数人也常说"我的天哪""我的天"，与我说的"我的个天"，表达的意思相同或相近。有宗教背景的西方人，不也常说"oh my god"吗？

从先秦的老祖宗开始，人们喜欢把个人的成败、寿夭、祸福、贫富，统统归因于冥冥在上的"天"。古代典籍中有大量的诗文赞天、祈天、问天、怨天、诅天……如屈原有《天问》，关汉卿《窦娥冤》骂"天"。

和任何口头禅一样，"我的个天"也隐藏了我的情绪密码。它时而表示震惊，时而表示意外，时而表示狂喜，时而表示无奈……其具体所指要看当时的语境。不管表示哪种意思，它都折射出我容易激动的气质，不善于隐藏自我的率性。

《我的个天》这本散文集首发当天，出版社便传来捷报说："上市首日断货加印！"听到这个消息后，我下意识地惊叹道："我的个天！"

四、《浪漫得要命》

即将面世的散文集《浪漫得要命》，收录了近两年写的大部分新作，其中只有《怎样使自己学习上瘾？》一篇旧文，是从《你听懂了没有》移到本书的。《你听懂了没有》第一版有四百多页，这对散文随笔集来说实在太厚，带出去不方便，读起来又有压力。第二版痛心"减肥"，删去了约三分之一的篇幅，编辑删文时没有和我商量，误删的文章中就包括这篇《怎样使自己学习上瘾？》。

我已出的六七本散文集中，每一本收录的散文都不会重出，绝不能让喜欢我散文的读者反复掏钱。现在有多家出版社约我编《戴建业散文选》，我都一一婉谢。

《浪漫得要命》中有不少长篇散文，最长的《吃货苏东坡》约两万字。历来评论苏轼谈美食的诗文，只停留于苏轼如何爱美食，如何谈美食，完全没有说到"根子"上。《菜羹赋》中"先生心平而气和，故虽老而体胖"两句，既是苏轼的夫子自道，也是他精神风貌的真实写照。要想人老而"体胖"，就得"心平而气和"；要想"心平而气和"，就得超然于功利，甚至必须超然于生死。在任何逆境中，苏轼都能泰然自若，有什么就吃什么，吃什么就爱什么，胃口的背后是个人心态，心态的背后是人生境界。今天，我们只要工作小有挫折，处境稍不顺心，不仅不想吃了，甚至不想活了。东坡不只是我们高山仰止的偶像，还是我们反躬自省的镜子。

本集中的每篇散文，无论是编辑约稿还是自己有感而发，无论是长篇还是短制，我都尽力写得有识有情有趣。现对其中的几篇文章略作交代——

《如何做一个合格的古典诗歌读者？》，在《文史知识》2023年第1、2、3期连载。

《爱欲礼赞》，发表于《博览群书》2024年第1、2期。

《黄鹤楼：楼与诗的融合》，发表于《文史知识》2024年第6期。

《在诗词经典中品味生活的诗情》，原载2024年5月14日《人民日报》。

　　《人生可能没有"意义"，但不能没有"意思"——蛇年随感》一文，是应邀为今日头条写的新春除夕的开屏文章。

　　《憧憬·期待·惜别》《做更好的自己》二文，都是应邀所作演讲稿的重新改写。

　　"砚边笔谈"这十二篇短文，发表于《读书》2024年第1—12期。感谢该杂志主编常绍民先生的盛情约稿，感谢副主编刘蓉林女士的精益求精，使得多篇短文反复打磨。

　　感谢各刊物主编、编辑，感谢各网站编辑，没有你们这些文章不会"出生"；感谢本书编辑石祎睿，感谢果麦文化各位朋友，没有你们这些文章不会"再生"；感谢广大读者朋友和网友，没有你们这些文章不会"新生"！

2025年7月10日

武昌

人生絮语

人生可能没有"意义"，但不能没有"意思"
——蛇年随感

过几天就要从龙年跨到蛇年，恰巧应合了所谓"龙蛇之变"。

要不是编辑朋友约稿，我不会写什么新年寄语、新年杂感、新年规划之类的文章，因为自己很少碰到"新年新气象"这种好事，更没有今日之我胜昨日之我的飞跃，日子在日出日落、天晴天阴中溜走，作为一个普通人写这种东西，就算别人不说我矫情，自己也觉得十分滑稽。何况写这类文章又提醒了自己：戴建业，你又老了一岁。

从前，一个人要是年过五十，就被称为"年过半百的老人"，认为已经"土埋半截"。

记得五十岁生日那天晚上，太太和小孩熟睡之后，我一个人先是在书房里发呆，接着独自喝了很长时间闷酒。糊里糊涂地荒废了岁月，不知不觉中就过了大半生，真想狠狠揍自己一顿，然后放声地大哭一场。

有一副春联特别让我讨厌："天增岁月人增寿，春满乾坤福满楼。"我们过一年就长一岁，越是怕老却越发变老，真是哪壶不开提哪壶。"人增寿"是实打实的,"福满楼"只是空头支票。俗话说,小孩盼过年,大人怕过年,经济压力倒在其次,白发变多是更大的恐慌。

几乎不论男女,不论贤愚,不论贵贱,都害怕头上的白发,都不喜欢脸上的皱纹。旷达如苏轼也悲叹"多情应笑我,早生华发"(苏轼《念奴娇·赤壁怀古》),白居易对自己"面黑眼昏头雪白,老应无可更增加"无尽感伤(白居易《任老》),王维《叹白发》点到了成年人的痛处:"我年一何长,鬓发日已白。俯仰天地间,能为几时客。"

人们新年总恭喜大吉大利,我却在这儿说皱纹,聊白发,谈变老,实在大煞风景。可要不是辞旧迎新的时刻,我仍然像年轻时那样,觉得自己"明日复明日,明日何其多",似乎自己有挥霍不完的青春,就像浔阳江头的那位琵琶女一样,"今年欢笑复明年,秋月春风等闲度"(白居易《琵琶行》)。深夜上床前才责怪自己"疯玩了一天",一年将尽才痛骂自己虚度了一年,"三十六旬都浪过,偏从此夜惜年华"(席振起《守岁》),说的就是我这种拖沓的懒人。

"一寸光阴一寸金,寸金难买寸光阴",虽然嘴上人人会这样说,可实际上并非人人会这样做。大家看得最珍贵的是光阴,大家浪费得最多的也是光阴。人生的光阴虽然比身外的金子珍贵,可"寸金"却很难弄到,而"寸光阴"走了又来,来得越容易就看得越贱,有道是:"莫将容易得,便作等闲看。"只有快到生命的尽头,人们才突然意识到"来日无多",即使花再多的金子,也买不到属于自己的光阴——此日虚度便再无此日,此生虚度便再无此生。

不到"为时已晚",我们很难活得明白,而一旦活得明白,基本上又"为时已晚",这就是人生无解的悲剧。

难怪，我们都用一声啼哭来人世报到，又常用一声长叹和人世告别。

说起来，只有人才会和人世告别，猪绝不会和"猪世"再见，因为只有人才能感知时间，因而人才有生命意识，其他动物都只活在"当下"，它们不知道自己曾从哪儿来，也不知道自己将到哪儿去，甚至它们也没有"当下"意识。

人明白自己生命的终点——"家为逆旅舍，我如当去客。去去欲何之，南山有旧宅"（陶渊明《杂诗十二首》其七），"既来孰不去？人理固有终"（陶渊明《五月旦作和戴主簿》）。

既已知道自己生命的终点，那就有两大难题摆在人们面前：一是如何面对死，一是如何安顿生。

由于对生的高度关注，孔夫子有意无意地回避死亡。当弟子子路向他讨教死亡时，他直接绕开这个话题："未知生，焉知死。"这句名言的意思是，我连生的道理都没弄明白，又哪知道死是怎么回事呢？

真是智者千虑必有一失，人的生与死是一个钢镚的两面，未知生固然不知道死，未知死又何曾知道生？

这关涉到我们"活法"的独特性。人类的活法不同于其他生物，人类的时间也不同于自然界的时间。自然界的时间是从过去到现在，又从现在到未来，这就是常说的"时间的顺序"。而人的时间则刚好相反，是从未来到现在，再从现在到过去，也就是说人的时间是逆时性的。

为什么会是这样呢？

俗话说"人无远虑，必有近忧"，古诗说"少壮不努力，老大徒伤悲"（汉乐府《长歌行》），人们的现在通常着眼于未来，破罐破摔的家伙才只图眼前快活。中小学拼命刷题是为了考上好大学，大学里拼命读书是为了找到好工作。小到个人大到国家，"凡事预则立，不预则废"。人既有各自的短期规划，又有未来的长远目标。可见，未来不仅制约了现在的行为，而且影响了对过去的评价。譬如我们常说，从前做的某个决定或某件事情，短期看不一定有什么效果，但长期看可能好处多多。所有历史都是"当代史"，都是对过去的回顾和反思。

看到自己满头的白发，预见到自己生命的终点，有人可能更加精神抖擞："老骥伏枥，志在千里；烈士暮年，壮心不已"（曹操《步出夏门行·龟虽寿》）。一年过五十，鲁迅先生便特别警醒地告诫自己说："要赶快去做！"有人则可能马上就万念俱灰："白发如今欲满头，从来百事尽应休"（张籍《书怀寄王秘书》）。

这两种人生态度似乎都有道理：前者认为既已不久于人世，那还不"要赶快去做"，再不做就来不及了！后者认为既已不久于人世，那还不赶快万事放手，何苦还要匆匆忙忙熙熙攘攘呢？

前者觉得有些事情非做不可，后者觉得任何事情都无可无不可——这就形成了这两种截然相反的人生态度。

前者往往都有宏伟的追求，驱动他们一生勇猛精进，如曹操老来仍"壮心不已"，是希望能像周公一样"天下归心"；诸葛亮一生"鞠躬尽瘁，死而后已"，是希望"恢复汉室"统一天下；辛弃疾"醉里挑灯看剑"，是希望"了却君王天下事，赢得生前身后名"；鲁迅对国人"哀其不幸，怒其不争"，"赶快去做"为了唤醒国民；曹丕坚持不懈地吟诗作文，是希望自己"不假良史之辞，不托飞驰之势，而声名自传于后"……

这就是古人所说的"三不朽"——立德、立功、立言，或以道德让万世景仰，或以事功让后人敬佩，或以文章让代代传诵，本质上都是反抗死亡，实现对有限生命的超越。

谁不想建盖世之功？谁不想实现惊人的科技突破？谁不想写出不朽的杰作？谁不想永垂不朽？可是，想成大事者如牛毛，真成大事者如麟角。

小时候都有许多梦想，有几人把梦想变成了现实呢？我有些梦想仍停留枕边，有些梦想已中途放弃，有些梦想还在"梦想"……那些对自己梦想孜孜以求并矢志不渝的英杰，除了他们过人的才华、刚强的生命和强烈的使命感以外，还因为他们赋予追求以"意义"，尤其是他们觉得追求的过程有"意思"，因为高才也可能变得自卑，生命也可能脆断，使命感也可能动摇，意义更可能被消解，唯有觉得很有"意思"，你对目标的追求才会锲而不舍。孔夫子早就明白这个道理，他在《论语·雍也》中说："知之者不如好之者，好之者不如乐之者。"

历史上不少有志之士，将事业与人生融为一体——以崇高的事业成就崇高的人生，以崇高的人生完成崇高的事业。一旦实现自己宏伟的目标，他们就有一种人生的高峰体验，如宋太祖赵匡胤的《咏初日》："太阳初出光赫赫，千山万山如火发。一轮顷刻上天衢，逐退群星与残月。"而一旦自己的壮志成空，他们就有一种强烈的悲剧感，如陈子昂的《登幽州台歌》："前不见古人，后不见来者。念天地之悠悠，独怆然而涕下！"

可是，偏偏有人怀疑事业的价值，质疑这种人生的意义，如明代杨慎的《临江仙》：

滚滚长江东逝水，浪花淘尽英雄。是非成败转头空。青山依旧在，几度夕阳红。　白发渔樵江渚上，惯看秋月春风。一壶浊酒喜相逢。古今多少事，都付笑谈中。

管你什么英雄狗熊，管他什么是非成败，统统都被滚滚长江的浪花冲得一干二净。当年的明争暗斗，当年的血雨腥风，当年的横槊赋诗，都成了渔樵的笑谈，成了诗人的咏叹。冷漠的青山，猩红的残阳，似乎在嘲讽人类的狂妄和愚蠢。这首词嘲弄了英雄主义的激情，消解了人生崇高的意义。连理学家邵雍也说："唐虞揖逊三杯酒，汤武征诛一局棋。"（洪应明《菜根谭·评议》）高尚无私的尧舜揖让，也不过是三杯酒的客套；激烈血腥的夏商周争夺，也不过是一局棋的输赢。在历史的长河中，这些英雄们的"大手笔"尚且形同儿戏，更何况我们草民的小打小闹呢？汤武、周公尚且如过眼云烟，我们这些芸芸众生还侈谈什么"意义"？元代张养浩散曲《山坡羊·骊山怀古》，同样嘲讽了朝代的兴亡、英雄的成败和争夺的输赢：

骊山四顾，阿房一炬，当时奢侈今何处？只见草萧疏，水萦纡，至今遗恨迷烟树。列国周齐秦汉楚。赢，都变做了土；输，都变做了土。

张养浩另一首散曲《山坡羊·洛阳怀古》，更会让那些想追名逐利者垂头丧气：

17

天津桥上，凭阑遥望，春陵王气都凋丧；树苍苍，水茫茫，云台不见中兴将。千古转头归灭亡。功，也不久长；名，也不久长。

　　洛阳是我国的历史名城，东周、东汉、曹魏、西晋等朝代都于此建都。这首散曲咏叹的就是东汉的兴亡。"天津桥"横跨洛河，唐人时而叫它"洛桥"，时而又称它为"天津桥"，是古代洛阳的名胜之一，唐代诗人必去的打卡之地。如孟郊的名作《洛桥晚望》："天津桥下冰初结，洛阳陌上人行绝。榆柳萧疏楼阁闲，月明直见嵩山雪。""春陵"是东汉开国皇帝刘秀的故里，后人附会此地有"王者之气"。"云台"阁在东汉洛阳南宫，明帝刘庄为了纪念东汉开国功臣，模仿西汉的麒麟阁，在此绘制出二十八将的图像。然而，这一切都"转头归灭亡"，"春陵王气"随风飘散，"云台"阁上树木苍苍，哪有什么不世之功？哪有什么不朽之名？要是看清了"功，也不久长；名，也不久长"的真相，不知道盛唐高适还愿不愿意"万里不惜死，一朝得成功。画图麒麟阁，入朝明光宫"（高适《塞下曲》）？一切全是过眼云烟，功与名还有什么意义？追逐功名的人生还有什么意义？"三不朽"又还有什么意义？

　　或为了满足自己的虚荣心，或为了让自己显得高尚，或为了某种自我欺骗，各个民族和各种信众都会赋予人生各种各样的意义，这些意义孤立地看各有各的道理，如把它们放在一起进行比较，要么彼此冲突，要么十分滑稽，要么让人无所适从。从先秦到现在，从东方到西方，一代代哲人都在寻找人生的意义，而他们找到的意义千差万别，在这些林林总总的"意义"面前，我们像布里丹的驴子一样无法选择。

我自己也常常对此极为困惑，记得刚走上大学讲台的时候，我不断追问"古代文学研究和教学的意义"。这既是我的兴趣，也是我的饭碗，如果古代文学研究和教学毫无意义，我人生的价值就被抽空，我就成了一个十足的饭桶。如果古代文学研究和教学有意义，那么意义又在什么地方呢？比尔·盖茨大概不知道苏东坡，马斯克大概也没有读过《诗经》，乔布斯又何曾知道陶渊明，但丝毫没有影响他们的发明创造。大多数西方民众不会去读中国古代文学，可他们的情感照样丰富，他们的想象照样奇特，他们的笑容照样灿烂。且不说西方的普通大众，我们大多数同胞的古代文学修养也不高。在苏州、上海、西安、武汉等地，我都做过随机提问抽查，答得最理想的是小学生，闹笑话最多的是成年人，他们在中小学背过的古典诗词，基本上都还给了自己老师，可他们看上去不是同样轻松快乐吗？

其实，陶渊明一度比我更加困惑。立德吗？"立善常所欣，谁当为汝誉？"立功吗？"三皇大圣人，今复在何处？"修仙吗？"彭祖爱永年，欲留不得住。"在"老少同一死，贤愚无复数"这一残酷的现实面前，立德立功立言都成了笑话（陶渊明《形影神三首》）。

即使乐观豁达如苏轼，人生的空幻感也伴随着他的一生。他青年时就唱出了"人生到处知何似，应似飞鸿踏雪泥。泥上偶然留指爪，鸿飞那复计东西"（《和子由渑池怀旧》），中年深感"世事一场大梦，人生几度秋凉"（《西江月·黄州中秋》），老来更体认到"人生如梦"、"休言万事转头空，未转头时皆梦"（《西江月·平山堂》）。连人生都是一场梦，出仕入世又有什么意义？难怪他不时有"小舟从此逝，江海寄余生"的冲动，但从没有李白"长风破浪会有时，直挂云帆济沧海"的豪情，没有杜甫"致君尧舜上，再使风俗淳"的壮志。他自嘲说"自笑平生为口忙"（《初到黄州》），老实承认"我生涉世本为口"，背后深层原因是他深知"人间何者非梦幻"（《四月十一日初食荔枝》），得意失意，升官贬官，在朝在野，哪一样不是梦幻？人生又哪来的意义？

否定了人生的意义依然执着于人生，看清了生活的真相依然热爱生活，苏轼正是罗曼·罗兰所说的那种"真正的英雄主义"。

明明否定了人生的意义，苏轼的人生为什么还多姿多彩呢？

他没有找到人生的"意义"，但他品味到了人生的"意思"，所以他依旧活得有情有趣有滋有味。

至于我们这些凡夫俗子，成天忙忙碌碌讨生活，更没有闲心去纠缠什么人生的"意义"，只在乎是否活得有"意思"，可以说，人生的"意思"才是我们的快乐之源，也是我们生命的支点。

说到这儿，得辨析一下人生的"意义"与"意思"——

所谓人生的"意义"，是根据对社会贡献的大小，以及历史地位的高低，并依据一定的思想、观念、原则，赋予群体或个体生命某种价值和作用。人生的意义必须经由社会整体，至少要某一类群体所认同，绝不是由某一个人说了算。因而，到底哪种人生更有意义，或者到底人生有无意义，从古至今都是见仁见智，从来是公说公有理，婆说婆有理。

所谓人生的"意思"，就是在生活中品尝到的绵长滋味，在人际中感受到的深情厚意，在工作中获得的充实满足，在"柳暗花明"之时的意外惊喜，当然也包括在这新年里的"吉祥如意"……与人生的"意义"须由群体认同相反，人生的"意思"完全是一种自我感受，如人饮水冷暖自知。单身还是结婚，从政还是经商，追逐财富还是享受悠闲，高朋满座还是一人独处，自己觉得哪种活法有"意思"，就去选择哪种活法，我的人生我做主。

总之，人生的"意义"，既须由群体认同，又须交历史检验；而人生的"意思"，则纯属个人感受，既不必社会认可，更无须他人点头。譬如，某人一生去各地攀岩，别人看来真苦不堪言，而他自己乐此不疲。某人一生关在斗室解数学题，大多数人都认为索然无味，而他本人却觉得趣味无穷。可见，此人之肉彼人之毒，自己的人生到底有没有"意思"，一个人偷着乐就是了，哪稀罕别人鼓掌点赞？又哪在乎别人说三道四？

金圣叹三十三则《不亦快哉》，写的全是人生的"意思"，生活中的惊喜快感，引发了后世数不清的仿作。我们来看看其中较短的几则：

"十年别友，抵暮忽至。开门一揖毕，不及问其船来陆来，并不及命其坐床坐榻，便自疾趋入内，卑辞叩内子：'君岂有斗酒如东坡妇乎？'内子欣然拔金簪相付。计之可作三日供也。不亦快哉！"分别了上十年的哥们，傍晚飘然而至，还来不及问他怎么来的，也来不及请他坐哪个地方，便急匆匆地冲进卧室，满脸堆笑地讨好老婆："你能不能像东坡老婆那样，给我弄出一斗酒来？"老婆爽快地给我拔下头上的金簪。屈指算来换钱沽酒，哥俩可痛快地喝三天。不亦快哉！这让我想起了杜甫的《客至》：

舍南舍北皆春水，但见群鸥日日来。

花径不曾缘客扫，蓬门今始为君开。

盘飧市远无兼味，樽酒家贫只旧醅。

肯与邻翁相对饮，隔篱呼取尽余杯。

　　好友别后十年的重聚，贤妻拔簪沽酒的感激，预想举杯击掌的快意，全在这"不亦快哉"之中。杜甫的"花径不曾缘客扫，蓬门今始为君开"，尽管也写出了朋友光临寒舍的喜悦，但诗句毕竟含蓄节制得多。金圣叹"不及问其船来陆来，并不及命其坐床坐榻，便自疾趋入内，卑辞叩内子"，则把哥们来了的狂喜，慌忙找酒的急切，"卑辞"乞求老婆的神态，一一写得活灵活现，今天读来仍是痛快淋漓。

　　"春夜与诸豪士快饮，至半醉，住本难住，进则难进。旁一解意童子，忽送大纸炮可十余枚，便自起身出席，取火放之。硫磺之香，自鼻入脑，通身怡然。不亦快哉！"这则说的是，一个春天晚上，和一帮豪爽的兄弟大碗痛饮，喝到半醉时，想停杯又停不下，要再喝又喝不了。多亏旁边一聪明小童看出了我的心思，忽然给我送来十几个大鞭炮。于是，我立马起身离席，点火放鞭，噼里啪啦的鞭炮声，浓烈的硫黄香气味，那真叫一个浑身通畅舒坦，不亦快哉！我好喝酒又没有酒量，遇上爱豪饮又爱劝酒的兄弟，那时只恨没有孙悟空七十二变的本领，又没有懂事的小子帮忙解围，不得不在席上舍命陪君子，对金圣叹的境遇心生妒忌。

　　"子弟背诵书烂熟，如瓶中泻水。不亦快哉！"这让我想起上大学时，石声淮先生点我背《离骚》，我背得本来就不太熟，加之在课堂上也有点慌乱，背了开头两段就给卡住了。石老师在黑板上写下"书生"二字，转身对我笑眯眯地说："书生，书生，你的书还太生啦！"后来，我上课也常点学生起来背书，学生要是能如瓶泻水，我同样也"不亦快哉"！

"朝眠初觉，似闻家人叹息之声，言某人夜来已死。急呼而讯之，正是一城中第一绝有心计人。不亦快哉！"早晨一觉醒来，听说城里第一工于心计的家伙一命呜呼，心里突然轻松了半截。此时此刻大叫"不亦快哉"，虽然为人有失厚道，甚至还有点损，但可以理解，也可以原谅，至少可以看出金圣叹是个性情中人。

"冬夜饮酒，转复寒甚，推窗试看，雪大如手，已积三四寸矣。不亦快哉！"我也特别喜欢看冬日下雪，隔着那种大落地玻璃窗，看户外飘着鹅毛大雪，转眼便四望皎然，突然感到满室春意和诗意。王维那时没有玻璃窗，但在《冬晚对雪忆胡居士家》一诗中，他用绝世的诗笔写出了绝美的雪景：

> 隔牖风惊竹，开门雪满山。
>
> 洒空深巷静，积素广庭闲。

清代李密庵的《半半歌》，说的也是人生的"意思"：

> 半郭半乡村舍，半山半水田园。
>
> 半耕半读半经廛，半士半民姻眷。
>
> 半雅半粗器具，半华半实庭轩。
>
> 衾裳半素半轻鲜，肴馔半丰半俭。

《半半歌》写出了对人生的妙悟，也写出生活中的妙趣。我倾心

"半郭半乡村舍"的居住环境，向往"半山半水田园"的田园风光，喜爱"看馔半丰半俭"的饮食。李密庵要是生在今世，我一定跑到他老家长沙岳麓山和他一醉方休。

去年我发表了几十篇文章，仅在《读书》一个专栏中就发了十二篇，出版了一本新书，已杀青另一部书稿。另外，我还与陈佩斯、董宇辉做了多场直播，拍了几十个视频，不断更新"戴老师诗歌地图"专栏，还被聘为湖北省农产品、湖北省读书月、广东省"请到广东过大年"等公益形象大使。这一切我不知道有什么意义，也许根本就没有意义，但我干起来很有意思。"起得比鸡早，睡得比狗晚"，就是我龙年生活的真实写照。由于干起来很有"意思"，我自己不仅乐在其中，而且还干得非常"嗨"。

现在城里的许多家长，给自己的小孩报的不少"兴趣班"，根本不是小孩有兴趣，而是家长自己有兴趣；其实也不是家长们觉得这些班有趣，而是认为这些科目对小孩有益。家长只顾小孩学这些东西有没有"意义"，很少考虑小孩学得是不是有"意思"。一道再名贵的佳肴，小孩看上去就反感，闻起来就反胃，这道菜的营养再丰富，对于小孩来说也是枉然，要是硬逼着他把菜吃掉，结果就是使小孩的胃翻江倒海。上兴趣班学习与上馆子吃菜，虽说一个是精神食粮，一个是物质食粮，但都要小孩学起来有趣，吃起来有味，否则他们既学不好又吃不香。这么简单易懂的道理，我们是真不明白还是假装糊涂？

让人尤其揪心的是，家长要是把自己的功利心强加给小孩，不只让小孩觉得学习没啥"意义"，还让他们感到学习没啥"意思"；不只让小孩失去了学习的乐趣，还失去了童趣与生气——如今人行道上那些中小学生，背着沉重的书包，戴着厚厚的眼镜，睁着迷茫无神的双眼，上学放学都是行色匆匆。从上小学开始，甚至从幼儿园大班开始，他们几乎不能支配任何时间，哪怕周末从早到晚都有"周到"的安排：什么时候学音乐，什么时候学围棋，什么时候学书法，什么时候学网球……到了初高中更是恐怖，有些学校的学生连上洗手间都要小跑。且不说没有足够的休息时间，连最基本的睡眠时间也不能保证，成人在这种情况下也会崩溃。他们虽仍属童年，但他们的童年早已消逝，没有半点小孩的稚气淘气，只有一脸的紧张疲惫。从小就被学习的重担压得喘不过气，成人后又被生活的重担压得喘不过气，我不敢说这种人生有没有意义，但我能肯定这种人生没啥意思。

这个话题越说越沉重，越说越没意思，好了，过大年说点轻松的，就像年饭最后来一道甜点。

今晚，学生请我在广州"小蛮腰"旁边吃客家菜，算是为我过个早年。服务员端上来的每道菜，形态就像一个个盆雕，色彩像一幅幅油画，看上去真要目迷五色，吃起来更是欲罢不能。河鱼的鲜香，牛肉的滑爽，酿豆腐的细嫩，艾糍的糯软，还有那些我叫不上名字的菜品，想起来就容易流口水。品着风味独特的客家菜，看着不远处的"小蛮腰"，突然感到人生还真的有点"意思"。虽然生活少不了烦恼，或者事业正处于低潮，社会也不能尽如人意，但只要还觉得人生很有意思，我们就会有面对生活挫折的勇气，就会对社会和未来满怀希望。

我曾经说过，读自己喜欢的书，干自己喜欢的事，吃自己喜欢的菜，看自己喜欢的景，爱自己喜欢的人，这不就是人生的"意思"吗？何必要故作深沉或故弄玄虚呢？

是呵，人生可能没有"意义"，但不能没有"意思"；甚至可以说，人生可以没有"意义"，但不可没有"意思"。

2025 年 1 月 25 日晚

广州白云山麓

好色与好吃

英国人将傲慢、妒羡、暴怒、懒惰、贪婪、饕餮、好色称为"七大罪恶"。

窃以为，"七大罪恶"中应删去"好色"和"饕餮"。"食色，性也"，《孟子》中说得明明白白。"饮食男女，人之大欲存焉"，《礼记》也从不遮遮掩掩。好色和好吃不仅是人的本性，甚至也可能是所有动物的本能，否则就不会有野兽争夺食物，不会有动物独占性资源。

假如把这两样都定为大罪，那说明人性本身就有原罪。

一

先说"好色"。

想想看，要是男女都不好色，那该是一幅多么可怕的惨景——

男人将从此失去追求爱情的活力，对异性就不会百般殷勤，可能会逐渐变得冷酷残忍。

女人对爱情没有期盼和热情，对男性也会挑剔和高冷，可能会逐渐失去妩媚的风韵。

正是好色的本能，让男女在丑陋中能发现一点美感，在算计中能保留一丝清纯，在晦暗中能见到一道亮色，在冷漠时能收获一份温馨。

对爱情的渴望是生命巨大的内驱力，它会让麻木中的男女陡然全身颤栗，会让失望中的男女有意外的惊喜，会让自卑的男女一下子十分自信——"我见青山多妩媚，料青山见我应如是"，会让非常现实的男女充满幻觉——彼此都可能情人眼里出西施："我那死鬼是人间的帅哥""我那甜心是天上的仙女"。

好色是爱情的基石，而爱能让旷男怨女柔情似水，能让苦难人生甘甜如蜜，能让彼此鼓起生活的勇气，能让双方在献身中成就自己。

爱情当然不只是性欲，但没有性欲肯定没有爱情。有性欲自然就会有性幻想，有性幻想必然会时露"贼心"，甚至还可能会下流地想入非非，鲁迅在《而已集·小杂感》中不无刻薄地说："一见短袖子，立刻想到白臂膊，立刻想到全裸体，立刻想到生殖器，立刻想到性交，立刻想到杂交，立刻想到私生子。"

猥琐恶俗的性幻想在所难免，光明的太阳还有黑影哩，凡夫俗子怎么可能通体光明？用东晋名士周顗的话来说："万里长江，何能不千里一曲？"德国的伟大诗人歌德也很坦诚："青年男子谁个不善钟情？妙龄少女谁个不善怀春？"记得成人以后，我一看到年轻美女就容易激动，那是一个极左的年代，大家都在'狠斗私心一闪念'，而我觉得自己不只有简单的私心，简直就是一个不折不扣的流氓，因而从自责到自贱直到自弃。尤其要命的是无法控制自己，见到美女越怕激动偏偏越是激动，弄得又羞愧，又紧张，又痛苦，又无奈，好像是患上了某种强迫症。那时要是能看到歌德这句话该多好，折磨人的道德焦虑立马就会缓解。上大学后能读到许多爱情小说，才发现很多男主人翁和我一样。那时晚上宿舍里，哥们聊得最起劲的，不是自己的学习心得，而是自己现在的女友，或者自己曾经的艳遇。读到听到聊到的东西彻底让我明白，原来自己误把正常当反常，小伙子看到漂亮姑娘激动脸红，是再正常不过的心理反应和生理冲动。前人早已有言在先："百善孝为先，论心不论迹，论迹寒门无孝子；万恶淫为首，论迹不论心，论心世上无完人。"挑明了说，要是较真论起"心"来，谁没有一点"淫"和"色"呢？看来，老祖宗反而比我们更加通达宽厚。

性幻想既不可耻也不可怕，一方面绝大多数人毕竟有心无胆，另一方面即使有色胆的人大多也明白：好色于人无过，贪色于德有亏，劫色于法有罪。在日常生活中，人们遇上心仪的异性，开始难免"动之以情"，最终总能"约之以礼"。美女帅哥在街上不过是多了些"回头率"，大家通常只满足于他们送来的"眼福"，只有极少数人才会奢望和他们享受"艳福"。

或在车站码头，或在大街通衢，或在乡间小路，美女帅哥意外擦肩而过，那简直就是雨后天边的彩虹，是人世间一道迷人的风景。"日午画船桥下过，衣香人影太匆匆"，在乏味的人生旅途，留下了许多惊艳，许多惆怅，许多顾盼，许多念想……我的个天！

且不说爱情的美好崇高，单是性爱也并不丑恶，中国许多古典文学作品中，性爱描写都富于诗情画意。元稹的《会真诗》，王实甫的《西厢记》，汤显祖的《牡丹亭》，不是有点长就是有点难，我们还是来看看杜牧、晏几道和秦观笔下的艳情：

春风十里扬州路，卷上珠帘总不如。（《赠别》其一）

舞低杨柳楼心月，歌尽桃花扇底风。（《鹧鸪天·彩袖殷勤捧玉钟》）

夜月一帘幽梦，春风十里柔情。（《八六子·倚危亭》）

琼瑶的言情小说《一帘幽梦》，书名就出自秦观这首词。只有男女之情，才会这么柔美，这么缠绵，这么刻骨铭心。

艳情其实就是"走私"的爱情，无意把它说得有多高尚，但不可否认这些诗词带给我们的美感。

二

再说"好吃"。

正是由于好吃，我们才会对"吃啥"这件小事抱有期待，我们才觉得这个尔虞我诈的浊世，还有些东西让人垂涎欲滴，人生还值得我们留恋和珍惜。

我特别要为好吃正名，因为本人就是一名吃货。除了鸡肉鸭肉外，天上飞的，地上走的，水中游的，只要你敢做，我肯定敢吃。原来我也爱吃鸡鸭，后来太太坐月子，天天都给她炖鸡煨鸭，而她的饭量又太小，炖好的鸡鸭她吃得不多，大部分都给我吃掉了。名义上是她坐月子，实际上是我吃鸡鸭肉，以致我到现在一看到这些东西就倒胃口。

老天对我格外眷顾，我吃得再多也不会长肉，吃得再腻也不会三高。说实话，我真希望自己还长胖一点，以免人家以为我"饥寒交迫"。可我每次说想长胖的时候，朋友都骂我"凡尔赛"。

由于想多长点肉，我总是放开胆子吃，心安理得地"贪口腹之欲"。每到一地必先问当地小吃。小吃都好吃，吃货又好吃，真可谓"将遇良才"。记得三十年前在郑州名店吃羊肉烩面，当时恨不得把面碗一起吃下去。我对陪我的河南朋友说："如果天天能吃上羊肉烩面，我个人就算实现了共产主义。"好多年前在广州吃过一顿可口的海鲜，在成都吃过一桌丰盛的小吃，现在一想起来还直流口水。

虽然生长在湖北，可我天性喜欢面食。北方的老面馒头，哈尔滨的大列巴，西安的羊肉泡馍，武汉的热干面，上海的阳春面，兰州的牛肉拉面，郑州的羊肉烩面，山西的刀削面，重庆的小面，成都的担担面……仅仅念一念这些名字，对我来说就意味着"幸福"。

罗素曾在《幸福之路》中说，越不挑食就越幸福，喜欢吃的食物多一样，你的幸福就多一分。

吃货不只是比常人多了一份幸福，也比常人多了一份率真。东晋最大的吃货非罗友莫属，《世说新语·任诞》载：

> 罗友作荆州从事，桓宣武为王车骑集别。友进，坐良久，辞出，宣武曰："卿向欲咨事，何以便去？"答曰："友闻白羊肉美，一生未曾得吃，故冒求前耳。无事可咨。今已饱，不复须驻。"了无惭色。

跑到上司那儿蹭白羊肉吃，不顾身份，没有客套，了无惭色，蹭吃蹭得坦坦荡荡，率性而言无所遮掩，放怀痛饮从不装怂，开心大嚼绝不客套，难怪东晋名士称道"罗友有大韵"了。我们今天的"大韵"就是装出来的斯文，而魏晋人的"大韵"则是率性任真。

曹丕早就发现："一世长者知居处，三世长者知服食。"这句话的大意是，第一代暴发户只知道显摆，把房子建得富丽堂皇，要到第三代贵族才会品味，真正懂得美食之道。可见，精微细腻的味觉，需要几代人养成。一端起茶杯便直灌那叫"驴饮"，一捧起饭碗便开扒那是"狼吞"，在孟子看来都"未得饮食之正"（《孟子·尽心上》），只能算是填饱肚子。大家注意到没有，那些真正的美食家，不是出自世家子弟，就是来于书香门第，只有他们才有条件尝到美食，也只有他们才能品出美食。

在古代写美食的杂著中，可能要数清代袁枚的《随园食单》最为全面，尤其难得的是，它的文字和它的菜点一样清爽。这本谈吃的名著现在有很多插图本，朋友们不妨买来随便翻翻，我们可以和清人一起大饱口福。

现当代也有许多写美食的小品文，如周作人的《北京的茶食》《故乡的野菜》，梁实秋的《雅舍谈吃》，汪曾祺的《吃食和文学》《四方食事》《故乡的食物》等，都是以美文谈美食，叫我这种吃货神清气爽，读来欲罢不能。

受孟子"君子远庖厨"观念的影响，对于美食，人们习惯于只动口不动手，到头来会吃的人自然很多，而会写的人则相对较少。既会吃又会写还会做的人，古代大概要数苏轼、袁枚，现代也许要数汪曾祺。

苏轼是古今最大的吃货，他既好吃又会吃，既会吃又会做，既会做又会写，我将专门写一篇《吃货苏东坡》。

这里先聊聊袁枚。因长期仕途蹭蹬，慢慢便宦情萧索，袁枚最后干脆辞官隐居于南京小仓山随园。当时正值乾嘉盛世，上流社会贪恋精馔美食。在袁枚的随园里，有骚人品诗论文的风雅，有美女轻歌曼舞的风情，还有名厨四方美食的风味，因而那里逐渐成了达官显宦名流雅士的聚会所。袁枚以研究学问的兴致研究美食，他认识到"一席佳肴"，厨艺与食材同样重要，"司厨之功居其六，买办之功居其四"。于是，他办起了种植业和养殖业，鲜果时蔬家禽鱼肉应有尽有，随园也随之成了高档食材的产地和精美菜肴汇聚的高档餐厅，实现了从生产到加工的一条龙服务。在《随园食单》序中，袁枚不无得意地说，对于南北佳肴，"四十年来，颇集众美"。只要一翻开《随园食单》，你就能想象当年随园食客满座的盛况。

在美食这方面，如果说袁枚是众乐乐，那汪曾祺可就是独乐乐了。像袁枚那样吃遍四方美食，只需口袋里有钱，而像汪老那样会做四方美食，则既要有艺，又要有心，还要有趣。现当代写美食的作家很多，如周作人、梁实秋，又如香港的蔡澜。我为什么偏爱汪曾祺先生呢？其他人只是会吃，而汪老还同时会做。婚后他一辈子在家里掌勺，正如前人说的那样"操千曲而后晓声，观千剑而后识器"，难怪汪老能深得美食三昧。他谈吃不外乎《葵·薤》《豆腐》《韭菜花》《蚕豆》《豆汁儿》一类家常菜，可它们在他笔下都成了人间美味。汪老以文谈吃，篇篇都充满烟火气，而字字又都富于灵气。读汪老这些谈吃的美文，就像在品汪老掌厨的时鲜小炒，那才叫"人间有味是清欢"。

宋代理学家主张"存天理，灭人欲"，而食欲显然属于"人欲"，可是老祖宗承认"民以食为天"，这样饮食似乎又属于"天理"，那么我们到底该不该吃饭呢？

在《朱子语类》中，朱熹倒是提出了一个折中方案："问：'饮食之间，孰为天理，孰为人欲？'曰：'饮食者，天理也；要求美味，人欲也。'"又说："学者须是革尽人欲，复尽天理，方始是学。"朱老夫子这番话叫人又好笑又好气，难道吃得像猪一样粗糙才算"天理"，享用美味佳肴就是"人欲"？他无疑忘了孔子也"食不厌精，脍不厌细"，九泉之下，朱老夫子恐怕要被逐出孔门。

在食材相同的情况下，菜品当然越精致越好吃。吃货通常都是一些美食家，他们的味觉极端细腻，吃饭既要果腹也要品味。

不过，任何事情都有正反两面。

从《北京的茶食》一文可以看到，20世纪二三十年代，整个京城都难以买到称心的糕点，粗制滥造的"茶食"又难入周作人之口，这无疑会减少他用餐的乐趣。在必需的营养之外，他说吃饭还得有一点享乐，譬如"喝不求解渴的酒，吃不求饱的点心，都是生活上必要的——虽然是无用的装点，而且愈精炼愈好"。由于对"精炼"的苛求，谁要是请周作人这种人做客，谁就是在给周作人们找罪受，也是在给自己招吐槽。

追求"精炼"很容易走向挑剔，一个味蕾过于丰富发达的人，用餐可能不是享受而是一种煎熬。

撇开"天理人欲"这些陈词滥调不谈，单从一个吃货的眼光看，恰如人生要能上能下一样，吃饭也应可丰可俭可精可粗可荤可素，这样，遍地都是美食，动筷便登天堂。

三

"饮食男女"既是"人之大欲",同样也是人之"大忌"。只见人们嘉奖"好学""好礼",没见谁表扬过"好色""好吃"。长期把人欲视为洪水猛兽,几千年来我们一直都在剿灭"人欲"。

可"人欲"是从生身命根中带来的,灭了人欲也就灭了生命。"人欲"就是生命中的"一把火",要是没有这"一把火",怎么会有"你的大眼睛,明亮又闪烁"?

古今那些道貌岸然的家伙,虽然不能灭掉大家的人欲,但他们能窒息民族的生机,还能养成一大批伪君子,就像阮籍讽刺的那样——"外厉贞素谈,户内灭芬芳"。他们人前满嘴巴仁义道德,转脸便一肚子男盗女娼。正如唐伯虎在《焚香默坐歌》说的那样:"食色性也古人言,今人乃以之为耻。及至心中与口中,多少欺心没天理。"

灭人欲这一桩理学家没有干成的难事,如今却在不知不觉间大功告成。

前些年日本出了一本《低欲望社会》,我们嘲笑日本已经病入膏肓。哪承想日本前脚走,我们马上便后脚跟,在"低欲望社会"中日总算实现了并驾齐驱。

社会对我们的年轻人施加了诸多压力,上班已使他们筋疲力尽,末位淘汰更让他们寝食难安,一到双休日或节假日,青年男女便宅在家里作"葛优躺",楚河汉界,大家井水不犯河水。有工作的忙得无暇恋爱,没工作的更是无法恋爱。过去是"有贼心没贼胆",现在连"贼心"也没了。

谈恋爱没多大兴趣,对美食也打不起精神。"三日入厨下,洗手作羹汤"，对现在的很多青年人来说，比天方夜谭还要稀奇古怪。"80后"以下，不仅很少人愿意进厨房，他们甚至还懒得下馆子。一日三餐活像在例行公事，哪像我们当年吃完饭还要馋猫似的舔盘子。或是没有时间，或是没有精力，或是没有兴趣，或是三者占全，他们用餐经常只弄个泡面凑合，叫个外卖就算是"劳苦功高"，更要命的是时常把三餐并作两餐。这种吃不好饿不死的活法，他们还特地给它取个高大上的雅名——减肥。

好色和好吃快要绝迹于人世了，我们的后人——如果还有后人的话，只能从古代文学作品中，朦胧地感受好色和好吃的模样。

既不好色又不好吃，再也没人"偷腥""偷食"了，落到如此清心寡欲的田地，就个人来说大概已是油尽灯枯，就社会而言早已暮气沉沉。

鉴于目前的状况，我们不妨做一个大胆的想象：在未来世界，为了让人类重新恢复生命的热情，世界各地隆重地评选"好色奖"和"好吃奖"，而且还会给"好色""好吃"的冠亚军颁发高额奖金。

恳请未来的评选委员会，适当考虑获奖者的年龄比例，在条件大致相近的情况下，评奖尽可能地向青年男女倾斜。假如"好色奖"和"好吃奖"的获得者，清一色全是油腻中年和驼背老年，那表彰大会就开成了讽刺喜剧。

2022年12月9日于广州白云山麓

吃货苏东坡

一、顶级吃货

前年我去东坡住过的黄州、惠州、儋州，去年我在黄州东坡赤壁吃过"东坡饼"，年初又在杭州西湖吃过"东坡肉"，近半年来又在重温苏东坡诗文集。这一年多来，吃东坡吃过的，喝东坡喝过的，走东坡走过的，读东坡写过的，我几乎天天与东坡形影不离。

像苏东坡这样伟大的作家，古今罕见的智者，对他的了解越多，你越是觉得他迷人；对他的认识越深，你对他就越是崇敬。

在宋代的作家中，要数东坡的才气最大，也要数东坡的架子最小；要数东坡最为超脱，也要数东坡最为随和；要数东坡的气质最为风雅，同时也要数东坡的生活最为近俗；要数东坡最为坎坷，也要数东坡最为快乐。

南宋高文虎《蓼花洲闲录》引《漫浪野录》称："苏子瞻泛爱天下士，无贤不肖欢如也。尝言：'自上可以陪玉皇大帝，下可以陪卑田院乞儿'。"上可以入朝为君王起草制诰，下可以和农民一起挑野菜做菜羹。咏诗作文能轻轻松松地天然入妙，炖起猪肉煮起菜羹来也同样厨艺超群。

人们都知道苏轼是个大文豪，他许多著名诗文词至今脍炙人口，即使文盲也能脱口而出"不识庐山真面目"，稍识之无的人也熟悉"明月几时有"，也会背诵"淡妆浓抹总相宜"，中学生都知道前后《赤壁赋》。但大家不一定知道，以东坡命名的美食也数不胜数，东坡肉、东坡鱼、东坡脯、东坡饼、东坡羹、东坡酥、东坡羊肉、东坡肘子、东坡火腿、东坡墨鲤、东坡墨鱼、东坡豆腐、东坡烧笋、东坡粥、东坡汤……在我国文化史上，以个人名字命名的美食如此之多，除了东坡以外别无他人。说到我国古代最顶级的吃货，东坡要是排名第二，谁还有资格排名第一？

把"我欲乘风归去"的仙气，与"东坡肘子"放在一块；把"大江东去"的雄豪，与"东坡豆腐"摆上一桌；把"一蓑烟雨任平生"的豁达，与"东坡羊肉"一起端来，竟然同出一个苏东坡，竟然没有一点违和感。

你说怪不？

一边是飘飘欲仙的超脱，一边是享受口腹之乐的痴迷，二者都真实地统一在东坡身上。苏轼谈起写作来，简直兴奋得眉飞色舞，而他谈起做菜酿酒来，照样又像小孩一样手舞足蹈。不仅是在宋代作家中，甚至在整个中国的文化史上，只有东坡既能大俗又能大雅，也只有东坡既是那样近情又是那样旷远。

闲谈之前掉个书袋，交代一下什么是"大俗"，什么是"大雅"。不然，我的普通话本来就很有个性，再要是关键词也含糊不清，那可就不是我问朋友们："听懂了没有？"而是大家要反问我："你懂了没有？"

文中"大俗"的"俗"，不是常说的庸俗、低俗、粗俗、俗气，而是指凡夫俗子的生活气和烟火气。所谓"大雅"的"雅"，当然是指风度的儒雅，气质的风雅，谈吐的高雅，语言的清雅。"大俗"与"大雅"的"大"，不过是对"俗"与"雅"的极意强调，大意是超乎一般的"俗"和"雅"。

读东坡的诗词文，篇篇都让人沉醉，看东坡做菜和吃菜，道道都特别香甜。

吃货东坡既会吃又会做，谈起煮鱼的方法如数家珍，"在黄州，好自煮鱼，其法，以鲜鲫鱼或鲤治斫，冷水下"（《煮鱼法》），像邻居大叔一样平易近人，再看看他"拣尽寒枝不肯栖"的高洁（《卜算子·黄州定慧院寓居作》），看看他"羽衣蹁跹"的风采（《后赤壁赋》），他俨然神仙中人，又是那样飘逸高远。

东坡不仅俗而且雅，近而又远，而且他即俗即雅，即近即远。

东坡对任何食物，遇到什么便吃什么，似乎永远胃口大开，吃什么便爱什么，从来不挑挑拣拣。

你想知道这一切的个中原因吗？

别走开！

二、"自笑平生为口忙"

在黄州，苏轼"自笑平生为口忙"，这句话半是自嘲，半是自供。"喜欢吃"大不同于"只为吃"，前者可称为吃货，后者只能算饭桶。

苏轼有盖世的才华，也有宏大的志向，而且对自己的大才与大志，都有清醒的自我意识。即使自己已届中年，又遭受政敌的攻讦，他仍然十分乐观地认为，以不世之才建不世之功易如反掌："有笔头千字，胸中万卷，致君尧舜，此事何难。"（《沁园春》）像他苏轼这样不世出的天才，怎么需要"为口忙"呢？

可他一生的确不得不"为口忙"。

《苏轼文集》现存的27篇赋中，便有10篇专写吃喝，在他2700多首诗歌、300多首词、约3000篇文章和1600多封书信中，专门写吃喝和顺便谈吃喝的作品更不计其数。如此之多咏佳肴美酒的诗词、谈吃谈喝的散文尺牍，普通作者一生都"忙"不出来。除了用诗文谈吃谈喝外，他还自制了几十道名菜，自酿了许多种白酒蜜酒，即使一名职业厨师或酿酒大师，"忙"几辈子也忙不出这么多名菜名酒。更何况中晚年以后，他在贬所还得下地耕作，为自己一家种粮种菜，如在黄州开垦东坡亲自种地，在惠州借王参军半亩地种菜。他"自笑平生为口忙"，倒是道出了一生的实情，只是这"为口忙"，有时是为了口腹之乐，有时则是为了免于饥寒。

苏轼"平生为口忙"，部分出于天性，部分由于环境，部分因为认知。不管是哪种原因，他好像是个天生的美食家，从少至老吃起美食来无不津津有味，谈起美食来无不逸兴遄飞，做起美食来无不本色当行。难怪他许多谈美食的诗文脍炙人口，许多自制的佳肴别出心裁，许多菜品至今仍是餐厅的招牌菜。

把他与王安石比较一下，东坡吃货的本色就更为突出。苏与王政治上是冤家对头，文坛上是棋逢对手，美食上又是有趣的反衬对比——他俩还真是处处都"对"上了。很多苏东坡的铁粉，包括林语堂先生，为了抬苏东坡而骂王安石，其实他俩同为我们民族既十分难得，又难分轩轾的一世伟人。王安石生前对苏轼的文学天才赞不绝口，乌台诗案中力保苏东坡，大声疾呼"岂有圣世而杀才士者乎"，苏东坡同样对王安石推崇备至，在《王安石赠太傅制》中，苏东坡称王安石"智足以达其道，辩足以行其言；瑰玮之文，足以藻饰万物；卓绝之行，足以风动四方"，是"名高一时，学贯千载"的"希世之异人"。可在对待美食这一点上，一个极其用心，一个又全不上心。

宋人的笔记小说中，有许多关于王安石饮食习惯的记载，或说他吃饭节俭得有些抠门，或说他吃饭心不在焉得十分古怪。如邵伯温《邵氏闻见录》卷二载，宋仁宗赐大臣们"赏花钓鱼宴"，哪知王安石把碟子中的鱼饵吃光了，致使仁宗皇帝认为王安石矫情狡诈。又如多部笔记小说载，每次进餐，王安石只吃自己眼前的菜，离他远的菜从不动筷子，使人误以为他单单偏爱此菜。有的不过是把这些奇葩习惯作为笑谈，有的则纯属捏造以丑化王安石。很多说得有鼻子有眼，叫人不得不信，少数说得过于离奇，又叫人无法相信，譬如，即使再木头木脑的人，也断然不会吃光又腥又脏的鱼饵呀。

不过，王安石夫人说他"平日未尝有择于饮食"，朱弁说他"饮食粗恶，一无所择，自少时则然"（朱弁《曲洧旧闻》卷十），一个是王安石的枕边人，一个是严肃的学者，他们说的也许大体属实：因从小就不在乎饮食的好坏，所以每次就餐他只夹自己面前的菜。曾敏行《独醒杂志》卷二载，哪怕是身居相位，他招待儿媳家的亲戚，也不过是几杯薄酒，两个胡饼，四小块猪肉，外加一碗菜羹。和最亲近的大妹饯别也是如此，名作《示长安君》说："少年离别意非轻，老去相逢亦怆情。草草杯盘供笑语，昏昏灯火话平生。"他的妹妹王文淑聪明敏捷，能诗善书，被朝廷封为长安县君，王安石与她兄妹情深。虽说老来分别十分感伤，但他照样只是"草草"备了些酒菜，餐桌上见不到山珍海味。可见，他对亲人和客人，对自己和他人，饭菜的简单都是一视同仁，这是长期形成的饮食习惯，并不是他对别人特别吝啬抠门。

若说吃饭对王安石只是"例行公事"，那对苏东坡可是赏心乐事；若说王安石有条件却不在意吃，苏东坡则没条件也要变着法儿吃。

三、走到哪，吃到哪

嘉祐二年（1057），二苏同榜进士及第，兄弟一时名动京师，连宋仁宗也庆幸"为子孙得两宰相"。可兄弟俩不仅从未真正入相，而且后半生很少安于朝廷，不是在贬所就是在被贬途中。

欧阳修对大苏的天才更赞不绝口，断言"他日文章必独步天下"。不无讽刺的是，随着东坡文章独步天下，东坡双腿也随之"独步天下"——他的贬地遍及大江南北，甚至到了最南端的海角天涯。

好在苏"文如万斛泉源，不择地而出"（苏轼《文说》），他走到哪里便写到哪里；更妙的是苏轼既好吃又会吃，走到哪里便吃到哪里，吃到哪里便爱上哪里。

嘉祐元年（1056），苏洵领着苏轼和苏辙进京赶考。苏轼似乎全然没有考前的焦虑紧张，用诗文记下了沿途见到的美景，特别是沿途吃到的美味——

在牛口（今四川宜宾），村民们为他"三四依古柳……煮蔬为夜飧"（《夜泊牛口》）；

在荆州吃到了朋友送的大雁，"北雁来南国，依依似旅人……故人持赠我，三嗅若为珍"（《荆州十首》其九）；

在荆州还饱餐了黄鱼，"早岁尝为荆渚客，黄鱼屡食沙头店"（《渼陂鱼》）；

在今天的汉口又大吃鳊鱼（《鳊鱼》），快到汴京时又美美吃了一顿野鸡，"百钱得一双，新味时所佳"（《食雉》）……

不知到底是天性洒脱，还是成竹在胸，科考全被抛到了九霄云外，他心心念念的是异乡的异味。这一路的诗文给人感觉是：比起进士及第的美名，他更在乎终生难忘的美味。

不只是赶考路上吃兴很浓，就是在贬谪途中和身困贬所，苏轼也从没有亏待过自己的胃，如第一次外放杭州通判时写的《六月二十七日望湖楼醉书五首》之三：

> 乌菱白芡不论钱，乱系青菰裹绿盘。
>
> 忽忆尝新会灵观，滞留江海得加餐。

这首诗中的"乌菱""白芡""青菰"，是江浙一带称为"水八仙"中的三种食物，它们大多成熟于秋季。"乌菱"是指乌黑乌黑的老菱角。"白芡"就是白色的芡实，江浙人称为"鸡头米"。菰是我们祖先常吃的一种谷物，杜甫《秋兴八首》有"波漂菰米沉云黑"句。感染一种黑粉菌的真菌后，菰从此不能抽穗开花，自然也就不能结出菰米，菰茎则越来越膨大白嫩，人们把这种白嫩的茎称为茭白，茭白鲜嫩可口还营养丰富，成了很多江南人餐桌上的最爱。唐朝之后，随着菰米愈发稀少，而茭白则日渐流行，真个是"失之东隅，收之桑榆"。"青菰"实际是指茭白，菰水上是青枝，而水下是白茎。我们吃饭讲究色香味，诗的前两句"乌""白""青"色彩素淡，一见就叫人胃口大开。"会灵观"说的是在当时的京城汴京等北方地区，"乌菱""白芡""青菰"很珍贵，要在特殊的日子才能尝鲜，而它们在杭州则遍地都是，哪还用得着去市场花钱买呢？苏轼说如今自己"滞留江海"，得好好把"水八仙"吃个够，越是遭贬越要好好犒劳自己。

乌台诗案中，苏轼含冤受了一百多天牢狱之灾。出狱后责授检校水部员外郎、黄州团练副使，他由御史台差人转押前往赴职。元丰三年（1080）二月初一，抵达黄州时他惊魂稍定，便写下了《初到黄州》的名诗：

> 自笑平生为口忙，老来事业转荒唐。
> 长江绕郭知鱼美，好竹连山觉笋香。
> 逐客不妨员外置，诗人例作水曹郎。
> 只惭无补丝毫事，尚费官家压酒囊。

为了一张嘴而忙碌了一生，可这点小小心愿还不能满足，而且越到老来办事越是荒唐，想想连自己也觉得可笑。一起笔就自嘲甚至自贬，这是一个人犯了重大的错误，或遭受了重大挫折后常有的现象。一两个月前还以为自己必"死狱中"，自责"小臣愚暗自亡身"（《狱中寄子由二首》其一），就算当时没有丢掉性命，如今也被贬到黄州，还有比我为人处世更糊涂的吗？要是一直这样自怨自艾下去，那就不是旷达的苏东坡了，你们看，颔联马上就自宽自慰起来：黄州城长江环抱，料想江鱼定然鲜美，春来这漫山遍野的翠竹，我好像闻到了四处飘逸的笋香。三四句承第一句"为口忙"，谁不知道我是个吃货，黄州人亏待不了我，你们瞧瞧我将在这儿如何大饱口福吧。

嘿嘿，黄州既是我苏轼的贬所，可能也是我苏轼的福地。五六句承第二句"转荒唐"，进一步让自己穷开心："逐客"在编制之外又有何妨，做"水曹郎"的诗人又不只是我一个。尾联说，我这个对国事丝毫无补的废物，还要虚耗官府压酒囊的俸禄。这明面上是以自惭来自宽，纸背后的意思是说，我对官家虽没啥大用，官家也没有给我高薪。自己对谁都没有啥亏欠，我在这儿睡得甜吃得香。

大家看清了苏东坡这个吃货吗？大难不死来到贬地黄州，他首先关注的是"鱼美"和"笋香"，因这才是对他被贬的最大补偿，也是对他"事业转荒唐"的最好安慰。

如果对杜甫而言，"宽心应是酒"（杜甫《可惜》）；那对苏轼来说，"宽心当数吃"了。

绍圣元年（1094）六月，苏轼贬惠州时已近花甲之年。惠州如今地处珠三角，是我国经济繁荣发达的城市，而当年的惠州却是贫穷的瘴疠之地。老来贬到这样荒蛮的地方，哪怕苏轼再洒脱也会心情沉重，可听到清远顾秀才的介绍后，他心头的阴霾便马上一扫而空。来看看《舟行至清远县见顾秀才极谈惠州风物之美》：

> 到处聚观香案吏，此邦宜著玉堂仙。
>
> 江云漠漠桂花湿，海雨翛翛荔子然。
>
> 闻道黄柑常抵鹊，不容朱橘更论钱。

　　　　　恰从神武来弘景，便向罗浮觅稚川。

　　"香案吏"指起居舍人，"玉堂仙"即翰林学士，二者都是苏东坡自指。船一靠近清远，百姓都热情地围观他这位贬臣，"此邦"的人比它的气候还要温暖。顾秀才无疑向他全面介绍了惠州的风物人情，可他偏偏只记住了"荔子""黄柑""朱橘"，荔子红得像着了火，黄柑多到可以用来打鹊，谁吃红橘还会去街上买呀？没想到，被中原人视为"非人宜居"的惠州，原来百姓这么淳朴热情，水果又是这么丰富好吃，还可以随便采摘，随时管饱，这打消了他原先对惠州的担忧和恐惧，让他脚还没有踏上惠州，而心早已爱上了惠州。

　　惠州还真没有让苏东坡失望。在惠州第二年，苏东坡便写如愿吃到了惠州荔枝，既让他大开眼界，更让他大解嘴馋。第一次看到和吃到惠州荔枝，荔枝在他眼中简直就是天生"尤物"。来看看他吃荔枝的名作《四月十一日初食荔枝》是如何描写荔枝的：

　　　　海山仙人绛罗襦，红纱中单白玉肤。

　　　　不须更待妃子笑，风骨自是倾城姝。

　　　　不知天公有意无，遣此尤物生海隅。

　　成熟荔枝鲜红的外表，好像海山仙女穿的大红袄，它的内皮如同仙女的红纱内衣，瓤肉像仙女雪白如玉的肌肤。这样倾国倾城的绝世容颜，自有勾魂摄魄的天然风韵，哪还稀罕她杨贵妃来捧场品鉴？不知老天是有意还是无心，叫这仙品尤物长在岭南的海边。

46

荔枝被苏东坡拟人化了，"绛罗襦"飘逸艳丽，"白玉肤"光洁秀润，它已不单纯是酸甜可口的水果，而是化身为风情万种的美人；它本因嫩滑香甜让人垂涎欲滴，现在以姿容美艳叫人魂不守舍。荔枝已不是他舌尖上的美味，而是他朝思暮想的"尤物"。

不知是吃货味蕾过于丰富，刺激了奇特的想象，还是诗人想象过于奇特，刺激了丰富的味蕾。除了苏东坡这个天才的吃货，谁还能把荔枝写得这样明媚动人？

苏轼在此诗的自注中说："予尝谓荔支厚味、高格两绝，果中无比，惟江鳐柱、河豚鱼近之耳。""厚味"既指荔枝的味美，也指荔枝的味浓，而这里的"高格"显然不是指道德品格，联系下文的"江鳐柱、河豚鱼"看，应指荔枝具有极高的品位和档次。能尝出荔枝"厚味"的人很多，能品出荔枝"高格"的只苏轼一个，前者只能算好吃，后者才算是会吃。

苏轼对荔枝情有独钟，你看他一边喝着清香的桂花酒，一边品尝如龙珠似的荔枝，像是初尝海鲜鳐柱，又像细嚼河豚鱼腹，此时此刻他有点飘飘欲仙，不禁发出深深的喟叹：

我生涉世本为口，一官久已轻莼鲈。

人间何者非梦幻，南来万里真良图。

看到"我生涉世本为口"，你是不是想到"自笑平生为口忙"？诗的最后说，我出来混就是为了糊口，为谋得一官半职，早已看轻了乡土之思。"莼鲈"是指菰菜、莼羹和鲈鱼脍。《世说新语·识鉴》载，西晋作家张翰在洛阳，一见秋风起，便"思吴中菰菜羹、鲈鱼脍"，立马便弃官回家。后来以"莼鲈之思"指代乡思。人世真像一场大梦，贬到这么好的地方，能吃到这么好的荔枝，"南来万里"的人生大劫，想不到是自己大快朵颐的天赐良机。由此可见他对荔枝有多喜爱，更可见他对吃有多看重！

他的《食荔枝》一诗更脍炙人口，写贪吃荔枝也更为夸张——

> 罗浮山下四时春，卢橘杨梅次第新。
>
> 日啖荔枝三百颗，不辞长作岭南人。

罗浮山属惠州辖地，地处今天惠州市北面，是中国十大道教名山之一，号称"岭南第一山"，素有"百越群山之祖"的美誉。东坡一开口就夸起了惠州：单是气候就叫人留恋，罗浮山下四时皆春，惠州自然四季宜人，更别说它物产之富和水果之多了，像卢橘、杨梅等春夏季的水果，天天都可以换着口味吃，其中特别是荔枝真叫人百吃不厌，要是每天能吃上三百颗，愿一生一世做一个岭南人！俗语说"一啖荔枝三把火"，这个完全因人而异。我现在就生活在岭南，和苏东坡一样，一开春就"怅望荔子何时丹"（苏轼《赠昙秀》），荔枝一熟也要"日啖荔枝三百颗"，可不管吃多少颗荔枝，既没有坏过肚子，又没有上过火。这首诗说到了我的心坎里，我吃起荔枝来"多多益善"，对这首诗更是百读不厌。

古人称岭南为南蛮之地，中原人对岭南的瘴气闻之胆寒，可在苏东坡看来，只要每天能吃上荔枝，哪怕自己从此沉沦贬所，哪怕在这里短命，也是值了。

"日啖荔枝三百颗，不辞长作岭南人"二句，其中有吃货对荔枝的酷爱，有诗人对政敌的轻蔑，还有智者对贬地的随遇而安。如今，它早已成了口口相传的名句，更成了惠州旅游响亮的名片，乃至整个广东永不过时的文旅广告。

吃货吃出了如此水平，真让人叹为观止！

四、东坡肉与东坡鱼

苏东坡好吃，也会吃，更敢吃。地上爬的，天上飞的，土里长的，水中游的，无一不能成为他餐桌上的美味佳肴。苏东坡爱吃，大家爱苏东坡，于是，东坡吃过的菜，做过的菜，夸过的菜，慢慢就形成了庞大的"东坡菜系"。

在东坡菜系中，要数"东坡肉"流传最广，在"东坡肉"中，又要数黄州东坡肉与杭州东坡肉名头最响。

这还得从头说起——

东坡肉的主要食材是猪五花肉。说起东坡肉的由来，它既是出于无奈，也完全得之偶然。先看东坡的《猪肉颂》：

净洗铛，少著水，柴头罨烟焰不起。待他自熟莫催他，火候足时他自美。黄州好猪肉，价贱如泥土，贵者不肯吃，贫者不解煮。早晨起来打两碗，饱得自家君莫管。

这是一篇著名的奇文。这段几十个字的短文，叙说的不过是在黄州为何煨猪肉、如何煨猪肉及如何吃猪肉，可偏偏用"颂"这种极其庄重的体裁，使内容与形式形成极大的反差，造成轻松诙谐的喜剧效果。

"颂"是《诗经》中的"六义"之一，指宫廷祭祀的颂神歌舞，后来逐渐演变为一种歌功颂德的文章体裁，形式介于诗与文之间。按刘勰的说法，它的功能是"美盛德而述形容"（《文心雕龙·颂赞》），它歌颂的对象是伟人、要人、名人，如陆机有《汉高祖功臣颂》，苏东坡也有《仁宗皇帝御书颂》《英宗皇帝御书颂》《十八大阿罗汉颂》等。

人们常说烧猪肉、烤猪肉、吃猪肉，可谁听说过"颂"猪肉的呢？文学史上，苏轼是颂猪肉的第一人，可能也是颂猪肉的最后一人。

一看《猪肉颂》的标题就觉得滑稽，一读这篇短短的颂文就忍不住想笑。

颂文分为三段，从"净洗铛"到"他自美"为第一段，写如何煨猪肉。这几句不只是交代煨东坡肉的方法，也勾勒出他煨肉时的身影。"净洗铛"——看他洗锅有多细致，"少著水"——倒水有多熟练，"柴头罨烟焰不起"——控制火候有多在行，"待他自熟莫催他"——煨肉又多有耐心，"火候足时他自美"——他对自己的厨艺有多自信。"铛"是古代一种有耳有足的锅，"柴头罨烟焰不起"说的是煨肉只能用暗火。

从"黄州"到"不解煮"为第二段，交代在黄州煨猪肉的原因。他感叹黄州猪肉的品质如此之好，价钱竟然比泥土还贱，原来富贵人家不吃猪肉，贫穷人家又不会煮猪肉，使得黄州的好猪肉成了"狗不理"。

不了解古代饮食风尚的变迁，你就很难读懂这一段话。其实，猪肉"贵者不肯吃"，并不是黄州独有的现象，苏东坡那时候各地的"贵者"都不吃猪肉。说起来，我国养猪的历史很早，先民从新石器时代就开始养猪。春秋战国时期，猪肉已是部分人的祭祀食物，《国语·楚语下》载："天子举以大牢，祀以会；诸侯举以特牛，祀以太牢；卿举以少牢，祀以特牛；大夫举以特牲，祀以少牢；士食鱼炙，祀以特牲；庶人食菜，祀以鱼。"到汉代猪肉的食用量开始越来越大。可到魏晋情况便发生逆转，受众多南迁游牧民族的影响，朝野的饮食习惯逐渐"胡化"，社会上重又掀起了争吃羊肉的风潮。到了隋唐，贵族的饮食习俗仍杂胡风，人们普遍贵羊而贱猪，直至北宋上层仍沿袭这种风气。在《后山谈丛》一书中，苏门弟子陈师道也说当时"御厨不登彘肉"，可见北宋皇帝是不吃猪肉的。《续资治通鉴长编》所载的史料，为陈师道的说法提供了佐证，直到北宋后期的哲宗年间，照样规定"御厨止用羊肉"，皇宫还把这当作"祖宗家法"。就像今天狗肉上不了正席，猪肉当时也登不了上流的餐桌。有头有脸的人认为吃猪肉丢脸，普通百姓也觉得吃猪肉丢人。连吃都不想吃，又怎么会煮猪肉呢？

正是由于"贵者不肯吃，贫者不解煮"，才让苏东坡有"捡漏"的机会。他比当地百姓更清楚猪肉的营养价值，更会品尝猪肉独特的美味，当然也更会煨炖猪肉；同时他又没有上层权贵的饮食偏见，更没有上层权贵的虚荣心，因而对猪肉便能人贱我惜，人弃我取，这样就有了文章的第三段——

"早晨起来打两碗，饱得自家君莫管。"早晨一起来就"打两碗"，把"黄州好猪肉"吃饱吃够，吃在自己嘴里，暖在自己心里，管别人怎么看，管别人怎么说！我们好像听到他一边吃猪肉，一边啧啧称赞："味道好极了！""饱得自家君莫管"，像苏东坡这样的盖世天才，他自己吃得有多快意，话就会说得有多俏皮。猪肉好不好吃，该不该吃，全凭自己的舌尖说了算，哪管权贵们喜不喜欢。

什么才算顶级吃货？既吃得有滋有味，自己也活得开心坦然。

于是，"东坡肉"便横空出世！

东坡肉创制于黄州，推广于杭州，用现在的行话来说，黄州是东坡肉的产地，而杭州是东坡肉的"直播间"。

那是离开黄州五年之后（元祐四年，即公元1089年），苏轼以龙图阁学士知杭州。第二次任职杭州期间，他在杭州推行了许多善政，为百姓做了许多善事。杭州人对他心怀感激，逢年过节给他送了不少猪肉。苏东坡依自己在黄州煨肉的方法，把这些猪肉煨好后，或请近邻来家吃肉，或把熟肉送给热情的百姓。很快东坡肉的做法传遍全城，杭州家家会做东坡肉，人人喜吃东坡肉。

皮薄而肉嫩，味醇而汁浓，酥烂却有形，香糯但不腻——这就是东坡肉的主要特点。

如今，东坡肉是传统杭帮名菜的头牌，也位居传统鄂菜的榜首，自然也是今天川菜中的名菜。身为一个黄冈人，这三地的东坡肉我都吃过。黄州东坡肉放的佐料较少，吃起来能尝到猪肉的原汁原味，做法上可能更注重承传。杭州东坡肉看上去色泽更为红亮，吃起来肉质细嫩带甜，做法上可能更注重新变。四川的东坡肉一入口就能尝到川菜的特点，嫩滑香酥中略带辣味。

再聊"东坡鱼"。

从东坡的诗文书信看，他一生吃过的鱼比他走过的地方还多，鲈鱼、鳊鱼、白鱼、刀鱼、鲍鱼、鲂鱼、鮰鱼、鲫鱼、鲤鱼、河豚……他在南京时还有《戏作鮰鱼一绝》：

粉红石首仍无骨，雪白河豚不药人。

寄语天公与河伯，何妨乞与水精鳞。

　　鮰鱼主要产自长江中下游，长江许多支流也盛产鮰鱼，我在武汉就常吃恩施的清江鮰鱼，最大的特点是肉嫩味鲜。我吃鱼与东坡的口味虽同，只可惜我写不出东坡这么好的吃鱼诗。这首诗就是专夸鮰鱼好吃，说鮰鱼有石首鱼一样的嫩肉，又没有石首鱼那么多刺；有河豚一样的鲜味，又不像河豚那样有毒。你们看看，鮰鱼集中了石首鱼与河豚的所有优点，又避免了石首鱼与河豚的所有缺陷。更叫人惊喜的是，这么好吃的鱼竟然还没有鱼鳞，免去了人们打鱼鳞的麻烦。苏东坡最后风趣地说，求求老天爷和河神，命令鮰鱼也长一点鱼鳞吧，总不能让它什么缺点都没有呀！哈哈，这个人世间的顶级吃货，夸鱼也夸出了顶级水平。

　　不过，这可不是我们要说的东坡鱼，东坡鱼专指东坡亲手烹调的鱼。

　　话还得说回黄州。苏东坡一踏上那儿的土地，脱口就吟出了"长江绕郭知鱼美"的名句，不用说，东坡鱼同样创制于黄州。

　　尽管流传不如东坡肉那样广，名头也没有东坡肉那样大，可东坡本人对东坡鱼的烹制方法十分得意。我们来看看《煮鱼法》这篇妙文：

　　子瞻在黄州，好自煮鱼，其法，以鲜鲫鱼或鲤治斫，冷水下，入盐如常法，以菘菜心芼之，仍入浑葱白数茎，不得搅。半熟，入生姜、萝卜汁及酒各少许，三物相等，调匀乃下。临熟，入橘皮线，乃食之。其珍食者自知，不尽谈也。

这种鱼大体做法是：先把鲫鱼或鲤鱼切成块，既不煎也不炸，将生鱼块直接放入冷水锅中，白菜心盖住鱼块同煮，随后加几根葱白，鱼不得随意搅动，半熟时，倒入调好的生姜、萝卜汁及酒，快要熟的时候，再加入橘皮丝入味，接下来就可以美餐一顿了。这道鱼羹的味道怎么样呢？东坡在结尾故意卖一个关子："其珍食者自知，不尽谈也。"他说，要是像我一样的吃货，亲自尝一尝就知道了，不用我在这里啰唆。这真是给东坡鱼做的绝妙广告，话说得越是神秘，就越是吊人的胃口。

　　五年以后，苏东坡知杭州时又一次谈到这道鱼羹：

　　　　予在东坡，尝亲执枪匕，煮鱼羹以设客，客未尝不称善，意穷约中易为口腹耳！今出守钱塘，厌水陆之品。今日偶与仲天贶、王元直、秦少章会食，复作此味，客皆云："此羹超然有高韵，非世俗庖人所能仿佛。"岁暮寡欲，聚散难常，当时作此，以发一笑也。元祐四年十一月二十九日。

　　东坡在这则小品文中说，几年前在黄州时亲自掌勺，煮鱼羹款待朋友，客人没有一个不叫好的。当时以为自己身处穷困饥饿中，吃什么东西都是香的，对客人的称赞不以为意。现在出守杭州，什么水陆佳肴没有吃过？今天与仲天贶、王元直、秦少章知己聚餐，我又重新做了这道鱼羹，客人们无一不竖起大拇指：这道鱼羹超然有高韵，世俗的厨子做梦也想不出来。

　　他在荔枝里吃出了"厚味高格"，在鱼羹中又吃出了"超然高韵"，吃货不仅能吃出食物天然的风味，还能品出它独有的"高格"，更能感受它那超然的"高韵"。美学中有一个重要的概念叫"通感"，是指在审美中视觉、听觉、触觉和味觉，互相交错感通，彼此挪移转换。在吃食物的时候，苏东坡不只是具备通感，他简直就是"通神"了。

不过，东坡鱼羹运气不是太好，虽然东坡自己觉得它"高格"，他的朋友认为它"高韵"，但它的确有点"曲高和寡"，从没有像东坡肉那样赢得一片喝彩。这里可能有几个原因，一是这道菜很难做，东坡朋友也说"非世俗庖人所能仿佛"，普通厨子自己都没有半点"高韵"，又哪能烹调出有"高韵"的鱼羹呢？二是我们这些吃这道菜的凡夫俗子，根本尝不出鱼羹有什么"高韵"。三是古今的胃口变化太大，"口之于味，有同耆也"，怪只怪孟老夫子说得太绝对。

不管属于哪种情况，黄州的朋友依东坡交代的方法，给我烹调过这道鱼羹，记得鱼汤倒是很鲜，但鱼肉有点"老"和"渣"。东坡说得神乎其神，我觉得亦不过如此。

我太喜欢苏东坡了，照说东坡喜欢的菜，我也要无条件地喜欢，但我又不喜欢说违心话。这道菜没吃过遗憾，吃过了可能更遗憾，因为一次也没吃过，你一想起这道鱼羹"超然有高韵"就会流口水，吃过了这道鱼羹以后，你从此就明白，并不是这道菜有什么"高韵"，是做这道菜的吃货有"高韵"。

东坡鱼羹流传不广，是像东坡这样的韵人太少，像我这样的俗人太多。

五、东坡羹与玉糁羹

论文章人们常说"韩潮苏海",谈饮食苏东坡同样"海纳百川",他的餐桌上可荤可素,可丰可俭。他吃起熊掌来固然津津有味,吃起野菜来照样喜笑颜开;高档的海鲜鱼肉固然来者不拒,吃起粗茶淡饭同样乐不可支,他还给我们留下了"人间有味是清欢"的名句(《浣溪沙》)。写于惠州的《撷菜》一诗就生动表现了他的"清欢":

秋来霜露满东园,芦菔生儿芥有孙。

我与何曾同一饱,不知何苦食鸡豚。

诗前有一小序交代了他撷菜的前因后果:"吾借王参军地种菜,不及半亩,而吾与过子终年饱饫。夜半饮醉,无以解酒,辄撷菜煮之。味含土膏,气饱风露,虽粱肉不能及也。人生须底物而更贪耶?乃作四句。"

他借王参军的半亩地种菜,父子两人从此就不愁没菜吃了。有时半夜喝得酩酊大醉,儿子便下地摘新鲜蔬菜给他醒酒。煮好的蔬菜散发泥土的气息,饱含风露的清芬,鱼肉哪能和它相比?能吃到这么美味的鲜菜,人生还有什么值得去贪的呢?诗中的"芦菔"就是萝卜,"芥"就是广东人常吃的芥菜。一入秋天,萝卜便已成熟,芥菜也长出嫩叶。西晋何曾每餐都要耗费上万,还说无从下筷,这些菜蔬我不是一样吃得又饱又好,何苦要像何曾餐餐大鱼大肉?鱼肉哪能像时蔬一样"味含土膏,气饱风露"?

东坡在黄州亲自下地种菜,自己还常常下厨做菜,当然,他也喜欢吃亲手做的蔬菜,而且还在黄州写下两篇名文——《东坡羹颂》和《菜羹赋》。先看《东坡羹颂》：

> 东坡羹，盖东坡居士所煮菜羹也。不用鱼肉五味，有自然之甘。其法，以菘若蔓菁、若芦菔、若荠，揉洗数过，去辛苦汁。先以生油少许涂釜缘及一瓷盌，下菜沸汤中。入生米为糁，及少生姜，以油盌覆之，不得触，触则生油气，至熟不除。其上置甑，炊饭如常法，既不可遽覆，须生菜气出尽乃覆之。羹每沸涌，遇油辄下，又为盌所压，故终不得上。不尔，羹上薄饭，则气不得达而饭不熟矣。饭熟羹亦烂可食。若无菜，用瓜、茄，皆切破，不揉洗，入罨，熟赤豆与粳米半为糁。余如煮菜法。应纯道人将适庐山，求其法以遗山中好事者。以颂问之：
>
> > 甘苦尝从极处回，咸酸未必是盐梅。
> >
> > 问师此个天真味，根上来么尘上来？

《苏轼文集》中现存19篇颂文，其中有5篇"颂"饮食，包括前面和大家聊过的《猪肉颂》，可见东坡把饮食看得有多重，也可见东坡的吃货本色。

此文一提笔就说，"东坡羹"就是东坡煮的菜羹。再交代东坡羹的特点，它不用鱼肉五味，而别有天然的风味。

怎么煮东坡羹呢？他交代得详细具体，先把大白菜、大头菜、大萝卜、野荠菜反复揉洗干净，以便除去菜蔬中的苦汁；再在大锅四周、大瓷碗周边抹上生油；接着把切碎的白菜、萝卜、荠菜入水锅，同时加入少许生姜和生米为糁，随后把油碗盖在锅上，注意油碗不碰菜羹，否则菜羹会有生油味；最后把盛满米的蒸屉放在锅上，等到煮菜羹的蒸气出尽，菜羹基本煮熟后再盖上屉盖。要是没有上面说的那些菜，用瓜和茄子也行，用红豆或粳米为糁，煮当同前。

人们可能会问：锅和碗周边为什么要涂油？煮菜羹的时候沸水上涌，四周涂油的锅和覆盖锅的油碗，压住菜羹的浓水不至于上溢蒸屉，保证蒸汽上达蒸屉，使得下边煮菜羹、上边蒸米饭两不误，不仅菜羹和米饭同时熟好，还使米饭中带有菜香。

最后四句颂特别有意思：甘甜二味如到极致相互转化，那咸味酸味就不一定要用盐梅。敢问大师：菜羹这种"天真味"，是来于眼、耳、鼻、舌等六根的主观感觉，还是来于菜羹色、声、香、味等六尘本身？

颂中的"根"就是佛教中的六根，指人的眼、耳、鼻、舌、身、意六种感官，俗话常说"六根清净"。"尘"就是佛学中的六尘，指六根能感知到的色、声、香、味、触、法六种表象。东坡问高僧的这个问题，就像风动还是心动一样，难以证实也难以证伪。从佛学的视角来看，"天真味""根""尘"一切皆空，连"味"本身都是幻相，更无所谓"天真"不"天真"了。

因而这四句颂语，表面上是他问高僧，实际上是他的自问，而本质上这是个"天问"。大概常有类似的困惑，所以东坡经常发出类似的"天问"，如那首著名的《琴诗》："若言琴上有琴声，放在匣中何不鸣？若言声在指头上，何不于君指上听？"

苏东坡对东坡羹情有独钟，除了上文《东坡羹颂》外，还特地写了一篇《菜羹赋》。在赋的序文中，他说因穷才想到煮菜羹："东坡先生卜居南山之下，服食器用，称家之有无。水陆之味，贫不能致，煮蔓菁、芦菔、苦荠而食之。其法不用醯酱，而有自然之味。"

东坡羹的特点是"不用鱼肉五味"，不用醋酱等作料，而"有自然之

58

甘"，"有自然之味"，或说有"天真味"，这就是所谓"食材本味即至味"。恰如"天然"是美的极致一样，"天真味""自然味"也是菜肴的极致。他在《与徐十二》中说，青菜属于"天然之珍"，"有味外之美"，人们一旦习惯了"此味"，"则陆海八珍，皆可鄙厌也"。

"东坡羹"在他生前就已流传很广，他从儋州赦回途经今韶关时，韶关太守狄咸特地用东坡羹来款待苏东坡，这让他感到十分意外和温暖，饭后便留下《狄韶州煮蔓菁芦菔羹》一诗表达谢意：

> 我昔在田间，寒庖有珍烹。
>
> 常支折脚鼎，自煮花蔓菁。
>
> 中年失此味，想像如隔生。
>
> 谁知南岳老，解作东坡羹。
>
> 中有芦菔根，尚含晓露清。
>
> 勿语贵公子，从渠醉膻腥。

东坡羹带着"晓露"的清香，他风趣地对主人说，千万别告诉那些"贵公子"，让他们成年累月去饱"醉膻腥"。到了南宋，东坡羹更成了人们常用的菜品，如南宋作家姚勉幽居时说："纵无介甫鱼羹饭，也学东坡饱菜羹。"（《次邹希贤买鱼不得三首衍为渔翁问答六诗》其六）"介甫鱼羹饭"是指王安石为宰相时，经常食用的一种简易便饭。

至于东坡玉糁羹，说起来字字都是泪。

贬到儋州以后，东坡说当时"饮食百物艰难"，"五日一见花猪肉，十日一遇黄鸡粥。土人顿顿食薯芋，荐以薰鼠烧蝙蝠"（苏轼《闻子由瘦》）。诗中的"藷芋"就是山药。当地黎民那时还不会种水稻，餐餐以藷芋当主食，偶尔吃一点熏老鼠和烧蝙蝠，吃猪肉和黄鸡就像过年。儿子苏过为了父亲的健康，创制了一种新食品玉糁羹。因此，玉糁羹的专利当属苏过，但玉糁羹是为东坡而烹制，也为东坡所喜爱，更因被苏东坡命名为"东坡玉糁羹"，现在玉糁羹的署名权就属于苏东坡了。

"东坡玉糁羹"名称来自他的一首七绝《过子忽出新意，以山芋作玉糁羹，色香味皆奇绝。天上酥陀则不可知，人间决无此味也》：

> 香似龙涎仍酽白，味如牛乳更全清。
>
> 莫将南海金齑脍，轻比东坡玉糁羹。

这首诗的标题又像一则小序，他的儿子苏过忽然冒出一个新的创意，用山芋做成玉糁羹，色香味都堪称奇绝。东坡非常夸张地说，天上的酥陀我没吃过，人世间绝然尝不到这么美的味道。此诗前三句分别用龙涎香、牛乳、金齑玉脍来衬托玉糁羹，说玉糁羹香如龙涎，而色似雪白；虽味近牛乳，但更加清爽；切莫因它状如白玉，便轻率地比作金齑玉脍，玉糁羹可比金齑玉脍滑嫩多了。虽然"金齑脍"是隋炀帝的最爱，但色香味根本无法和玉糁羹相比。读到这儿我已经垂涎三尺了。

诗中的"龙涎"就是古代的龙涎香。现在的牛乳特指奶牛分娩后72小时内的乳汁，其他时间分泌的乳汁称为牛奶。此诗中的"牛乳"大概泛指牛奶。"金齑脍"是金齑玉脍的省称，"金齑"指切成碎末的精美食物，"玉脍"通常指鲈鱼脍，松江鲈鱼肉白似玉。诗题中的"山芋"到底指什么，学术界至今尚无定论，或说是芋头，或说是山药，或说是甘薯，或说是芦菔。我觉得这些说法可能都不对，不管是芋头，还是山药，或者甘薯，用它们来煮羹，其汤都不可能"全清"，用芦菔煮羹又不可能香浓。

前年去儋州我专门点了一碗玉糁羹，厨师把玉糁羹做成了玉米羹，这对我们外地游客是一种欺骗，对九百多年前的东坡是一种轻慢。现在网上介绍的玉糁羹做法，用大米、萝卜和水更是胡扯，若九泉之下苏东坡有知，一定会把他们告上法庭。

六、"老饕"的颂歌

东坡在儋州有一篇奇妙的《老饕赋》，这位天才吃货对美食的渴望与梦想，对人生的体验与热爱，还有他精神的超迈与旷达，在此赋中无不表现得淋漓尽致——

庖丁鼓刀，易牙烹熬。水欲新而釜欲洁，火恶陈而薪恶劳。九蒸暴而日燥，百上下而汤鏖。尝项上之一脔，嚼霜前之两螯。烂樱珠之煎蜜，滃杏酪之蒸羔。蛤半熟而含酒，蟹微生而带糟。盖聚物之天美，以养吾之老饕。婉彼姬姜，颜如李桃。弹湘妃之玉瑟，鼓帝子之云璈。命仙人之萼绿华，舞古曲之郁轮袍。引南海之玻璃，酌凉州之蒲萄。愿先生之耆寿，分余沥与两髦。候红潮于玉颊，惊暖响于檀槽。忽累珠之妙唱，抽独茧之长缲。闵手倦而少休，疑吻燥而当膏。倒一缸之雪乳，列百柂之琼艘。各眼滟于秋水，咸骨醉于春醪。美人告去，已而云散，先生方兀然而禅逃。响松风于蟹眼，浮雪花于兔毫。先生一笑而起，渺海阔而天高。

标题中的"老饕"，意思就是老吃货。人们常把好吃鬼称为"饕餮"，饕餮本是传说中凶残贪吃的巨兽，后来才用来形容贪吃的人。东坡在这篇赋中不只是为老饕正名，还把老饕的人生写得花团锦簇，用今人的话来说，这赋还真能让人相信，人生也许确有"诗和远方"。民谚有"眉毫不如耳毫，耳毫不如老饕"的说法，大意是说，论起高寿眉上长长毛，比不上耳朵上长长毛，耳朵上长长毛又不如会吃的老饕。

就像它描写的佳肴一样，这篇赋的文字极其精美，但对今天的读者来说，这些语言可能不太"友好"，我自告奋勇来给大家当翻译：

请古代庖丁和易牙两位厨艺大师亲自为这顿美食操刀掌勺。用最清澈的水，最洁净的锅，最好的火候，先把食材蒸好晒干，把浓汤熬好待用。挑小猪颈后最嫩的肉，吃霜前螃蟹最肥的两只大螯。把樱桃煎成蜜，用杏浆蒸羊羔。蛤蜊就着酒吃半熟最美，螃蟹不妨和着酒糟生吃。集天下这些精美的佳肴，来大饱我这老吃货的食欲。

美食上齐以后，还得有美女助兴。美女要么艳若桃李，要么美如天仙，或弹奏湘妃的玉瑟，或拨弄帝子的云璈。你看仙女萼绿华进入舞池，在《郁轮袍》优美的曲子中翩翩起舞。

吃着美食，听着清歌，看着妙舞，当然缺不得美酒。于是，用珍贵的南海玻璃杯，斟上凉州的葡萄美酒，祝先生六十岁高寿！正当两颊喝得绯红，如大珠小珠落玉盘似的乐音，如天女散花似的歌声，让我在半醉中惊醒。划一艘装满美酒的酒船，倒一缸雪乳般的香茗，大家马上又沉醉于潋滟的秋水，朦胧酥软在春醪之中。歌舞刚罢，美人散去，老饕又用沸水煮出松风的韵律，冒出蟹眼模样的气泡，再冲泡一杯上好的雪花茶。老饕一笑而起，顿觉海阔而天高。

以垂暮之年，贬遐荒之地，东坡的处境和心境可想而知。渡琼州海峡前他向友人张敏说："某垂老投荒，无复生还之望。昨与长子迈诀，已处置后事矣。今到海南，首当作棺，次便作墓，乃留手疏与诸子，死则葬海外……"一到儋州，便亲见"食物人烟，萧条之甚"的惨象（《与张逢六首》其二），亲历了病无药、居无室、食无粮的苦况，被他夸得天花乱坠的玉糁羹，其实是在无米下锅的困境中，儿子"忽出新意"的结果。他在儋州长期饱一餐饿一顿，《纵笔三首》之三说：

北船不到米如珠，醉饱萧条半月无。

明日东家当祭灶，只鸡斗酒定膰吾。

遇上海峡的恶劣天气，北边的粮船要是十天半月，甚至一月半月不来，海南的大米就贵似珍珠，东坡父子就只好以野菜芋头羹充饥。到年关得知邻居将杀鸡斟酒祭灶神，祭后的供品定会送一些给他们，好让这对父子打打牙祭。

《老饕赋》中那些美食美酒，还有那些弹曲跳舞的美女，全是这个大吃货的美好想象，大部分食品在儋州不只吃不到，可能连见也见不到。日子过得越苦，肯定就想得越美；生活有多凄惨，想象就有多奇葩。

最为难得的是，东坡既在花甲之年，又处瘴疠之地，更受贫病之煎，但他对美食还有美好的渴求，对生活还有美好的向往，对未来充满美好的憧憬。在人生任何至暗的时刻，他的内心总是洒满阳光，他的风骨总是那样硬朗。"引南海之玻璃，酌凉州之蒲萄"，你看他喝得有多嗨；"各眼洮于秋水，咸骨醉于春醪"，你看他兴致有多高。尤其是此赋的结尾两句，读来叫人神采飞扬，血脉偾张。

东坡大弟子黄庭坚的名句——"坐对真成被花恼，出门一笑大江横"（《王充道送水仙花五十枝欣然会心为之作咏》），以其奇崛雄豪赢得一片喝彩，可拿来与东坡的"先生一笑而起，渺海阔而天高"稍作比较，气势的大小与境界的高下立判。《老饕赋》的这两句真神来之笔，上句"先生一笑而起"，生动表现了"老饕"对政治迫害的轻蔑，对生活困境的藐视；下句"渺海阔而天高"，更展现了"老饕"的胸襟像大海一样壮阔，"老饕"的境界像蓝天一样高远。

读到结尾才明白，《老饕赋》就是一首"老饕"颂。

七、吃得香，活得爽

东坡不管处在什么样的绝境之中，他饭都吃得香甜，人总活得快活，话更说得俏皮。一拿起筷子就会听到他的欢声笑语，一开口说话都使人乐不可支。

东坡去儋州途中，正巧东坡弟弟苏辙发配雷州，就是现在的湛江，他们兄弟二人相遇于藤州（今广西藤县）。陆游《老学庵笔记》记载了在那儿"东坡食汤饼"的情景：

> 吕周辅言：东坡先生与黄门公南迁，相遇于梧、藤间。道旁有鬻汤饼者，共买食之，觕恶不可食。黄门置箸而叹，东坡已尽之矣。徐谓黄门曰："九三郎，尔尚欲咀嚼耶？"大笑而起。秦少游闻之，曰："此先生'饮酒但饮湿'而已。"

文中的"汤饼"就是汤面，宋代把现在的面称为"饼"。今天敦煌的名菜"胡羊焖饼"，应该称为"胡羊焖面"，这里的"饼"字保留了古义。苏轼和苏辙两人在藤县路边买了两碗面条，那面条做工之粗劣无法下咽，子由放下筷子不停地唉声叹气，而东坡三扒两口吃完了，望着弟弟慢悠悠地说："九三郎，你还想细嚼慢咽地品尝吗？"大笑着站了起来。秦观听到这件事后说："这和东坡先生'饮酒但饮湿'一个道理。"苏辙元祐年间官至黄门侍郎。"九三郎"是苏辙的小名，兄长称弟弟小名特别亲切。苏东坡谪居黄州的时候，黄州市面上卖的多是劣质酒，高档酒他又囊中羞涩，可他又不可一日无酒。他在《岐亭》一诗中感叹说，"三年黄州城，饮酒但饮湿"，意思是饮这种酒不求尽兴，只求润润嘴唇就行。吃藤县汤面只求填饱肚子，还讲究什么味道？东坡贬黄州时多次去我老家麻城，诗题中的"岐亭"就是我家乡的一个小镇。

从这则小文可以看到，苏东坡对粗茶淡饭仍然兴致不减，身处逆境照样豪爽乐观，面对灾难依旧幽默、坦荡、豁达、洒脱。

东坡在惠州无肉可吃，偶尔吃点羊脊骨就乐开了花，还特地作《与子由弟书》在弟弟面前"炫耀"：

> 惠州市井寥落，然犹日杀一羊，不敢与仕者争。买时嘱屠

者买其脊骨耳。骨间亦有微肉，熟煮热漉出（不乘热出，则抱水不干），渍酒中，点薄盐炙微燋食之。终日抉剔，得铢两于肯綮之间，意甚喜之。如食蟹螯，率数日辄一食，甚觉有补。子由三年食堂庖，所食刍豢，没齿而不得骨，岂复知此味乎？戏书此纸遗之，虽戏语，实可施用也。然此说行，则众狗不悦矣。

信的大意是说，惠州市面上十分萧条，每天只杀一只羊，他又不能与当官的争抢，每次叮嘱屠夫只买脊骨，骨缝里残存一星半点微肉。他先把羊脊骨煮熟，乘热出水，再浸入酒中，撒点薄盐烤黄。终日在骨缝中剔肉，比吃螃蟹大螯更有乐趣。接下来他还忘不了要调侃一下子由：老弟这三年天天乳猪肥羊，别想吃到我这么美味的脊骨。顺便也请老弟保守秘密，要是大家都知道羊脊骨好吃，人人都去和狗抢骨头，我怕众狗心里都不高兴。

此信可以说是一盒神效的"百忧解"，只要你读一遍就会笑破肚皮，什么神情沮丧，什么精神抑郁，什么焦虑紧张，统统都叫它一扫而光。看到这个吃货在骨头里挑肉的样子，听听他和弟弟开玩笑的机智，想想他怕"众狗不悦"，如此快活调皮，谁都会哈哈大笑。

可是，此信再细读几遍，你可能会泪眼汪汪。想吃羊肉又不能与权贵去争，只得和狗抢吃羊骨头，这位人类的智者过得如此凄惨，而他自己像是全然不觉，竟然还过得如此快活，想一想心里就会一阵阵酸痛。

他写于儋州的《食蚝》同样是一篇妙文：

己卯冬至前二日，海蛮献蚝。剖之，得数升，肉与浆入水，

与酒并煮，食之甚美，未始有也……每戒过子慎勿说，恐北方
君子闻之，争欲为东坡所为，求谪海南，分我此美也！

文中"己卯"指北宋元符二年（1099），是东坡贬海南的第三个年头。蚝就是我们常吃的牡蛎，多半生长在海边的岩石上，刚出海的牡蛎味道特别鲜美。海边的渔民给他送来了一些牡蛎，他觉得简直是天仙的美食，污浊的人世"未始有也"！

下面的一段文字让人忍俊不禁。他说屡屡告诫儿子苏过，千万不要对外说牡蛎如何好吃，北方朝廷上那些炙手可热的权贵，他们要是尝过了蚝的味道，纷纷效仿我苏东坡的所作所为，一定会急吼吼地请求贬谪海南，与我抢夺这么好的美食。这是对苦难的超脱，也是对生活的热爱，又何尝不是对政敌的轻蔑？

这些轻松幽默的文字，展现的不仅是有趣的灵魂，而且是人生的大智大勇。

八、近情与超旷

如今，不少"美食家"叫人不敢恭维，他们品尝美食的时候，那些故作清高的作派，是在炫耀自身的档次，夸耀自己的品味，显示自己的富有。

许多美食家品尝美食的视频、谈论美食的文章，像是自己正在皇宫进御食，一副高高在上的样子，让我们这些普通观众和读者产生一种"自

己不配"的自卑感。

相反，读苏东坡这吃货谈吃喝的诗文，让人特别亲切和温暖，他每一个毛孔都散发着人间烟火气。读他的《猪肉颂》，仿佛闻到了他身上的油烟味；读他的《酒子赋》，仿佛又闻到了他身上的酒气；读他的《煮鱼法》，仿佛闻到了他身上的鱼腥；读他的《菜羹赋》，仿佛闻到了他身上的野菜香。

他自己喜欢吃什么菜，便自己下地种什么菜，自己下厨做什么菜，友人团聚他自己还常常自备酒菜。他在黄州《与子安兄书》中说："近于城中得荒地十数亩，躬耕其中。作草屋数间，谓之'东坡雪堂'。种蔬接果，聊以忘老……常亲自煮猪头，灌血脯，作姜豉菜羹，宛有太安滋味。"去年，我特地去了一次黄州的东坡雪堂，见到堂前"十数亩"荒地，可惜东坡当年的荒地现在还荒着，当地人在上面稀稀落落种了点蔬菜。

"早晨起来打两碗，饱得自家君莫管"，我特别喜欢《猪肉颂》结尾的这两句。在麻城老家吃香喷喷的煨猪肉，我常常也是连"打两碗"，后来在武汉吃藕煨排骨，同样经常连"打两碗"。这两句也让我想起农民工，他们在工地遇上好吃的饭菜，不也是起来连"打两碗"吗？

又岂止是这两句呢？东坡所有谈吃谈喝的诗文都特别近情，煮猪肉就像乡民，煮鱼羹就像渔民，煮菜羹就像菜农，他从来不装不炫不作。恰如他煮的菜羹"味含土膏"一样，东坡本人也散发着泥土的清香。这种泥土气和烟火气，本质是"绚烂之极""乃造平淡"（《与侄书》），表明他是一个没有任何装点的真人。

他那泥土气和烟火气的大俗，恰恰是极本真极自然的大雅，这就是所谓"大俗即大雅"的深层原因。

估计大家都有相同的经历，心中有事便夜不能寐，精神焦虑则吃饭不香。食欲完全受心情的影响，心情不好会引起内分泌严重失调，而内分泌一旦失调，哪怕山珍海味摆在面前，你都懒得动一动筷子。

为什么不管贬到哪个地方，苏东坡总是胃口倍儿好，吃饭倍儿香呢？

《自题金山画像》写于东坡逝世前两个多月，可以说是他一生的自我总结："心似已灰之木，身如不系之舟。问汝平生功业，黄州惠州儋州。"这三个州对他的人生产生了什么巨大影响？为什么在他心中具有如此崇高的地位？

贬黄州正是乌台诗案之后，苏东坡完全是"向死而生"，他不断对自己进行灵魂的拷问："长恨此身非我有，何时忘却营营？"（《临江仙·夜归临皋》）他彻底解脱了功名利禄的束缚，实现精神的蜕变和人生的升华。活着就应当"性之便，意之适"，决意要活出真我。

贬惠州则是年迈远走岭南瘴气之地，此时此刻他不仅超脱了功名利禄，而且已经超然于死生之际，"蘧蘧未必都非梦，了了方知不落空。莫把存亡悲六客，已将地狱等天宫"（《次韵答元素》）。他在惠州该吃吃，该喝喝，你看他大嚼槟榔，大吃荔枝，大碗喝酒，大口吃肉……

贬儋州更在花甲之年"并鬼门而东鹜，浮瘴海以南迁"，当时包括他自己在内的所有人，都断定东坡"生还无期"（《到昌化军谢表》）。任何一个人处在这种境地，即使不哭天抢地，也定会肝胆欲裂，哪还有心思品尝玉糁羹？可苏东坡刚到儋州不久，便写信给家乡友人杨济甫说："某与幼子过南来，余皆留惠州。生事狼狈，劳苦万状，然胸中亦自有倏然处也。""倏然"见于《庄子·大宗师》："倏然而往，倏然而来而已矣。"它是指一种超然洒脱的心境，一种无拘无束的样子。这个吃货连死都不在乎，他还在乎被贬到儋州吗？

东坡中晚年大都在贬谪地度过，但他于人没有怨恨之心，于己没有悲戚之色，因而，《菜羹赋》中"先生心平而气和，故虽老而体胖"两句，便是他的自豪与自道。你要想人老而"体胖"，就得"心平而气和"；你要想"心平而气和"，就得超然于功利，甚至还必须超然于生死。

《景德传灯录》中有一则禅师的对话："有源律师来问（慧海禅师）：'和尚修道，还用功否？'师曰："用功。"曰："如何用功？"师曰：'饥来吃饭，困来即眠。'曰：'一切人总如是，同师用功否？'曰：'不同。'曰："何故不同？"师曰："他吃饭时不肯吃饭，百种须索。睡时不肯睡，千般计校，所以不同也。'"要是为功名所累，为利禄所牵，为生死所困，那就像慧海禅师所说的那样，"吃饭时不肯吃饭，百种须索。睡时不肯睡，千般计校"。

东坡将功名利禄生死全都放下，以使自己"胸中廓然无一物"，此时"世事万端皆不足介意"（《与子明兄书》）。看看他的《与王定国书》："某其余坦然无疑，鸡猪鱼蒜，遇着便吃；生老病死，符到便奉行，此法差似简要也。"他对于自己的"生老病死"，如此坦荡，如此洒脱，对于"鸡猪鱼蒜"，才会"遇着便吃"，吃着便香。

难怪他既不择时地，也不择食物，"遇着便吃"，一吃起来都放不下筷子：吃荔枝吃出了"厚味高格"，吃鱼羹又吃出了"超然高韵"，吃野菜羹也吃得流口水，吃羊脊骨更吃出了"水平"……

2024年10月初稿
2025年7月改定

70

做更好的自己

一

朋友们，下午好！今天我演讲的题目是：《做更好的自己》。

人们常说"做最好的自己"。这种说法固然十分励志，但并不十分科学。首先，每个人都具有无限的可能性，既难以预料会有哪种可能性出现，也难以判断哪种可能性最好，假如偏执地去选择"最好"，我们就会像那头"布里丹之驴"，在两堆干草间不知抉择而活活饿死；其次，追求"最好"很容易滑向完美主义，讲究完美容易使自己舍本逐末，纠缠细枝末节而迷失大方向；再次，追求"最好"还容易苛求自己而导致焦虑，让自己在自卑自责之中不能自拔；最后，追求"最好"可能捆住了自己的手脚，想干得"最好"必然害怕干得不好，"足将进而趑趄，口将言而嗫嚅"，磨灭了义无反顾的果敢，丧失了一往无前的豪情。

"做最好的自己"这一念头，来自儒家经典《大学》："大学之道，在明明德，在亲民，在止于至善。"朱熹说"止"是"必至于是而不迁之意"，"至善"是"事理当然之极"。"止于至善"就是达到极致后就不再摇摆。

所谓"至善"就是"最好"。其实，"至善"也好，"最好"也罢，都是给自己开的空头支票，也是给自己套上的沉重枷锁。生命是一个动态的过程，且不说我们不知道哪儿是"至善"，就算真的达到了"至善"，一生要是从此"不迁"，此后的生命就是一潭死水，活着就是为了死守着那个"至善"，你们想想看，这样的余生该多么无聊！一动不动站在舞台的聚光灯下，哪怕站一个小时你就会叫苦连天，更何况守着"至善"一生"不迁"呢？我的个天！人生就像一场比赛，赛前就知道比赛结果，谁还会买门票观看比赛呀？赛前不知道结果才让人牵肠挂肚，人生有很多悬念才会魅力无穷，要是一出生就能看到坟墓，这种人生一定乏味透顶。

环顾四周，追求"最好"的那些人，恰恰是那些活得战战兢兢的人，那些最为谨小慎微的人，也是那些活得最不开心的人。他们追求"最好"的良好愿望，却落得最不好的可悲下场。

"做更好的自己"则不然：不用徒劳地追求什么"最好"，不用定下什么宏伟的目标，更不用害怕干得不好。这样，我们永远可以轻装上阵——不求"最好"就不会焦虑，不定宏伟目标就没有负担，不怕干不好就不会紧张。昨天只认识 500 个英语单词，今天能认识 505 个就心满意足，开一瓶啤酒为自己庆祝庆祝；昨天不能解的那道数学题，今天突然脑洞大开给解出来了，就去找女朋友嘚瑟炫耀；昨天还为那件琐事烦恼，今天就把它抛到九霄云外，独个儿出去买个烤红薯犒劳犒劳。

只求"做更好的自己"，不只让我们一天比一天进步，而且"进一寸有一寸的欢喜"；它让我们在做得"更好"时快乐，也让我们在快乐时变得"更好"。

朋友们，"最好"这种宝贝也许天堂里能够找到，在并不完美的人世只有"更好"，大家谁不是凡夫俗子呢，不必高调地要成圣希贤，与其嚷着"做最好的自己"，还不如实实在在地"做更好的自己"。

二

要"做更好的自己"，就要对自己有坚定的自信，相信自己有做得"更好"的潜力。

很多人在事业上半途而废，往往不是怀疑事业的意义，而是怀疑自身的能力。鼓吹"天才论"存心让人灰心丧气，让许多青年自弃自卑，让无数人摆烂躺平。

古人早就认识到，人皆为"可上可下之才"。在六十多年的读书和教书生涯中，我还没有发现一个传说中的天才。身边有的人古板阴沉，有的人活泼热情，有的人天性忧郁，有的人生来快乐，有的人单调乏味，有的人幽默机智……这些只是个性的差异，并不是才华的高低。其实智商也是一个动态的过程，情绪的好坏、教育的优劣、家庭的贫富，都影响到一个人的智商，天生的上智与下愚极少。

大家可能都有这样的经历，学习英语单词和背诵诗文的时候，一个单词明明背得烂熟，过段时间又好像第一次碰面，一首诗已经倒背如流，过几个月后又不能背全，这种经历往往弄得我们垂头丧气。一想到史书上"过目不忘"的记载，就觉得自己是世上的超级笨蛋。

多年求学和治学的经历告诉我，"过目不忘"这类说法，不是作者有意美化，就是纯属道听途说，再不就是存心骗人，世界上根本就找不到一个过目不忘的人。大家熟悉的钱锺书先生，无疑是我国 20 世纪最为渊博的通人，他的父亲钱基博先生是华中师范大学的名教授。钱锺书先生不仅淹通四部，还精通英语、法语、德语、意大利语、西班牙语，出访美国用拉丁语背诵古罗马三流诗人的诗歌，让在场的美国学者惊为天人。钱锺书先生是不是"过目不忘"呢？从其传记可知，他的博学是对他勤奋的酬劳。他有翻阅各种外语词典的习惯，周一英汉词典，周二德汉词典，周三英法词典，周四意西词典……当年在"五七干校"时，因宿舍里灯光太弱，他站在板凳上偷光读书。

钱锺书先生的妹夫石声淮教授，是我大学时的授业老师，英语极好，德语也棒。中华书局点校本十册《史记》，随便问哪一段哪一句，他基本都能准确地说出来，我们背地里都称他为"移动的书橱"或"活动的图书馆"。读书时有幸成为石老师的学生，教书时又有幸成为石老师的同事，我可以负责任地告诉大家，石老师绝非过目不忘，他的广博是他长期努力的结果。石老师为人特别单纯，比"两耳不闻窗外事"还要专注，他两耳连"窗内事"也不闻，他一生都享有不问柴米油盐的福分。钱师母这位出身书香门第的大家闺秀，是一位相夫教子的贤妻良母，她一生没有让石声淮师下过厨房。

今天我给大家讲个石声淮师的小故事。钱师母过世半年后，石老师到教研室对大家说："我现在会下面了。"教研室所有老师都是他的徒子徒孙，大家见他说得一本正经，每个人都想笑又不敢笑。有位老师恭恭敬敬地向他求教："石老师，面要怎样下？"石老师一脸认真地告诉他："面要水开了再下。"当时的场景对我们都是严峻的考验，我肚里的肠子都快笑断了，但脸上又不敢笑出来。我的个天！他到八十多岁才知道，面要等到水开了再下！他是最有福气的那一代学人，每年薪俸又高，家中杂事又少，读书用心又专，石声淮师想不博学都很难！

古今中外那些伟大的事业，大多是我们这些平常人干出来的。我国古代的伟大诗人中，李白也许是一个绝顶的天才，其诗"清水出芙蓉，天然去雕饰"，清朝人说他那些杰作只须"用口一喷"，而我们常人则要用心"苦吟"。余光中也夸张地说，李白"绣口一吐就是半个盛唐"。可是，"铁杵磨成针"这个成语，又明明白白地告诉我们，李白的天才来于他的勤奋。据南宋祝穆《方舆胜览》记载，世传李太白读书山中，弄得心灰意冷想放弃。回家时遇上老奶奶正在磨铁杵，一问才知道她是要把它磨成针。太白大受启发，又重回山中完成了他的学业。我们来听听他的自述："五岁诵六甲，十岁观百家。轩辕以来，颇得闻矣。常横经籍书，制作不倦，迄于今三十春矣。"（《上安州裴长史书》）他从小就博览群书，从神仙鬼怪到诸子百家无所不读，枕边经常放着各种书籍，不知疲倦地吟诗作文。可见，他也不是像孙悟空那样，从石缝里一蹦出来就能大闹天宫。

杜甫就更老实了，虽然他自夸"读书破万卷，下笔如有神"，可毕竟是通过"读书破万卷"的勤学苦练，才达到"下笔如有神"的创作佳境。表面上看，似乎李白诗歌是天才的结晶，而杜甫诗歌是人工的极致。实际上，李杜二人那些万口传诵的诗篇，都是对他们汗水的奖赏。杜甫到老还"语不惊人死不休"，要把自己的诗歌写得更加出彩。

李白与杜甫，之所以成为李白与杜甫，不是因为他们的天才，而是在于他们的努力。

从古今中外伟人名人的生平中，我找到了自己人生的自信，相信通过坚持不懈的努力，完全可以"做更好的自己"。

三

要"做更好的自己"，除了要树立对自己才能的信心，还要有不服输的犟劲，有承受失败的韧劲。

每个人都可能成为社会栋梁，也都可能成为街头混混。到底向上提升，还是向下沉沦，要看家庭的环境、学校的教育、人生的际遇，但更为关键的，要看自己是否有向上的激情，是否有持之以恒的毅力，是否有百折不挠的韧性。家庭只表明你出身门第的高低，学校只表明你教育背景的好坏，这些对一个人的成长当然重要，但并不能决定你个人成就的大小。政界、商界、学界和企业界，许多名人都出自寒门，许多科学家的父母都目不识丁。从小就读名校当然不错，可我们大部分人的知识都来于自学。中小学就不用说了，就是大学课堂上老师教的那些甲乙丙丁，我们一考完就还给了老师，只记得他说过的那几句俏皮话、那几句口头禅，还有他做过的那几个怪相。

谁都有被尊重被承认的需要，没有谁一开始就想摆烂"躺平"。差别在于，有人一遇挫折就沮丧灰心，有人遇到挫折反而愈战愈勇；有人刚一跌倒就干脆卧倒，有人反复跌倒仍要挣扎挺起；有人可能还没输就想认输，有人就是输了也不服输。

朋友们，干任何事情遭受挫折是常态，而一帆风顺属于碰巧侥幸，它在我们一生中比中彩票还难。我反复对我的小孩和学生说，一帆风顺既不可能也不可贵，挫折失败是对一个人最好的磨炼，经常遭遇挫折才能淬炼我们面对挫折的韧性，经常失败才能铸就不服输的犟劲。只有在挫折失败之后立马站起，我们才能"做更好的自己"。

这里我要向大家夸夸我自己。

我是"七七级"大学生，中小学都在"文革"中度过，上大学才开始正儿八经学英语。由于在小学没有学过汉语拼音，学英语的时候我不会拼单词，元音和辅音尚且发音不准，把元音和辅音拼在一块更不知道发什么音。从小到大我就不怕读书，可这回一看到那些蝌蚪似的英文就发怵，一点我拼读单词就全身出汗。给我们班上英语课的女老师叫宋淑慧，估计最多只比我大四五岁，人长得特别美，声音又格外甜。我最害怕她点我起来读课文，由于我学英语像个白痴，怕给年级的男同胞丢脸。大概上了一个月的英语课，全年级就来了一次初考。不管考哪门课我都"艺高人胆大"，不管会不会做我都要做，不管懂不懂我都要填。这次英语考试中有几十道填空题，无论如何我总不会每道题都蒙错了吧。说真的，虽然直到交卷我也没看懂试卷上的考题，但我认真地把每个考题都做了。不信我的手气就那么背，再不走运考分也会在 0 分以上；当然我也不信手气会那么好，再怎么走运考分也只会在 10 分以下。

由于"七七级"的年龄普遍偏大，学校也许是顾及同学们的脸面，没有公布英语摸底考试成绩，可考后不久我就被"请"到了慢班。慢班是一个男老师上课，他生就的模样和我旗鼓相当，属于不管到哪里太太都很放心的那种类型。降到慢班本来就觉得是奇耻大辱，再看到慢班老师那张苦脸我更苦上加苦。恰在这时读到北京一位英语教授的文章，他说学好外语需要一点天才。听英语教授这么一说，我觉得自己这种弱智活着只会给社会添堵，幸好当时我们住在一楼寝室。连续几周我都沉到了绝望的深渊，大概有一个多星期我没有去上英语课。

那段时间我心里一直有两股力量在搏斗，堕落的一方对我说：建业，就认了吧。奋进的一方对我说：建业，不能认输！连续几个晚上彻夜难眠，灵魂搏斗的结果是奋进的一方胜出。一想明白我就立即行动，特地请同寝室的李建国兄教我英语，他先纠正我元音和辅音的发音，再教我元音和辅音的拼音。我一会拼单词了就猛背英语单词，背熟了单词就背整篇课文。上床之前我把一段段课文背一遍，上床后又重复默背几遍，不会背的地方早晨起床后重背。这样，我的英语成绩突飞猛进，很快我又回到了宋老师那个班，重回原班那天她还表扬我"进步很快"。事后的结果证明，那位宣称学外语需要天才的英语教授，不过是在那里自抬身价，所谓学好外语需要天才，无非就是说他自己是个天才。这类胡说八道不知坑了多少青年！你到新加坡去看看，随便哪个华人都能自如地说几门外语。在一个只说单一母语的社会里，学好外语不是需要天才，而是需要精力、耐力和毅力。

当时国家正百废待兴，武汉很难买到英语词典，我托班里王玲玲大姐从北京带一本《英汉小词典》。我每天背一页词典上的单词，周而复始地复习和默写，背了又忘，忘了又背，背了再忘，忘了再背，两三年下来我的单词量相当可观，那本《英汉小词典》被我翻得又破又烂。通过几年的英语学习，我有一个可以荣获诺贝尔奖的意外发现——遗忘并不可怕，可怕的是怕遗忘。烦请听我这次演讲的朋友们，务必把我这个重大发现告知诺贝尔奖评委会。

一年级上学期我们年级没有开英语课，在大学只学了三年半英语，毕业时我能阅读改写英文小说，考研究生时英语好像得了70多分。大学毕业前我收到了研究生录取通知书，李建国兄把他的《袖珍英汉辞典》送给了我，他说这本辞典"你以后用得着，我以后用不着"，并且写下了言短情长的赠语。大学里很多书我都扔了，但他送给我的这本辞典一直珍藏着，一是珍惜我们的兄弟情谊，一是留恋那个发愤的岁月。

顺便说一下，大学上外国文学课的时候，我读朱生豪译的莎士比亚戏剧入迷，从口里省钱买了一套人民文学出版社出版的朱译莎氏全集。又和同寝室王祖国兄一起到武汉测绘学院去卖书，赚到钱以后又买了一套商务印书馆的莎士比亚英文注释本。后来这些莎氏英文戏剧全都送人了，因为我根本无法读懂，但还保留了一本莎氏的十四行诗。每当夜深人静的时候，我还时不时把这本诗集拿出来，边摩挲边提醒自己说："戴建业曾经是个上进青年。"

忠实于自己才能"做更好的自己"。不服输的犟劲还表现在不受别人摆布，不做别人希望你成为的人，而要做你自己想成为的人（Don't be what you're supposed to be. Be what you want to be.）。

研究生毕业回到母校，我一走上讲台就搞砸了。由于我的口音太有"个性"，同学们纷纷诉苦说听不懂。可能是同学们反应太强烈，我教书还不到一年，学校就决定让我转行政岗。记得当时一位领导找我谈话——

"戴老师，学校初步决定让你转岗做行政。"

"我教书教得好好的，为什么让我转岗？"

"大家反映听不懂你讲话。"

"我不转。"

"为什么不转呢？搞行政同样是干革命工作。"

"你不是明明听懂了'我不转'吗？为什么说大家都听不懂我讲话呢？"

不欢而散……

我立即去找中文系领导申诉（当时还没有成立文学院），并且告诉他们我的普通话提高很快。那时各大学"七七级"的研究生很少，我自己又没有犯什么错误，大概领导又决定暂不转岗以观后效。

1985年那年份磁带还没普及，更不用说电视机了，我买了一台较好的收音机，一有空就收听中央人民广播电台的节目。有个名为"阅读与欣赏"的栏目，每周有一位播音员朗诵著名散文和诗歌，他们的普通话说得字正腔圆，一听他们说话我就心生羡慕。为此我特地订了一份广播节目报，提前把本周要讲的诗文都标注拼音，先自己反复诵读几遍，再听播音员是怎么读的。每周给同学们讲课，总会有一些热心快肠的同学，在课堂上当面指出我的发音错误。几年下来，我慢慢练就了现在这口既标准又有个性的普通话。

到给"八八级"同学上课的时候，同学们就经常送给我热烈的掌声。在一生的教学生涯中，我和"八八级"的同学最有感情，他们的掌声对我来说是雪中送炭，后来同学们的掌声只是锦上添花。"八八级"同学们的掌声使我意识到：戴建业的普通话讲得不赖！我从此在讲台上就算站稳了脚跟，这一辈子粉笔灰算是吃定了。大家定能猜到，我当"戴老师"来之不易，所以我对"戴老师"这个称呼觉得特别温暖，在 B 站上我直接就注名"戴建业老师"。

四

要"做更好的自己"，还要特别向同事和同行学习。

我一生谨记孔子"三人行，必有我师"的教诲，对任何人我都"择其善者而从之"。遇事就向师长求教，暗暗向同辈同行学习，也留心年轻同行的长处。我一直告诫自己的孩子和研究生，时时盯着别人的缺点，你就不可能从别人那儿学到东西；要看到同学同行同事的每个优点，并暗下决心"见贤思齐"；要彻底摒除嫉妒的恶习，学会为同行同事的成就喝彩。

给研究生上课的时候，我经常告诉他们某人某篇论文写得好，有时甚至提前通知他们复印好原文，上课的时候我和大家一起讨论。先让同学们轮流发言，最后再由我来总结：从这篇论文的问题意识讲到选题，从论据搜集讲到论证方式，从文章的优点讲到文章的缺憾。很多同学反映说，这种方式让他们受益匪浅。

只有知道哪些人的哪些方面好，我们自己才能做得更好。

前不久，"戴门弟子"的微信群上，一位弟子转发了黄侃先生鄙视梁启超和王国维学问的"名言"，平时我很少在弟子群里发言，这次我马上发了一条很长的微信——

"虽然黄侃先生是我们黄冈乡贤，虽然他还是我老师的老师，假如这些言谈真出自黄先生之口，他轻诋王、梁学问的做法我难以苟同。黄侃先生是一代语言学大师，但他的学问和眼界，基本没有越出乾嘉学派的范围，而王、梁则是开一代学术新风的大人物，二人都具有世界性眼光，梁横跨政、学两界暂且不论，王国维是'预流'于国际学术的大师。他早年自学英文，并以英文阅读康德和叔本华，所以能在学术上'导其先路'。王国维提出的问题、思考的路径和论证的方法，全都在黄侃先生的视野之外。王国维思辨的力度、学问的广度、逻辑的缜密，20世纪的学界罕有其匹。更难得的是，王国维学问既非常渊博，感情又极其丰富，审美更异常细腻，《王国维词集》中许多杰作让人击节叹赏，臻于清人'有学而能宣，能文而有本'的化境。王的追求、抱负、困惑、纠葛本身，就是中西文化初始碰撞的表征，也是我们这个古老民族即将焕发出创造活力的春讯。黄侃先生的学问风骨可敬可佩，他诋毁同辈学者的狂傲不可学不可效。"

我当了二十多年学科带头人，既和教研室的兄长们互敬互爱，也虚心向年轻的同事们学习，他们的学问才华都远高于我。我们学科成为文学院最温暖的大家庭。

我也时时向自己的研究生学习，昨天还有一个研究生教我发音，我连忙称她是我的"一字师"。我的博士生翟满桂教授和我同龄，她博士论文《柳宗元永州事迹与诗文考论》出版时索序于我，我在该书的序文中说："记得七八年前翟满桂报考我的博士生，第一次我没有录取她，不是因为她考试成绩不好，而是觉得她已是很有成就的教授，我自己实在没有什么东西可教她，再说她与我是同龄人，我只比她大几个月，觉得以后相处有些尴尬。第二次考试为她的精诚所动，才同意让她来华师一起共同学习。后来事实证明我的顾虑纯属多余，我们之间相处得特别愉快，我一直把她当成自己的朋友。我在她身上学到的东西，肯定比她从我这儿学到的要多，尤其是她那坚韧不拔的毅力。"

五

要"做更好的自己"，就一定要学会不能重复自己，重复自己其实就是抄袭自己。人一旦抄袭自己，立马就成了"行尸走肉"。人生如逆水行舟，不进则退，绝不可能"止于至善"。要学会把已有的成绩归零，永远"而今迈步从头越"。

如今，再也没有人来考核我，我也用不着去申请评奖，用不着申报什么课题，更用不着去参加什么大会，"山中无历日，寒尽不知年"。真正到了可以"优哉游哉，聊以卒岁"的时候，用现在最时髦的话来说，我可以放心地"躺平"了。

可我觉得，现在恰是"我的人生我做主"，这才是自己读书写作的最好时光。自己虽然满脸皱纹，满头白发，但双目犹炯，记忆仍强，精力更旺，此时要是自己早早地躺平了，那无异于让自己过早地自杀。六十岁生日那天我写了一篇《六十自箴》，发誓要"积学以要其成，力行以遂其志"。

我们每个人都是自己的作品，但愿我这部作品少一些败笔。眼下我心心念念的是如何超越自己，如何写出比过去更好的学术著作，如何写出对得起自己的散文，如何讲出更有深度更加生动的课程。总之，我要干的事情还有很多，我要走的路还很长。过去我走了太多的弯路，犯了太多的错误，祈求老天还能给我留下十几年光阴，让我读完一直想读而又未读的名著，让我草就尚未完成的那些论著论文，让我再多写一点自己满意的散文，多译一点自己喜欢的英文。让余生能弥补一些过失，让此生减少一些遗憾。

希望自己不是在医院的病床上，而是在自家的书桌前，和这个世界作最后的告别。

曹操在《让县自明本志令》中说，希望自己死后墓碑上刻着："汉故征西将军曹侯之墓"。但愿告别这个世界的时候，我也能无愧地对自己说："建业，你是好样的！"陶渊明称"吁嗟身后名，于我若浮烟"，临终前还说"匪贵前誉，孰重后歌"。我可没有陶渊明那么洒脱，一直没有看透"生前身后名"，仍旧希望我的朋友和网友、我的学生和亲人，在我离开这个世界以后仍由衷地说："戴建业，真是好样的！"当然，相比死后别人的评价，我更看重自己生前的感受。

朋友们，"最好"是人生的天花板，它让我们的人生止步不前，而"更好"则是不断进步的阶梯，它引导我们一直向上攀登，"做更好的自己"永不止步，也永无止境。

"做更好的自己"，既是一种人生的态度，也是一种人生的活法，又何尝不是一种人生的境界？我们只知道"更好"没有终点，但不知道"更好"长什么模样。正因为不知道"更好"的模样，我们才会去追求"更好"，才会去拼命让自己变得"更好"。

但愿我这次冗长的演讲，能坚定大家力争"更好"的信念，能鼓起大家生命的风帆，勇往直前地去"做更好的自己"！

　　谢谢！

2023 年 3 月 23 日初稿

2023 年 3 月 24 日演讲

2023 年 3 月 26 日修改

憧憬·期待·惜别
——B站毕业季：名师的最后一课

同学们好！十分荣幸，几天前我应聘广东外语外贸大学，有机会和大家一起相互学习；十分不巧，我刚刚成为你们的老师，你们很快就将离开母校。因而，今天这节课极其特别，它是我们的初识课，也是我们的惜别课。

对这一节课，不同的人可能有完全不同的感受：多愁善感的同学或许异常沮丧——刚一开始就马上结束，没劲！乐观开朗的人肯定异常开心——刚一开花就马上结果，带劲！

同学们，我想就对这同一事件，产生截然不同的情感反应说开去。情感反应不同于理性认知，后者是冷静思考或逻辑推理的产物，前者则是潜意识甚至无意识的自然流露。

人虽然自诩为"理性的动物"，但不同于受程序控制的机器人，理性并不是我们生命的主宰。大多数情况下，理性都是在为情感辩护，而不是情感去为理性服务。譬如，恋爱的时候通常是先爱她（他），再去寻找爱她（他）的理由，而不是先找到了爱她（他）的理由，然后再去疯狂地爱她（他）——没有爱的冲动，就没有爱的理由。事业也和恋爱一样，先有追求某一远大目标的生命激情，然后才会去思考到达这一目标的可行路径。

因此，一个人对人事的情感反应，关涉到我们个人的苦乐，我们家庭的悲欢，我们事业的成败。

这一节课通过几首小诗，聊聊不同的人生态度，不同的情感反应，如何影响我们不同的人生，准备从三个层面切入：对未来的憧憬，对自我的期待，我们师生的惜别。

一、憧憬

毕业前夕找工作的经历，社会已经给很多同学上了第一节课。你们一脸微笑地递上求职简历，遇上没修养的招聘人员，他们的表情不冷不热，对你们爱理不理，甚至可能当面就拒收简历；遇上有修养的招聘人员，脸上或许还能挤出职业的微笑，可一转眼就将简历扔进了纸篓。你们连续投了几十份简历，也许没收到一份 offer（录用信）。石子在水塘里还能打起水漂，你投出去的简历却溅不起一个水泡。

求职其实就是求人，人若求人矮半截，人不求人一般高。不管你的学习成绩有多好，不管你平时为人有多傲，只要求人，你就得把苦水往肚里吞，你就得对别人满脸堆笑。

我是"七七级"的大学生，那时的大学生是天之骄子，求职哪用得着这么低三下四？我们每个人都像"皇帝的女儿"，差不多所有单位都对我们笑脸相迎。不过，虽然没有求职被拒的经历，但我尝过求爱被拒的痛苦，一封滚烫滚烫的求爱信，却换来了女神冷冰冰的回应："你是个好人……"因而，那些还没有找到"下家"的同学，我能想象你们现在灰暗的心情。此刻，我想起了普希金的名作《假如生活欺骗了你》：

假如生活欺骗了你，

不要悲伤，不要焦急！

忧郁的日子里须要镇静：

相信吧，快乐的日子将会来临！

心儿永远向往着未来；

现在却常是忧郁。

一切都是瞬息，一切都将过去；

而那过去了的，都将成为美好的回忆。

这首说教气味浓厚的诗歌，你们无疑一句也听不进去，有人可能还会暗暗埋怨："普希金实在矫情！"有人可能还会大叫："普希金是个骗子！"谁能向我保证"快乐的日子将会来临"？

说真的，我也觉得普希金这首诗，当下对大家来说，即使不说它是在骗人，至少它有点苍白，有点空泛，还有点生硬。叫别人"不要悲伤"，叫别人"不要焦急"，那是站着说话不腰疼。假如自己碰上悲伤和焦急的事，你还能"不悲伤""不焦急"才算本事。

但是，切莫把普希金对远方的憧憬，当成眼前无用的空头支票。一个人能不能事业有成，第一步就是要看你对未来有没有憧憬。对未来有美好的憧憬，你永远就不会在失败后躺平，永远就会有奇妙的想象，永远就会有美妙的诗情。你走路就会两脚生风，你两眼就会炯炯有神，你工作起来就会干劲冲冲……

遇上同一种事情，面对同一种风景，有人会感伤得涕泪涟涟，有人会兴奋得浮想联翩。同学们来看看，《红楼梦》中林黛玉与薛宝钗，暮春时节面对同样的柳絮，她们有什么样不同的情感反应。先看林黛玉的《唐多令》：

> 粉堕百花洲，香残燕子楼。一团团逐对成球。飘泊亦如人命薄，空缱绻，说风流。　草木也知愁，韶华竟白头！叹今生谁舍谁收？嫁与东风春不管，凭尔去，忍淹留。

春天的柳絮因其洁白、轻盈、缠绵和舒卷，引来无数诗人的赞美和咏叹，如东晋谢道韫就凭一句"未若柳絮因风起"，就享有"咏絮才"的美誉；也因其忽东忽西随风飘扬，招来"趋炎附势"的嘲讽，"随风转舵"的挖苦和"轻浮无根"的鄙视。

同学们，自然界的柳絮虽然是同一种，可观赏柳絮的却不是同一人。每人心境不同，喜好各别，有人见它随风舒卷而开怀，有人见它随风飘泊而忧伤，有人爱它，有人厌它，有人赞它，有人骂它……

上面林黛玉这首咏絮词，出自《红楼梦》第七十回《林黛玉重建桃花社　史湘云偶填柳絮词》。大观园的姑娘们嚷着要重建诗社，正好林黛玉写了一首古风《桃花行》，她们就把诗社命名为"桃花社"。"时值暮春之际，史湘云无聊，因见柳花飘舞，便偶成一小令，调寄《如梦令》，于是惹得大家一时兴起，贾探春、贾宝玉、薛宝琴、林黛玉、薛宝钗等人纷纷唱和，其中要数林黛玉和薛宝钗两首词的水平最高。

曹雪芹是一位绝顶天才，《红楼梦》中的诗词曲赋，无一不切近人物的身份，曲肖每个人的口吻。林黛玉的《唐多令》一起笔就说："粉堕百花洲，香残燕子楼。"这两句字面是写柳絮飘落。上句暗用西晋石崇爱妾绿珠典故。石崇在百花洲筑楼将绿珠金屋藏娇，不意赵王司马伦垂涎绿珠的美艳，倚仗权势夺人所爱，绿珠在百花洲以跳楼自杀来报答石崇对自己的宠爱。百花洲位于姑苏城，而林黛玉恰是姑苏人，"粉堕百花洲"既符合林妹妹的身份，也表现了林妹妹的心境。"燕子楼"典出白居易《燕子楼三首》，中唐关盼盼为张愔节度使小妾，张死后关盼盼念旧情守寡，独居燕子楼十余年终老。柳絮飘飞本是阳和春景，在林黛玉眼里成了"粉堕"，成了"香残"，到处都是一片狼藉凋零。更要命的是，柳絮飘堕让她想起了百花洲绿珠坠楼，想到了关盼盼燕子楼的幽独，可以想见林妹妹触目伤情。

"一团团逐对成毬"，这句续写柳絮之形——地上洁白轻柔的柳絮容易成团，在微风中卷成球状逐队翻滚。这景象不禁让她想起自己的身世，发出了"飘泊亦如人命薄，空缱绻，说风流"的悲叹。

这里顺便交代一下林黛玉的身世。她与贾宝玉是姑表亲，弟弟不到三岁就夭折，自己小小年纪父母双亡，她只得长住外祖母贾母家。不知什么原因，她父亲林如海没有给她留下任何遗产。有的学者说贾府侵吞了她家财产，有的说她父亲原本没有多少财产。在《红楼梦》第四十五回，林妹妹自称"我是一无所有"，"吃穿用度，一草一纸"都要仰仗他人，她孑然一身寄人篱下。看到柳絮"逐对成毬"的情景，她自然就想到自己飘泊无根的处境。"飘泊亦如人命薄"，从说柳絮到叹自身：柳絮轻才会飘零，人命薄才会飘泊。柳絮聚成一团团的样子，酷似情侣缠绵在一起。然而，她与宝玉虽是一对金童玉女，"一个是阆苑仙葩，一个是美玉无瑕"，但他们的爱情并不被长辈所认可，也不被周围的人所看好，到头来只落得"一个是水中月，一个是镜中花"。"空缱绻，说风流"一语双关，表面是描写柳絮，实际上倾诉自己。

下阕的情绪更为哀怨："草木也知愁，韶华竟白头"。柳絮像棉花一样雪白，林妹妹看到柳絮满树，猜想"草木也知愁"，在春光明媚的时节，柳树也急白了头。她说自己"不过是个草木人儿"，"草木也知愁"完全是自言自语。"叹今生，谁舍谁收"？苏轼《水龙吟·次韵章质夫杨花词》说："似花还似非花，也无人惜从教坠。"这两句可能受到它的影响。她想知道这满眼柳絮，现在是谁狠心把它们抛下？将来谁又会好心把它们收留？她是一个寄养在外婆家的孤儿，所以对"今生谁舍谁收"，既格外牵挂，也格外敏感。

"嫁与东风春不管，凭尔去，忍淹留"三句，回答"谁舍谁收"的疑问，到头来没有人怜惜它，自然也不会有人来收留它。"嫁与东风春不管"十分形象，把柳絮在东风中飘飞，说成是柳絮"嫁"给了东风，随风而起，随风而落。在古代社会，只有女性才会有这种感受，也只有才女才能这样形容。在东风里乱飘的柳絮，春光全然不闻不问不管不顾，任它们随聚随散，任它们忽东忽西，任它们四处飘泊流离，眼睁睁看着柳絮长久浸在水中，一直粘在地上。

该词从艺术上说是典型的移情，从情感上看是极强的代入。林妹妹从柳絮的飘零，想到了自身的飘泊；从柳絮在风中"缱绻"，想到了自己与宝玉的缠绵；从柳絮颜色的洁白，想到自己"韶华竟白头"；从眼前柳絮"谁舍谁收"，想到自己"今生"无依无靠；从柳絮"嫁与东风春不管"，想到了自己将来没人照看没人怜……

这一咏物词，物与人浑然一体，柳絮就是林黛玉，林黛玉就是柳絮。柳絮成了林黛玉的化身，林黛玉既是在说柳絮，也是在叹自己。林黛玉眼中的柳絮寄寓了她可怜的身世，她孤僻的个性，她悲惨的命运。从"飘泊亦如人命薄"的凄凉，到"叹今生，谁舍谁收"的冷漠，再到"嫁与东风春不管"的沮丧，用鲁迅先生的话来说，全词笼罩着一层"悲凉之雾"。难怪她的姊妹"众人看了，俱点头感叹说：太作悲了"！

这与林黛玉的个性、气质和情绪有关，岂止对柳絮自悲身世，她对梅花、桃花、菊花、海棠花无不如此，如《桃花行》说"胭脂鲜艳何相类，花之颜色人之泪；若将人泪比桃花，泪自长流花自媚"。见花落泪，触景伤怀，是她惯常的情感体验。由于父母弟弟接连离世，她从小就成为孤儿，这让她一直走不出原生家庭的阴影。加上她生来就多才多情多疑多病，《红楼梦》第三回这样介绍她：

> 两弯似蹙非蹙罥烟眉，一双似喜非喜含情目。态生两靥之愁，娇袭一身之病。泪光点点，娇喘微微。闲静时如姣花照水，行动处似弱柳扶风。心较比干多一窍，病如西子胜三分。

终年没有断药，成天以泪洗面，无时不蹙双眉，所以姊妹们称她"多病西施"，贾宝玉一见面就称她"颦颦"。鲁迅先生也说："林妹妹整天愁眉苦脸，哭哭啼啼，小肚鸡肠……林黛玉虽然美，但那是一种病态美。"上高中时，《红楼梦》被打成"黄色小说"，我课堂上偷偷摸摸地把它翻完，晚上还时常偷偷摸摸地梦见她。当时觉得要是能娶到林黛玉，我就是天下最幸福的人。研究生毕业后重读《红楼梦》，才明白林黛玉只能看不能娶。她每天都愁眉苦脸，询问却又说不出个具体原因，我的性子又特别急，她不跳楼我肯定跳楼。用今天精神病学的眼光看，林黛玉是一个重度抑郁症患者。不管遇到什么她都悲观，不管看到什么她都生厌。

像林黛玉这种情绪的人，怎么可能去憧憬未来呢？而不敢憧憬未来的人，又怎么可能会有光明的未来呢？

再来看看薛宝钗对柳絮有什么样的感受——

临江仙

白玉堂前春解舞，东风卷得均匀。蜂团蝶阵乱纷纷。几曾随逝水，岂必委芳尘。万缕千丝终不改，任他随聚随分。韶华休笑本无根，好风频借力，送我上青云！

钗、黛虽并列十二金钗之首，但薛宝钗对柳絮的感受却大异其趣。她认为前面几个人的咏絮词"终不免过于丧败。我想，柳絮原是一件轻薄无根无绊的东西，然依我的主意，偏要把他说好了，才不落套"。她一出手就让人惊艳："白玉堂前春解舞，东风卷得均匀。"钗、黛词中的柳絮虽然同属一种，但她们柳絮的飘飞之地却大为不同，宝钗笔下的柳絮，不是在伤心的百花洲，也不在幽栖的燕子楼，而在富丽典雅的白玉堂。

柳絮飘飞的样子，在林黛玉眼中是"粉堕""香残"，而在薛宝钗看来却像在春天翩翩起舞，时而欢快，时而舒缓，舞姿是那样曼妙优美。开头两句情调欢愉，一扫感伤沮丧的阴霾。史湘云一见就拍手称快："好一个'东风卷得均匀'，这一句就出人之上了。"钗、黛对同一种柳絮，有截然不同的情感反应，是由于林妹妹是泪眼看柳絮，宝钗姐姐是笑脸迎柳絮。同学们，大家看出来了吗？

"蜂团蝶阵乱纷纷"，紧承前二句而来，柳絮随东风翻飞，在春天起舞，招来了"蜂团蝶阵"。雪白轻柔的柳絮、五颜六色的蝴蝶、嗡嗡作响的蜜蜂，它们一块在柳树的枝头闹春，编织成了一幅绚丽的春色图。这一组柳絮词中，无论史湘云《如梦令》中的"鹃啼燕妒"，还是贾宝玉《南柯子》中的"莺愁蝶倦"，非"啼"则"妒"，既"倦"且"愁"，渲染一种伤感倦怠的氛围，用薛宝钗的话来说，"终不免过于丧败"，而薛宝钗的"蜂团蝶阵"，则是一支春天欢乐的进行曲。

柳絮为什么会招蜂引蝶呢？顺便给同学们科普一下柳絮。柳絮是柳树春天所结的种子。柳树春季开的是单性花，有蜜腺而无花被，无花被便无法自行授粉，有蜜腺便能招引蜂蝶来完成授粉。人们往往分不清杨花和柳絮，其实二者虽然形状十分相似，但它们绝不能混为一谈。杨花是一种典型的风媒花，它没有分泌花蜜的蜜腺，所以它不能引来蜜蜂蝴蝶，只好靠风力来传播授粉。

"几曾随逝水，岂必委芳尘"二句，是对苏轼《水龙吟·次韵章质夫杨花词》词意的逆转。苏词说杨花让人"萦损柔肠，困酣娇眼"，说杨花终将"春色三分，二分尘土，一分流水"。这里用"几曾""岂必"反问句，以激烈斩绝的语气作翻案文章，表现了薛宝钗独立自主的人格，绝不随波逐流的品性。

上阕以状物而言情，下阕言情而兼状物。"万缕千丝终不改，任他随聚随分"，初看好像仍在写柳絮，细读才明白宝钗是在说自己。"万缕千丝"写柳絮之形，"终不改"说柳絮之性，这像极了宝钗的为人——随和处有坚持，温柔中含刚性。"任他随聚随分"字面上是说柳絮，它有时分成一缕一缕，有时又聚成一团一团，随风势而改变方向，因环境而变换形状。这不正是在说薛宝钗的为人吗？她从小就继承了母亲圆融柔和的性格，对所有人都藏锋不露，在任何地方都会随分从时。

"韶华休笑本无根，好风频借力，送我上青云"，最后三句是全词主题的升华，通过柳絮的自言自语，写出了宝钗自己的心声，抒发了她对未来的美好憧憬。别笑春天的柳絮无依附无根基，无根基才无所羁绊，无依附才无所牵挂，愿借助东风强大的风力，一路把我送上万里碧空。在薛宝钗这儿，"无根"的弱点反而成了柳絮的长处，本来的坏事反而成了难得的机会。正如她说的那样，"柳絮原是一件轻薄无根无伴的东西"，现在却成了最有前途的香饽饽。

薛宝钗刚一搁笔，"众人拍案叫绝，都说：果然翻得好！气力自然，是这首为尊；缠绵悲戚，让潇湘妃子（林黛玉）；情致妩媚，却是枕霞（史湘云）；小薛（薛宝琴）与蕉客（贾探春）今日落第，要受罚的"。以"这首为尊"虽为众望所归，但只说翻案"翻得好"未免肤浅。倒是脂砚斋评论眼光独到："宝钗诗全是自写身分……纤巧流荡之词，绮靡秾艳之语，一洗皆尽。非不能也，屑而不为也。"

宝钗不仅翻了众金钗的案，还翻了苏东坡的案，可案不是想翻就能"翻好"的。这首柳絮词让人耳目一新，关键是她对柳絮有全新的体验。

他人柳絮词大多以哭丧的语气，抒写伤感的心境，表现缠绵的情致，而薛宝钗的咏絮词，则以一种欢快的调子，抒发对未来乐观的展望，充满勃发向上的生命活力。"自写身分"算是说到了点子上，宝钗笔下的柳絮，其实就是她自己。"几曾随逝水，岂必委芳尘"，正是她独立人格的写照；"好风频借力，送我上青云"，又何尝不是她自己的雄心？

同学们，宝钗开朗乐观的心态，勃发向上的生命活力，既来于她的气质个性，也来于她的原生家庭，更得之于她后天的勤奋。"丰年好大雪（薛），珍珠如土金如铁"，她便生于这富甲天下的薛家，贾政夫人是她的姨妈，封疆大吏王子腾是她的舅舅。命运对她太偏心了，富贵之外还那么美丽，美丽之外又那么聪慧，贾府上下公认她"艳冠群芳"，大家都惊叹"宝姐姐是绝色的人物"！她不施粉黛而让人惊艳，不忸怩作态而惹人爱怜。她美得简直一派天然，不用一丝一毫的人工妆点，"唇不点而红，眉不画而翠，脸若银盆，眼如水杏"。不像林黛玉那样的病西施，她全身散发着一股青春的气息，肌肤白皙而又红润，身材丰泽而又苗条——俨然就是一朵"国色天香"。

如果说荣华富贵从娘胎中带来，天生丽质由上天恩赐，那宝钗的博学多识则是个人努力，宽厚娴雅更来于自身的修为。她很小就开始博览群书，在文学、医学、佛学、绘画、音乐等方面，并不满足于泛泛地涉猎，而具有一定的专业素养。脂砚斋多次赞叹："宝钗可谓博学矣！""真有学问如此，宝钗是也！"尤其难得的是，她洞明世事却不世故，多才多艺又极谦和，体察人情但绝不尖刻。不管在什么场合，她总是那样低调、谦逊、随缘，从不在人前叽叽喳喳地卖弄，"罕言寡语，人谓藏愚；安分随时，自云守拙"。宝钗的模样美得叫人嫉妒，可她的贴身丫头莺儿对贾宝玉说："我们姑娘有几样世人都没有的好处呢，模样儿还在次。"在史湘云看来，薛宝钗几乎"完美无瑕"，她甚至在林黛玉面前也满口称赞谁也挑不出来宝姐姐的短处。宝钗要是生活在今天，我敢打赌，她一定会成为我们无数男性的梦中情人。

稍稍了解一下薛宝钗，同学们就会明白，"好风频借力，送我上青云"，不是由于她的无知轻狂，而是因为她有这种实力和自信。

宝钗的家庭、素质和勤奋，既使她开朗乐观，又使她大方可爱，面对任何疑难都能找到办法，身处任何环境都会找到乐子，所以她对自己的人生有乐观的展望，对未来有美好的憧憬。哪怕柳絮终将"二分尘土，一分流水"，她也要斩钉截铁地说："几曾随逝水，岂必委芳尘！"正因为"柳絮原是一件轻薄无根无绊的东西"，所以它才能"好风频借力，送我上青云"！

可是，在林黛玉那儿，一切都是倒过来的。柳絮飘飞让她想到人的飘泊，柳絮的白色让她想到"竟白头"，柳絮的零落让她想到自己"谁舍谁收"。可见，林妹妹从来没有走出原生家庭的阴影，以致她所见到的一切都染上凄凉的色彩。她自己原本就没有未来，自然也不会有对未来的憧憬。

如果说薛宝钗是"着手成春"—— 一动手便有春意，那林黛玉就是"触物皆晦"——碰到任何事情都是晦气。

同学们，虽说乐观与悲观各有缘由，但并非乐观与悲观都有理由。譬如，林妹妹看到柳絮，立马觉得它"飘泊亦如人命薄"，这是一种潜意识反应，甚至可能是长期形成的条件性反射，它是一种非理性的情感体验。再如，薛宝钗看到柳絮翻飞，第一反应是"好风频借力，送我上青云"，同样是一种无意识或下意识的情绪反应。

这种相反的情感体验，不仅会影响我们的心情，更将影响我们的前程。同学们试想一下，求职有成功的就有被拒的，肯定是几家欢喜几家愁。对那些被拒的同学来说，它可能使你从此灰心丧气，也可能激起你不服输的勇气；它可能使你觉得"自己不行"，也可能使你明白"别人能行，我也会行"。

怎样才会有积极的情感体验？怎样才会有乐观的憧憬？首先，长期情绪低沉的同学，要逐渐超越自己的原生家庭，消除自己过去失败的伤痕，认识到家境不由人选择，失败或失误人所难免，学会忘记过去，学会原谅自己。老是沉浸在悔恨和悲情中，就是自己和自己过不去。其次，扩大自己的信息源，信息的闭塞容易使你像井底之蛙，还容易使你钻进牛角尖，长期在一个环闭的虚拟空间中打转，你永远看不见身外广阔的蓝天。再次，有些同学要戒掉社交恐惧，扩大自己的交际圈。如果只交一个小圈子的朋友，甚至没有自己的知心朋友，一是你对人事的看法会变得偏执，二是你难以了解真实的社会，三是没有足够多的信息源，导致你可能失去很多机会。最后，既要宽容友善地对待自己，也要宽容友善地对待他人，逐渐与自己尤其是与他人和解，这样你才会获得安全感，也会感受到他人的温暖，因而你的心情慢慢开朗，你对未来也会逐渐乐观。

很多同学有一个认识的误区，觉得自己性格比较内向，所以天生就易于悲观。其实，对人事的悲观与乐观，和性格的内向与外向没有必然联系，内向的人也可能乐观，外向的人也可能悲观。不同只在于，外向的人"乐"起来写在脸上，内向的人却是偷着乐而已。

个人的力量非常有限，也许一时难以改变生存环境，但我们可以逐步改变自身。要像苏东坡那样，"休对故人思故国"——不要纠缠于过去，"且将新火试新茶"——永远过好当下，"诗酒趁年华"——绝不虚度自己的青春，乐观地憧憬美好的明天。

同学们，只要你憧憬美好的明天，你的明天就会变得美好。

二、期待

刚才聊了对未来的憧憬，再来聊聊对自我的期待。

对自我有所期待，你内心才会洒满阳光；对自我有所期待，你才会去高度自律；对自我有所期待，你自己才会觉得有个奔头，人家也才会对你有个盼头。

杰出的历史学家司马光，曾经语重心长地告诉年轻人说："夫射者必志于的，志于的而不中者有矣，未有不志于的而中者也。"对自我有所期待，给自己确立一个目标，你的人生就有奋斗的方向。即使没有实现自己的愿望，奋斗的过程也充满快乐。说到底，人生的结局都是一样——来于尘土，归于尘土，精彩与否全在于生命的过程。

对自我没有期待，你双脚就不知道迈向何方，你的心中就会空空荡荡，你的两眼就会迷迷茫茫。

假如真的这样，你可能找不到工作，找到了工作也会丢掉工作，甚至可能找不到男朋友或女朋友，因为你对自己没有期待，谁还会有耐心把你等待？

在一帆风顺的时候，我们往往容易自我膨胀，觉得自己像是无所不能的超人，遇上挫折的时候，又很容易自卑消沉，感到自己是个一无是处的白痴。

顺风顺水时应该冷静反省，看看是否还有提升的空间，以免自己变得轻浮狂妄。不断跌跤时倒要充满自信，坚信自己绝不会一事无成。

因此，事业越是遇挫的时候，情绪越是低谷的时候，越是要对自己的人生有所期待。

对自己的人生有期待，本质上就是对自己有信心。

只要对自我有所期待，你跌倒了马上就会站起来；只要对自我有所期待，暂时的挫折反而是在给自己打气，别人的藐视反而成了对自己的激励。

这方面李白是我们人生的楷模。不妨以他的两首诗为例，先聊他的《上李邕》：

大鹏一日同风起，扶摇直上九万里。

假令风歇时下来，犹能簸却沧溟水。

世人见我恒殊调，闻余大言皆冷笑。

宣父犹能畏后生，丈夫未可轻年少。

这首诗可能作于天宝四载（745）。李白被唐玄宗"赐金放还"后，与杜甫、高适在山东一带"找仙人，采仙草，炼仙丹"，时李邕正好为北海（今山东青州市）太守。李邕是李、杜二人的长辈，此时李邕六十七岁，李白四十四岁，杜甫三十三岁。从情理上讲，应是李、杜去拜见李邕。杜甫《陪李北海宴历下亭》记其事，并留下了"海右此亭古，济南名士多"的名句。

李白大家都非常了解，这里只和同学们聊聊李邕。李邕出身书香门第，是唐代大学问家李善之子。他是唐代的书法家、作家和名士。《旧唐书》本传中说，他每文一出便有人争购，"中朝衣冠及天下寺观，多赍持金帛，往求其文"。他每到一处都会引起轰动，"京洛阡陌聚观"，"衣冠望风，寻访门巷"。派头之大和声誉之隆，至少能与李白一比高低。

从《上李邕》一诗来看，这次相会好像没有宾主尽欢。

先看诗是怎么说的："大鹏一日同风起，扶摇直上九万里。假令风歇时下来，犹能簸却沧溟水。"前四句李白以大鹏自比，这是他在前辈面前自明其志。大鹏是《庄子·逍遥游》中的一种神鸟，其背"不知其几千里也"，"其翼若垂天之云"，翅膀拍打一下水面，就能激起三千里的巨浪，乘风扶摇直上九万里高空。李白自称"虽长不满七尺，而心雄万夫"（《与韩荆州书》），"文可以变风俗，学可以究天人"，天下没有他搞不定的事情。他这种雄心，这种气魄，这种才华，也许只有神鸟大鹏才能媲美。更何况有人说他是"谪仙人"，有人说他可"神游八极之表"，更强化了他就是大鹏化身的执念。年轻时写了《大鹏赋》，进入中年又写了这首《上李邕》，一直到绝笔诗《临路歌》还以大鹏自居："大鹏飞兮振八裔，中天摧兮力不济。"他对李邕说，有朝一日大鹏从风而起，扶摇直上九万里的云霄，哪怕风停了降落大海，也能激起惊天的海啸。

由于对自己才华极度自信，李白自然对自己有极高的期许，以神鸟大鹏自比，以当代谢安自居。对这般毫不掩饰的张扬，估计李邕大为不快，也可能大不以为然。《旧唐书》本传中说李邕"颇自矜炫，自云当居相位"。用今天的话来说,和李白一样,李邕也喜欢自夸自炫,也称自己的才干应做宰相。同学们想想看,都觉得"老子天下第一",这样的两个人能对上眼吗?

大概在李邕这儿受到冷遇,于是就有了后面四句:"世人见我恒殊调,闻余大言皆冷笑。宣父犹能畏后生,丈夫未可轻年少。""世人"当然包括李邕,"殊调"就是十分出格的说法,不同凡响的言论,此处指后面的"大言",自命不凡的浮夸。说是"世人"而不说"您",是缓和语气的委婉表达。听到李白那些"扶摇直上九万里"的"大言",我们好像看到了李邕"冷笑"。面对这些"冷笑",李白不是退缩而是硬刚,他用《论语》中的话来回敬李邕:"子曰:'后生可畏,焉知来者之不如今也?'"连孔子也知道后生可畏,您老人家难道比孔子还要高明?大丈夫对后生晚辈怎么能轻视嘲笑呢?李白虽然已入中年,但在李邕面前还是晚辈,所以诗中自称"后生"。

顺便交代一下,两年以后,听说李邕被李林甫杖杀,李白在《答王十二寒夜独酌有怀》中说:"君不见李北海,英风豪气今何在?"此时李白已经尽释前嫌,为李邕的"英风豪气"点赞,为李邕的无端被害申冤。由于李白敬重李邕道德文章,仰慕李邕的"英风豪气",希望得到李邕的当面肯定,希望李邕能在人前人后揄扬自己,而李邕对自己态度轻慢,所以《上李邕》在李邕面前有埋怨,有遗憾,有傲慢。

讲这首诗,不是要大家像李白那样桀骜不驯,也不是要大家像李白那样狂放不羁,而是希望同学们像李白那样对自己有所期许,哪怕受到冷嘲热讽也不放弃。自我期许不一定会被别人认同,对方或者不了解情况,或者出于嫉妒,或者恶意贬低,"闻余大言皆冷笑"是家常便饭。

这时候内心要足够强大，对自己的信心要足够坚定。当然，应重视那些好心的提醒，对自我期许因时因地做出相应的调整。

要知道，自我期许只是脑海中的蓝图，谁会把脑中的蓝图当作地上的建筑？与其让别人都认可自我期许，还不如为实现理想矢志不渝。

自我期许不只是会招来嘲讽，还必定会遭遇挫折。被嘲讽容易产生怀疑——我的自期是不是自欺？遇到挫折更容易导致气馁——由自信滑向自卑，由自我期许滑向自我贬低，并最终变成自暴自弃。

一听到嘲讽就自卑，一遇到挫折就放弃，正因为这样的人太多了，有大志者多如牛毛，成大事者少如麟角。

在求职不顺的时候，在事业失败的时候，在人生失意的时候，来读李白的《行路难》肯定别有会心：

> 金樽清酒斗十千，玉盘珍馐直万钱。
>
> 停杯投箸不能食，拔剑四顾心茫然。
>
> 欲渡黄河冰塞川，将登太行雪满山。
>
> 闲来垂钓碧溪上，忽复乘舟梦日边。
>
> 行路难！行路难！多歧路，今安在？
>
> 长风破浪会有时，直挂云帆济沧海。

此诗写作时间学界尚无定论，大部分人把它系于"赐金放还"之后。想当年，在安徽南陵奉诏入京时，李白"仰天大笑出门去，我辈岂是蓬蒿人"，那是何等自信，又是何等风光！哪承想不到三年光景，他就被唐玄宗打发出了宫廷，又是何等痛苦，何等失落，何等丢人！李白的人生志向极大，对自我的期许又极高，这一挫折自然使他跌得极惨。大家想想，他内心是多么煎熬、屈辱和愤慨！

从诗情看，此诗可能作于刚刚离京之后，也可能就是写于离京留别之时。

"金樽清酒斗十千，玉盘珍馐直万钱"，首二句对起。"金樽"就是非常豪华的酒杯，"清酒"就是非常贵重的美酒，唐代还没有蒸馏酒的工艺，普通人喝的都是浊酒。"斗十千"夸耀酒价之贵，是说每斗酒上万块钱。"珍馐"就是珍贵的菜肴。樽是"金樽"，盘是"玉盘"，酒是"清酒"，菜是"珍馐"，极意夸张酒之贵，菜之丰，我们都以为他会海吃海喝一顿。

没想到突然笔锋一转："停杯投箸不能食，拔剑四顾心茫然。"你以为他拿起金樽是要饮，结果他拿起来又马上停下；拿起筷子以为是要吃，结果"啪"的一声把筷子扔了。更吓人的是"拔剑四顾"，把剑"嗖"的一声从剑鞘拔出，那模样像是要行凶杀人，忽然像皮球泄气似的来一句"心茫然"——不知道自己拔剑干什么。

诗句连续用四个动词"停""投""拔""顾"，形象地表现了诗人心灵的激烈骚动，情感的波澜起伏，精神的痛苦迷茫。就诗情来讲，前后二句是陡转；从章法上看，前后二句则叫跌宕。不过，后二句既是前二句强烈的反跌，又与前二句紧密相连："停杯"承前面的"金樽"，"投箸"承"玉盘"。这就是古人常说的"藕断丝连"，评点家说的"草蛇灰线"。

为什么"心茫然"呢？原来"欲渡黄河冰塞川，将登太行雪满山"——想乘船走水路却"冰塞川"，准备登太行又遇上"雪满山"，李白尝到了英雄失路的悲剧，看到了自己无路可走的现实。陆路水路都不通，人生顿陷绝路，面对此情此景谁都会"心茫然"。古人把这两句叫"切题"——行路难。

正当陷入无路可走的绝境时，忽地又峰回路转，绝处逢生："闲来垂钓碧溪上，忽复乘舟梦日边。"从"冰塞川""雪满山"，怎么跳到"垂钓""梦日"呢？完全就是飘然而来的无厘头！李白的想象丰富奇特，越是奇特的东西就越是非理性。这两句暗用了两个典故：姜太公吕尚得遇周文王前，曾在渭水的磻溪上垂钓，后来辅佐周武王灭商；伊尹曾梦见自己乘船经过日月旁边，后来受商汤聘请助商灭夏。古人常以日比喻皇帝，又以月比喻皇后。成就大业之前，吕尚和伊尹都是一介野老，这让李白看到了建功立业的希望：两个老头时来运转尚且一鸣惊人，谁说我李白不能东山再起呢？

前面"雪满山"心情沉到了谷底，到"垂钓碧溪"却一派潇洒，再到"乘舟梦日"更云淡风轻，自己"申管晏之谈，谋帝王之术"的理想似乎唾手可得。

刚刚飘到了九重云霄，一睁眼又跌入万丈深渊："行路难！行路难！多歧路，今安在？"我的路又在哪里呢？李白又无路可走了。以短促的句子，急切的语气，抒写跳荡的情感，让我们看到了诗人正面临困境，以及他突破困境的激情和冲力。"多歧路，今安在？"既显示出他陷入了绝路，也表明了他在寻找新的出路。

可不，正在愁人生道路"今安在"，没想到眼前豁然一片光明："长风破浪会有时，直挂云帆济沧海。"岂止有路可走，而且大道通天！即使处于人生低潮，李白也坚信自己会"长风破浪"，自己将"直挂云帆济沧海"。什么是"气魄豪迈"？什么叫"盛唐气象"？全都在这两句诗中！

这首七言歌行虽只有寥寥十四句，但它以大开大合的结构，跌宕起伏的章法，宏大恢张的格局，来抒发激荡强劲的诗情，是李白豪迈奔放的代表作。同学们尤其要细心体会，诗中的扬—抑—扬—抑—扬手法，诗人这种感情的波澜起伏，以及章法的反复跌宕。

此诗展现了在遭受巨大挫折后，李白失落—痛苦—焦虑—挣扎—奋起的精神历程。章法的反复跌宕，照应了心灵的不断抗争，失望—希望—失望—希望的交替，是他不甘就此沉沦的心理写照。

从这首诗中，我们能感受到李白从不认输的倔强性格，拒绝沉沦的积极心态，失败中挺起的强大力量，还有他那永不放弃的执着精神。

同学们，对自我有期待的人很多，但像李白这样坚守的人极少，所以，李白就只有他一个，而"我们"则满大街跑。

"一帆风顺"只是人们美好的祝福，除了极少数上帝的宠儿，几乎没有人一帆风顺。我在不少地方说过，"一帆风顺"既不可能，也不可贵。要爬过许多座山，要跨过许多道坎，我们才会知道人生的艰难，才能把自己锤炼得十分坚韧，才会珍惜已经到手的幸福。

在绝境中找到生路，在失望中看到希望，在沮丧中奋然振起，哪怕只是偶尔一次两次，它们都将成为你宝贵的精神财富，因为有了一次就不愁二次，有了二次又何愁三次？我们一生会陷入各种各样的困境，真是"一山放出一山拦"。这种经验能让你摆脱困境，能让你绝处逢生，还能强化你的自信。

一经跌倒了就顺势躺平，一有麻烦就甩手不干，一有挫折就心灰意冷，你对自己都不再有任何期望，别人对你还会有什么指望？

如何才不会被失败击倒？如何才能坚守自我的期望？

第一，要认识到失败极为正常，而从不失败则属于特例，这样失败对你的心理冲击就很小。第二，不要老记着曾经的失败，尽可能忘记自己的灰暗日子，而记住自己的高光时刻。在这一点上我可以得满分，从记事的时候起，自己有哪件事情干得漂亮，曾经得过什么嘉奖，还得过谁的表扬，哪怕是好多年前的陈年旧事，我至今仍然历历在目。在太太面前我曾吹嘘这一优点，太太笑我是"恬不知耻"，而我则"知耻而后勇"——一直保持着这种健康的记忆。这种健康记忆让我有良好的心态，也让我有奋斗的激情和动力。

人的自期源于人的自信，你的自信有多强，你的自期就有多高。自我期待没有多少道理可言，说自己"长风破浪会有时"，李白哪有什么坚实的根据？这不过是他一生坚强的信念。事实上，李白后来从未"长风破浪"，人们并没有因此而指责他胡吹狂妄。

有自信才可能自律，有自期才可能自励。自卑本质上是一种自我折磨，放弃自期实际上是一种自我放逐。遭遇那么大的挫折，李白还能那么自信，难怪他能更好地成就自己，最大限度地发挥自己的生命潜能。

同学们，人皆为可上可下之才。你对自己有很高的期望，你的未来才大有希望。

三、惜别

同学们，一日为师，终身为友。下课后我们就将天各一方，在这

"最后一课"的尾声，我耳边仿佛突然响起李叔同的《送别》：

长亭外，古道边，芳草碧连天。

晚风拂柳笛声残，夕阳山外山。

天之涯，地之角，知交半零落。

一瓢浊酒尽余欢，今宵别梦寒。

　　这首歌既叫人感动也叫人感伤。现代快捷的交通工具，互联网迅捷的联系方式，早已改变了人们的空间观念，即使大家在"天之涯，地之角"，也不意味着"知交半零落"。结尾"一瓢浊酒尽余欢，今宵别梦寒"，情调实在低沉得可怕，好像不是分别而是永别。对于我这个无可救药的乐天派来说，弘一法师这么悲催的"送别"，"送别"还不如"别送"。

　　我们来听听唐代诗人王勃的《送杜少府之任蜀州》吧：

城阙辅三秦，风烟望五津。

与君离别意，同是宦游人。

海内存知己，天涯若比邻。

无为在歧路，儿女共沾巾。

　　这首诗同学们在高中都学过，它的体裁是五律，题材是送别，我用它来给同学们送行。

　　先聊诗题。"少府"是个官名，唐人把县令称为明府，把县尉称为少府。杜少府生平不详。"蜀州"就是今天四川的崇州市，成都的双流机场就在那儿。"之任"就是到蜀州去赴任。

古往今来，人都喜欢当京官，不喜欢去做地方官，尤其不喜欢去偏远地方做官。被外放到蜀州去当县尉，杜少府窝了一肚子火，自然很不想去蜀州赴任。王勃当时在京城，杜少府赴任之前，特地设宴给他送行。

再看原诗。首联"城阙辅三秦，风烟望五津"，起笔就用工整的偶句。"城阙"泛指京城巍峨壮丽的楼宇。"辅"本义是辅佐，在这里是环卫、拱卫的意思。"三秦"指八百里秦川。项羽破秦以后，把整个秦川分封给了秦国投降的三个将军。"城阙辅三秦"是个倒装句，应该是"三秦辅城阙"，就是整个八百里秦川拱卫着巍峨的京城。第一句交代二人的相送之地。"五津"就是四川岷江的五个渡口，这句的语序应该是"望五津风烟"。第二句点明杜少府将到之处。

首联的意思是说，八百里秦川环绕着巍峨壮丽的首都，远远眺望蜀州，眼中一片烟水葱茏。

他为什么要这样写呢？很少有人把这两句讲明白。

杜少府明明不想离开京城，王勃却偏要说：辽阔的关中平原啊，你环绕着我们巍峨壮丽的首都。这不是在兄弟的伤口上撒盐吗？我现在在广外白云山麓讲课，不妨以广外为例。譬如我们学校有个教授，原本是一个偏远农村考到广外的"凤凰男"，后来好不容易当了大学教授。一当上教授后就忘乎所以，不知不觉中犯下大错，要被遣送回他原来的农村去。大学里的朋友和同事为他饯行。大家知道他不想离开广州，送行人都安慰他说：离开广州没有什么了不起，这个鬼地方，房子又狭窄，空气又浑浊，没事时出门人挤人，有事偏又找不到人。你回到自己的家乡，吃自己养的鸡鸭，吃自己种的新鲜菜，空气特清新，人情更纯朴，这一去说不定因祸得福。明明知道说的是假话，教授还是得到了心理安慰。如果哪个来送行的家伙冒出来说：广州真是妙不可言，小蛮腰高峻而又秀气，珠江清澈而又美丽，早茶精致而又便宜。这儿玩的看的吃的学的住的穿的无一不好，你想要什么它就有什么。在广州待久了，到乡下哪过得惯？他明明不想离开广州，教授不扇说话人的耳光才怪！

"城阙辅三秦，风烟望五津"这两句名诗，可惜千百年来人们都没发现，它显然违反了人之常情。

王勃显然不比我们笨，他为什么要这样写呢？同学们想过这个问题吗？

这两句诗的意思是说：老兄，你干吗要愁眉苦脸呢？我们大唐帝国的江山处处都是一样美好，首都固然巍峨壮丽，蜀州照样烟水葱茏，大唐帝国处处都一样迷人。你从京城调到蜀州，不过是从一个美好的地方，来到另一个美好的地方，哪值得像你这样凄凄惨惨的呢？

颔联："与君离别意，同是宦游人。""宦游人"就是在外面当官的人。王勃是山西人，来到京城当官，他就成了宦游人。从京城到蜀州去当官，杜少府也是宦游人，所以说"同是宦游人"。看看他怎样劝杜少府："老兄，你干吗愁眉苦脸呢？要说是宦游人，你我同样都是宦游人。你从京城到蜀州，我从山西来京城，我们不都是宦游人吗？"这一联从事业和功名的角度来劝慰朋友："兄弟，男儿志在四方，老死家乡又算什么幸福？我都不发愁，你还发愁个啥呢？"

颈联"海内存知己，天涯若比邻"，则从个人友情的角度来劝杜少府："兄弟，你别愁眉苦脸，只要我们个人志向相同，即使是远在天涯海角，你我仍会像邻居一样心心相印。我们还是好知己，还是铁哥们。"曹植《赠白马王彪》说过，"丈夫志四海，万里犹比邻"，王勃这两句显然是从曹植那儿化出，但它提炼得更为精美醒豁。

尾联："无为在歧路，儿女共沾巾。""歧路"就是岔路口。"儿女"是个偏义复词，此处的意思是说，别像女孩子一样。这两句王勃勉励友人说："老弟，你千万别在岔路口哭哭啼啼，像个娘们儿似的，那太丢脸了。我们一定要像爷们儿！"

此诗首联，从大唐帝国的江山处处都一样美好，来劝慰杜少府到蜀州去赴任，这不仅没有什么可悲凉的，反而是人生难得的机会。颔联从事业和功名的角度来鼓励他，男儿应该志在四方。颈联从个人友情的角度，说只要我们心心相印，只要我们志向相投，即便我们远在天涯海角，我们仍旧是好兄弟，还是铁哥们。尾联是直抒胸臆，也是郑重叮咛：一定要高昂，一定要乐观。

我国古代的送别诗特别繁荣，原因不外乎：一，古代的交通特别不方便，这就造成"别时容易见时难"；二，这与我们民族的文化心理和文化传统有关，在漫长的农业社会时期，社会都是建立在氏族血缘之上的。它不仅有政治上的服从，也有经济上的依附，还有血缘上的相近，以及情感上的依恋。所以我们这个民族一直重视离别，不仅亲友难别，而且故土难离，喜欢一辈子守在家乡。古代有很多这方面的名言，比如，"在家千日好，出外一时难""外面的金窝银窝，不如家里的草窝"。为此还要用动物为自己垫背，说不仅人是这样，动物也是同样，"代马依北风，飞鸟栖故巢"，北方的马依恋北方，飞鸟总喜爱旧巢。《礼记》中也有"狐死正丘首"的说法，说狐狸死时头向老窝。再加上孔子反复叮咛，"父母在，不远游"；老子更郑重告诫，"使民重死而不远徙"。国是家的扩展，君臣关系是父子关系的延伸，我们古代礼制特别重视亲情，所以中国古代的送别诗，通常都写得哭哭啼啼。江淹《别赋》一起笔就感叹："黯然销魂者，唯别而已矣！"

古希腊因商业而繁荣，希腊文明也是一种商业文明。农业文明安土重迁，商业文明则看重四处奔走，所以古希腊人说："无家可归是一种莫大的幸福。"现代西方人也认为，"哪里好，哪里就是我的家"。

此前的送别诗都写得痛苦、凄楚，写得哭哭啼啼。《送杜少府之任蜀州》在送别诗中是一首别调，在我们民族的送别诗中，它建立了一种新的情感体验模式：变传统送别诗的哭哭啼啼为乐观的鼓励，化消极感伤为豪迈进取，他表现了初唐一代诗人积极向上的精神和开阔坦荡的胸襟。

"城阙辅三秦，风烟望五津。"他一起笔就气势不凡，境界开阔。我觉得所有人都应反复诵读这首诗，它能够培养我们一种健康的情感，一种乐观的心态。尤其是最后"无为在歧路，儿女共沾巾"，分别时候的那种豪迈、那种激烈、那种壮怀，至今读来还让人血脉偾张！看到有人一分手便哭哭啼啼，一有挫折便唉声叹气，我就自然而然想起王勃这首诗。

同样面对送别的场景，送者和行者有完全不同的情感反应：有的说"劝君更尽一杯酒，西出阳关无故人"，有的说"莫愁前路无知己，天下谁人不识君"，有的"执手相看泪眼，竟无语凝噎"，有的叮嘱"无为在歧路，儿女共沾巾"。

一见到别人板着冷漠的苦脸，一听到别人不阴不阳的腔调，我往往就脊背发凉。不知同学们有没有这样的经历，看到旁边的人打哈欠，自己马上也跟着打哈欠。情绪的传染速度比感冒还快，我们千万不要给他人传染坏情绪，同时也要尽快远离那些坏情绪的环境。

同学们，你们还十分年轻，要形成健康的心理暗示，阳光的情感体验，学会笑对任何挫折，既使自己变得开朗乐观，也让别人也感到快乐温暖。

临别之际，我还想告诉同学们一个残酷的事实：对于大多数人来说，大学毕业就是他们学习的终点，其中只有极少数人，大学毕业才是他们学习的起点。人生不是短距离的冲刺，而是长时段的马拉松赛跑。大学里成绩优秀，只说明你在起跑时抢先，并不能保证你能最先冲过终点。ChatGPT 的出现，提示人类已来到新科技革命的门槛，我们要成为这场革命的弄潮儿，不能成为科技新时代的弃儿。让我们一起朗诵薛宝钗的名句："好风频借力，送我上青云！"

最后，我想借李白的诗句为大家送行："长风破浪会有时，直挂云帆济沧海！"

欢迎同学们"常回家看看"，回来一起共登白云山。

再见！

5 月 16 日初稿

5 月 18 日演讲

6 月 10 日定稿

"麻普"侃麻城

一、故乡情："从来不需要想起"

只要我一开口，很多人就知道我是"麻城人"，用不着啰里啰唆的自我介绍，"麻普"已成了我独特的名片。

其实，每个人都和我一样，故乡和自己血肉相连。

从可以耳闻目见的乡音、乡俗、乡情，到无法看见但不难感受的"乡土气息"，故乡给我们打上了深深的烙印，融进了我们生命的年轮。

"露从今夜白，月是故乡明"，人们放任杜甫的"无理"——难道他乡的月亮就不明？喜欢这一联名句有情——对自己故乡深切的思念。

就像《酒干倘卖无》唱的那样，故乡"从来不需要想起，永远也不会忘记"，因为它"不思量，自难忘"。

不满二十一岁，我就离开了麻城老家，在武汉读书，在武汉教书，在武汉娶妻，在武汉得子，在武汉置房。四十多年来，慢慢习惯了武汉暴烈的天气，也慢慢习惯了武汉人暴躁的脾气，于是慢慢适应和喜欢上了武汉，甚至还娶了武汉姑娘为妻。

不过，尽管我已经把家安在武汉，将来或把家安在广州，但也只是觉得自己户口在武汉或在广州。古人说"年深外境犹吾境，日久他乡即故乡"。在武汉生活的日子不可谓不久，可我并没有认武汉为"故乡"。我是典型的"人在曹营心在汉"——户口虽落在武汉，而灵魂仍留在麻城。家乡的杜鹃，家乡的肉糕，家乡的鱼面，家乡的火烧粑，家乡的山坳，家乡的老屋，家乡的历史风情……"总是来到我的梦中"。故乡人，故乡景，不只是我人生成长的见证，还成了人生的一部分。

二、故乡景："麻城看杜鹃"

一说起麻城，外地人都知道"人间四月天，麻城看杜鹃"。麻城人大多有点矜持拘谨，叫他们去唱"谁不说俺家乡好"，多少还有点羞于启齿。麻城杜鹃红遍神州，并不是靠砸钱大做宣传，而是靠旅游者口耳相传。我身边的熟人和同事，无一没去过"麻城看杜鹃"，看过的无一不满口称赞。

外地人到"麻城看杜鹃"，全都是去看龟峰山（又名龟山）的杜鹃。

麻城位于大别山中段南麓，地势不是山区就是丘陵，基本没有一望无际的大平原。一到"人间四月天"的时节，这里漫山遍野都是杜鹃。记得小时到卢家河山上砍柴，春夏之交的山脚山顶都红成一片。那时不知道野生映山红又叫杜鹃，其实叫映山红更加形象贴切。上山以后，一心只想着多砍点柴，那时既没有欣赏美景的感受能力，也没有欣赏美景的闲情逸致。家中等着我砍回的木柴生火，此时要是还去欣赏映山红，那不仅仅是一种奢侈，简直就是一种罪过。

如今，人们都跑去看龟山杜鹃，是因为龟山的杜鹃更好看。

家乡人和外乡人都误以为，是杜鹃妆点了龟山，殊不知龟山也映衬了杜鹃。西施严妆丽服自然光彩照人，粗头乱服同样仪态万千；穿一身名牌固然风华绝代，就是披一件破衫依旧美若天仙。很多情况下，不是衣服样式使美人惊艳，而是美人让衣服的款式风行。大家总爱说"人靠衣装马靠鞍"，但像我这种人见人厌的丑八怪，再怎么好的衣装也装不出个美男。

杜鹃不是龟山所独有，麻城各地的杜鹃还是那同样的杜鹃，是龟山衬托得杜鹃格外耐看。

当然，这样说可能更为公平：杜鹃装扮了龟山，龟山抬举了杜鹃，这叫"好马配好鞍"。

龟山是国家5A级旅游景区，因其山形酷似神龟而得名，它由龟首、龟腰、龟尾等9座山峰组成，最高峰海拔1320米。神似龟首的龟峰在群山中拔地而起，垂直高度达300余米，因其顶峰像神龟昂首天外，人们又把它称为"龟峰"。龟山风景区从龟首至龟尾绵延16公里，其间50多平方公里覆盖着大片原始森林，景区终日白云缭绕，苍松老藤遮天蔽日，溪流泉水清澈照人。我就奇怪了，这儿"岭上多白云"，这儿"清泉石上流"，这儿"苍松杂翠筱"，画家们个个都去挤黄山，他们怎么就"有眼不识龟山"呢？

更让人叫绝的是，密林之中深藏一个几公里长的山洞，洞中溪涧长年流水潺潺，一入山洞就让人想起李白的名句："桃花流水窅然去，别有天地非人间。"

龟山是大别山的名山，山虽不高却景美，峡虽不深却奇绝，溪虽不

116

广却甘冽。即使没有四月天的杜鹃，龟峰春夏秋冬的四时美景，也足以让你乐而忘返。倾城美女"不涂红粉也风流"，龟山也根本用不着人工修饰，它每个季节都可"素面朝天"——春日的龟山艳丽，夏日的龟山清凉，秋日的龟山高旷，冬日的龟山峻朗，"四时之景不同，而乐亦无穷也"。

朋友们到了龟峰山，要是只忙着去看杜鹃，冷落了龟峰自身奇特的景致，那就像我们邂逅绝世美人，只是去偷看她身上的绫罗绸缎，却不去看她那让人神魂颠倒的脸蛋，不去看她那婀娜多姿的身段——唉，该看的没看！

肯定很多人马上要骂我：难道杜鹃就不该看？当个老师有什么不好，你偏要去当个"拗相公"，专门和大家唱反调？《人民日报》也只告诉大家去"麻城看杜鹃"，并没有叫我们去麻城看龟山呵！

我并非轻视"麻城杜鹃"，更不是说"麻城杜鹃"不值一看，而是想站出来为龟山打抱不平，同时也想好心提醒游客，别只顾看花而忘了看山，这才把话说得有点过头。

为了平息大家的愤怒，我现在来聊聊龟山的杜鹃——

我们麻城古杜鹃有100多万亩，其中龟山风景区的杜鹃约10万亩。每年4月中旬至5月上旬，龟山景区就成了杜鹃花的海洋，从山下到山顶都披红挂彩。古杜鹃生长周期很长，龟山古杜鹃的树龄平均一百多年，最老的有两百年以上。龟山的古杜鹃原始群落，面积之大，年代之久，花色之美，在世界的杜鹃群落中独占鳌头。

每当杜鹃花绽放的时候，一株挨着一株，一枝叠着一枝，一兜连着一兜，一簇接着一簇，龟山披上了杜鹃花的盛装，处处都被杜鹃花染成深红、浅红、紫红、暗红、鲜红……只要置身于龟山杜鹃的花海，你也像披了一身朝霞——它既然叫"映山红"，自然也能"映脸红"。

要是上山时心情有点消沉，龟山杜鹃花会让你重新振奋；要是遇上挫折心灰意冷，龟山杜鹃花准会让你重新鼓起雄心；要是带上情侣结伴而游，龟山杜鹃花会让你们爱得更加忘情；要是一对老伴来到龟山，杜鹃花会让你们变得更加年轻……

只有那鲜艳怒放的杜鹃花，最能表现麻城人炽热如火的激情，杜鹃是麻城人性格的真实反映，所以麻城人特别喜爱杜鹃，而杜鹃也格外青睐麻城人。这里不妨套用辛弃疾的名句，有道是："我见杜鹃多妩媚，料杜鹃见我应如是。情与貌，略相似。"

在《爱莲说》中，周敦颐比较了几种花的品格："予谓菊，花之隐逸者也；牡丹，花之富贵者也；莲，花之君子者也。"我来狗尾续貂接龙一下：梅，花之孤傲者也；杜鹃，花之平民者也。

不管是梅花还是菊花，是牡丹还是莲花，它们多多少少都有一点高冷，不是作为富贵的象征，就是作为雅士的清供，和平民百姓没有多大的关系。

而杜鹃无意于高攀富贵，从不入于权贵的园林，也不想附庸风雅，从不混迹于文人的书斋。它们不像梅花开在冬天以显示傲骨，也不像菊花开在秋天以自鸣清高，更不像莲花开在池中以拒人于千里。它们像平民家的孩子，从不挑剔自己的生长环境，可以生在肥沃的山麓，也可以长在贫瘠的山尖，甚至可以生在狭窄的石缝。它们从来不知道什么叫"富养"，也从来没有受到过"溺爱"，不用人们照料依然盛开，哪怕遇上干旱也照样鲜艳——这不正是我们麻城人品格的写照吗？

麻城人像杜鹃花一样的热烈，一样的喜气，杜鹃花也像麻城人一样的乐观，一样的顽强。

难怪麻城人最偏爱杜鹃，一见到了杜鹃就不知道心烦；也难怪杜鹃最亲近麻城人，在麻城开得最为绚丽，最为灿烂。

"人间四月天，麻城看杜鹃……"

三、故乡菜：不吃也馋人

一提起故乡，大家马上就会想起故乡的亲人、故乡的风景、故乡的温情，而对于我这样的吃货来说，马上就会想起故乡的饭菜，就会闻到故乡的味道。

俗话说一方水土养一方人。的确，每个地方都有各自的饮食习惯，各自的风味小吃。在饭菜这个问题上，不敢说"只有民族的，才是世界的"，但无疑是"只有地方的，才是全国的"。近些年来每到一个地方，我都先要到当地著名的特色小吃店打卡，吃得上瘾了还要录个视频。随着跑的地方越来越多，我差不多吃遍了五湖四海。

不过，吃来吃去还是觉得故乡菜好吃。直到现在，一想起故乡菜就直流口水。要是像梁实秋先生那样，把故乡好吃的名菜一一写下来，那恐怕要写好几本《雅舍谈吃》。

说到故乡菜，此时此刻，我最想吃的是麻城肉糕。

麻城肉糕不能说是"麻城小吃"，它是麻城第一道名菜和正菜。在我老家，红白喜事，逢年过节，朋友相聚，儿女定亲，几乎所有重要或喜庆场合，宴会上的第一道菜必定是肉糕。过大年更少不得它，老家"无肉糕不成年，无肉糕不成席"。小时我总是盼着过年，因为过年定能吃到肉糕。

人不分穷富，年不问丰歉，老家过年家家都要"剁肉糕"。

我父亲是个典型的大男子主义者，他的人生辞典中没有"家务"一词，我记忆中搜不出他下厨的情景，但过年"剁肉糕"时，他总要来给妈妈打下手。

为什么叫"剁肉糕"呢？这就要从肉糕的做法和成分说起。不知道为什么人们把它叫肉糕，其实它的主要成分是鱼。老家剁肉糕的基本用料，以鲢鱼、草鱼、鲤鱼为主，以肥瘦搭配的猪肉为辅。

顺便夸夸我的家乡。麻城由于特殊的地理位置，与其说兼有南北气候的特点，还不如说兼具南北气候的优点——像北方一样日照充足，又像南方一样雨水充沛，年降水量平均为1111.2～1688.7毫米。境内山涧密布，溪流纵横，约2000条大大小小的河流，汇成纵贯境内的举水和偏东的巴河。写这篇文章前，我查了一下相关的气象资料，原来从气象条件来看，麻城是全国较好的地区之一。老家不只一年四季雨水均匀，十里八村还到处是大大小小的水库，小河小溪小塘中鱼虾很多，春夏季下大雨的时候，我们村的水稻田里都能抓到鲫鱼。受交通条件的限制，古代的物流极不畅通，老家剁肉糕以鱼肉为主，可能主要是便于就地取材。

我妈妈剁肉糕，先把鱼去皮抽刺、猪肉去皮剔骨，再把鱼肉猪肉剁成肉泥。有些家大口阔的人家，把鱼肉猪肉切成小块，用石磨把它们磨成肉泥。接下来就是将肉泥与苕粉按比例倒入盆里，加入清水、盐、姜末搅和，搅和得越均匀越好吃，快要搅和好的时候放入葱花。最后舀入蒸笼里摊平，用猛火蒸15分钟左右，快要熟的时候在上面抹上搅拌好的鸡蛋，再蒸几分钟就可以出笼了。

蒸肉糕的时候，我和弟弟目不转睛地看着蒸笼，一声不响地伸长脖子，活像等着喂食的长颈鸭。肉糕一出笼弟弟都要拍着手跳起来，妈妈把热气腾腾的肉糕先切一块给弟弟，她摸着小儿子的头说，"好吃小狗先过年"；再递一块给我说，"你这样子哪天才长得大！"谁在乎得表扬还是挨批评呢？只要能吃到肉糕，挨批评也值了，得表扬就算赚了。刚出笼的肉糕那叫一个馋人，鱼香、肉香、蛋香扑鼻而来，又软又嫩又有弹性。摊凉切片重蒸或重煮的肉糕，就像重新再热的剩菜一样，香味和弹性就差远了。

我太太对麻城其他小吃兴趣不浓，单单对麻城肉糕情有独钟。每年春节回家拜年，我都特意要多带些肉糕回来。记得有一次，她边吃肉糕边笑着对我说："嫁给你这乡巴佬，唯一沾了吃肉糕的光。"真得感谢老家的肉糕，它让我口里有味，脸上有光。

老家的另一种鱼制食品是鱼面，我们夫子河是全国闻名的鱼面之乡，我老家就属夫子河镇。早在十几年前，"夫子河鱼面"就被列入"中国国家地理标志产品"名录，国家对它实施地理标志产品保护。

不过，尽管"鱼面"这个雅名显得高大上，我们小时候都把它叫"捶鱼"，至今我对"捶鱼"这个名字仍情有独钟，回老家还一直叫它"捶鱼"。产品的名字和人的名字一样，从小叫习惯了就很难改口，难怪古人说，"做官莫打家乡过，三岁孩儿喊乳名"。

为什么叫"捶鱼"呢？这涉及它的制作方法。

老家的活鲢鱼、草鱼和青鱼，是制作捶鱼的主要原料。先把鲜鱼去皮去刺，切成小块后剁成肉泥，再按一定的比例加入苔粉（听说老家现在少数人家以葛根粉代替苔粉，加入葛根粉的捶鱼我没吃过）、食盐，作坊常常还要加少量味精，我家做捶鱼从来不加味精。还有比做捶鱼加味精更蠢的事情吗？加了味精后的捶鱼，味精的味道盖过了鱼香，而天然的鱼香就是捶鱼的精髓。

鱼肉泥、苕粉、盐和水一起和，做捶鱼清水不能放得太多。过去没有今天的风干技术，和鱼面时，水一多面就必定会稀，面一稀就既难成型，又难晾干，更影响口感。而和鱼面时，水一少面就会干，面一干就会发硬，一发硬和起来就费劲，于是常常要用擀面杖捶打，这就是"捶鱼"名字的由来。

鱼面团捶得很匀很柔以后，再把它擀成蒲扇大小的面片，面片厚度大约2毫米，擀得越薄面丝就越细。再将面片卷成实心卷，并把这实心面卷压成扁条状，放蒸笼猛火蒸30～40分钟，出笼冷却后再用刀横切，一条条尺多长的扁条状面卷，就变成了一个个椭圆薄面饼。这些蒸熟的椭圆形薄面饼不能马上拿出去晒，否则就成了野鸟家猫的美餐，要把它们先放在家中晾至半干，然后再拿到太阳下晒至全干。

做好后的椭圆状捶鱼，呈淡黄色或酱黄色，放很久也散发出鱼香，闻起来诱人，吃起来馋人。

我家捶鱼都是炖着吃，先用猪筒子骨熬一罐子汤，再放入洗净了的捶鱼、姜、红萝卜，有时半熟又放入莴苣，快熟时放入一些青菜，慢火炖的总时长为30～40分钟，等捶鱼散成了一根根面条就可以开吃了。我妈妈炖捶鱼从来不放其他佐料，更不放味精之类的东西，但满屋都是鱼香汤香菜香。

碗里一根根捶鱼酷似面条，而它的原料又是鱼而非面粉，所以人们给它取名"鱼面"。叫它"捶鱼"是因其制作过程，叫它"鱼面"是因其煮熟后的形状。不过，它只是看上去像小麦面条，但它比后者更滑爽、更劲道、更清香，当然也更有营养。

听妈妈说村里有人过年炸捶鱼吃，油炸捶鱼我从来没见过，自然也从来没吃过，想象不出油炸捶鱼的味道。

因捶鱼好吃好看又好保存，老家常用它请客也用它送礼。

夫子河捶鱼的起源有两种传说：一说是孔夫子来到夫子河，他老人家那几天食欲不好，几个弟子就想出了用鱼做面的新花样，一下子就让孔夫子胃口大开。一说是很久很久以前，夫子河的一位麻姑心灵手巧，见面条倒进鱼汤味道鲜美，她突然灵机一动直接以鱼肉做面。这两种传说都是鬼话，麻姑完全子虚乌有，孔夫子到过夫子河史无明文。也许是夫子河老家鱼很多，古代又没有冰箱保鲜，制成捶鱼便于长期存放。捶鱼是夫子河先人聪明才智的结晶。

如今，武汉大街小巷随处可见"麻城吊锅"，它虽是麻城远近闻名的特色美食，但我小时候家里太穷，除了过年偶尔吃点吊锅外，平时很难吃到正宗的吊锅，一是凑不齐吊锅所需的食材，二是没有煮吊锅的木柴。

家乡小吃"麻城火烧粑"，倒是叫我越吃越馋的最爱。小时一日三餐是红苕、苕片、稀饭、南瓜，大米饭那时不是我家的"家常便饭"，更别说妈妈做的火烧粑了。吃一顿火烧粑就像过年，或是生产队分了面粉，或是我们受到表扬，或是我们家有喜事，妈妈才会给大家做火烧粑吃。总之，对我和弟弟来说，火烧粑要么是用作奖赏，要么是用于节庆。

妈妈做火烧粑的样子极具观赏性。一般是在陶钵中和面。妈妈先把面粉倒进钵中，再按比例倒入清水，一手固定陶钵边沿，另一只手在钵中和面。面和好了的时候，钵内和手上都不沾面粉，面团在钵内呈光滑的半圆球状，手光钵光面光的时候，就表明面已经和好了。要是四处都是面粉，要么是面还没和到家，要么是和面水平不到家。面和得越均匀，做起粑来就越不易破裂，吃起来就越有劲道。

火烧粑的馅子，最好吃的是韭菜炒鸡蛋，最常见的是豇豆、地米菜、红薯叶、嫩红薯叶杆、咸菜，偶尔也用红糖白糖做馅。妈妈先在钵中揪起一个小面团，她在手上轻轻转几下，小面团就成了一个倒钟形。把"倒钟"移到左手，右手用勺子装馅。馅装满后把"钟"口一收，马上就变回了球形。将面球放在面粉上滚几下，立即拿起来抛向空中双手拍打。小时候我十分好奇，妈妈双手连续在空中拍打，粑为什么总掉不到地上。她一直把面球拍成圆圆的面块，将面块放在锅里两面按到一样薄，烙糗了两面的面壳后，就放入灶膛盖上火灰。

做火烧粑通常要烧秸秆一类柴火才行，这样火灰较厚才能把粑盖住。粑烧到鼓起来了以后，把粑翻个面再盖上火灰，又一次烧鼓了就放在灶沿烘烤，两面微黄火烧粑便能开吃。这时候妈妈叫了起来："火烧粑好了，哪个馋鬼先吃？"我和弟弟一哄而上，妈妈把第一个粑切成两半，让弟弟和我皆大欢喜。这时的火烧粑又酥又香，要是碰上馅子是韭菜炒鸡蛋就绝了。庄子要能吃到这样的火烧粑，我敢打赌，他老人家也会大叫"人间至乐"。

妈妈已过世多年了，我还能"看到"她双手在空中拍粑那美丽的身影，还能"闻到"她做火烧粑那喷喷的香气。

今年4月，一好友带我回麻城去吃火烧粑，可惜现在麻城火烧粑都烙熟的，那味道真的差远了。麻城城里都是烧煤气，农村都是烧煤球，已经没有做火烧粑的条件，几乎家家都是烙粑，我看改名"麻城烙粑"好了。

火烧粑一定要用火烧，不能毁了"麻城火烧粑"这张名片，唉！

四、故乡人：进得了考场，上得了战场

黑格尔有句名言："熟知并非真知。"虽说麻城是我的故乡，我对麻城较为深入的了解是上大学以后。原以为麻城是一个蛮荒之地，读了乡贤刘侗的《帝京景物略》，我十分惊讶，麻城竟然出了个竟陵派的殿军，竟然还有文风这么奇特的作家。而对麻城的再认识，是读美国汉学家罗威廉的名著——《红雨：一个中国县域七个世纪的暴力史》以后。此书正是写麻城七个世纪的暴力史，它是一本十分前沿的微观史学著作。这个美国人，几乎比我们所有麻城人更了解麻城。

爱自己的家乡，就是爱家乡的乡亲、历史、文化、风物、美食……

《红雨》既增进了我对家乡的认识，也激起了我对家乡的自豪。

说起"黄麻起义"无人不知，要说黄、麻之间的关系，黄麻人为何起义，则少有人知。

今天，通常把农民起义的根本原因，都归结为残酷的阶级压迫，把黄麻起义的直接原因，说成是蒋介石背叛革命。这些解释当然没有什么问题，可是阶级压迫无处不在，蒋介石背叛革命又不只在黄、麻之间，为什么偏偏在黄麻爆发了起义呢？

这得从头说起——

可能很多麻城和红安（原名黄安）的乡亲都不知道，1563年以前黄安是麻城的一部分。大家可能更不知道，奏请从麻城析出黄安的耿定向，他四十岁以前就是土生土长的麻城人，他是以麻城人的身份考中进士的，黄、麻分家以后他老家隶属黄安，这样他就成了黄安的名人，而且被誉为"黄安之父"。其实这位明朝著名的重臣和思想家，严格说来应该为黄、麻所共享。这样说不是要为麻城抢名人，而是我谈到晚明以前的麻城时包括了黄安。

谈到麻城，它在唐代还寂寂无闻，在这人才辈出的两三百年里，麻城既没出达官显宦，也没出学者名流，那位曾任洪州都督的阎伯屿，可能要算麻城名头最响的人物。可笑的是，要不是王勃在《滕王阁序》中，留下一句"都督阎公之雅望"，谁还知道有个阎伯屿呀？有宋一代，麻城的进士仍寥寥可数，可一到了明朝，特别是明中叶以后，像孙悟空从石缝里蹦出来似的，麻城突然遍地都"冒出"了杰出人才，高官、巨贾、名流、学者、作家联翩而至。

没有财富积累和文化积淀，人才哪会无缘无故地"冒出"来？

"湖广省"在明朝格局中十分重要，那时湖广省的辖区，相当于今天的湖北和湖南，省会在今天湖北省的武昌。俗语"湖广熟，天下足"，至少在嘉靖年间就已经出现，它道出了湖广经济的繁荣，也说明它在全国举足轻重的地位。麻城在湖广乃至全国的地位又十分特殊：它不南不北又不东不西的方位，使它成为连接南北的要冲，贯通东西陆路的节点。这一地域优势在今天更加凸显，南北的京九线与东西的沪蓉线，这两条中国最重要的铁路大动脉，同时在麻城这一中心点交会。

红安分出去前后，麻城的地形就像一片树叶：西北、北面和东北面是大别山，东边是东山山脉，中间和南面是丘陵和平原。肥沃的土壤和充沛的雨水，使麻城在明朝就有繁荣的农产和手工贸易，横贯中心的举水河像一根主动脉，便于商品水运武汉和长江。元明时期，麻城是移民集散中心，大量的外省人来麻城经商，县城和宋埠等地集中了南北商贾，同时又有大量的麻城人移民川渝，使麻城成为我国古代"八大移民圣地"

之一。向来有"湖广填四川，麻城占一半"的说法，因而麻城是川渝民众公认的"祖籍圣地"，每年有不少川渝朋友回麻城寻根，我们孝感乡还建有"麻城移民博物馆"。

明朝以后，家塾、族塾、乡塾和书院，像杜鹃一样开遍麻城的大地，山坳平原处处是琅琅书声。仅县志记载的书院就有万松书院、龙溪书院、白杲书院、东溪书院、道峰书院、辅仁书院、明德书院、回车书院、白云书院、经正书院等，其中万松书院最负盛名。当时麻城的人口比今天少，但那时的书院比今天麻城的中学多，从麻城书院里走出了一大批学者、思想家、作家。麻城在明代出了482个举人，136个进士（有的统计为103个，一说105个），10人进入翰林院。麻城中进士的人数甚至超过省城武昌，两三百年来在湖广省独占鳌头，堪称湖广省的进士之乡。晚清麻城一位知县郭庆华说："麻城俗习诗书，争荣科第，前勋旧德，胜代尤彰。"其实，麻城"争荣科第"的高光时刻在明朝，到了清代只落得湖北省第8名。

明代中后期，麻城的书香氛围造就了学术的昌明，乡贤刘采嘉靖八年（1529）进士，官至工部尚书、兵部尚书、吏部尚书，曾在《重修儒学记》中自豪地说："麻城古号名邑，国朝经术文章尤盛。"这一历史时期，麻城不仅兴办了许多书院，还出现了一些著名的藏书家，如刘承禧家的藏书十分丰富，各地学者前来借阅交流，江浙藏书家常来欣赏他家的珍本。刘承禧一名刘天禧，字延伯，一字延白，今麻城罗铺锁口河人，万历八年（1580）武举会试第一（武状元），曾祖父刘天和兵部尚书，父亲刘守有为武进士，万历初任锦衣卫都指挥使，万历四年（1576）神宗皇帝御赐刘守有对联：

祖大司马环祧甲胄斩将擒王剿十万铁骑摧枯拉朽；

孙执金吾参赞机务缉官怀民腾九州口碑动地惊天。

刘本人袭父职任锦衣卫千户，官至都督，与当朝文渊阁大学士礼部尚书、首辅徐阶的曾孙女联姻。显然，麻城刘家是一时公认的"荆湖鼎族"。古代私家收藏图书，得有学识有眼光有兴趣，还得有权有钱有闲，刘承禧可谓六者兼备。刘家藏书中有许多国宝珍品，如王羲之唯一真迹《快雪时晴帖》、全本《金瓶梅》、大量元曲全抄本。这三件国宝的流传史有明文，《快雪时晴帖》现存台北故宫博物院；刘家的全本《金瓶梅》，据明文学家沈德符《万历野获编》载，原抄本抄自其妻徐氏娘家徐阶府上的善本。而刘家的元曲全抄本，明人臧懋循在《元曲选·序》中交代得一清二楚："顷过黄（当时麻城属黄州府），从刘延伯借得二百五十种，云录之御戏监，与今坊本不同，因为校订。"

麻城像磁石一样吸引了大批文人学者，如杰出思想家李贽应邀定居麻城十多年，著名史学家焦竑、小说家冯梦龙都曾旅居麻城，公安派三袁兄弟多次来到麻城。当地有很多文人聚会的胜地，仅文献记载的就有"三台八景"。李贽与麻城思想家耿定向先为莫逆之交，后来两人虽成为思想上的对头，但李贽一直受到麻城其他学者如梅国桢、梅之焕等人的保护。李贽被迫害致死后，麻城著名文学家刘侗还为他撰写墓志铭，高度评价其为人、思想与成就。

麻城人不仅会弄笔，还特别会耍刀，他们进得了考场，也上得了战场。

唐宋两代，作为一个藏在大别山的穷县，麻城根本没有存在感，自然也没人在意它。可一到明代，麻城既以书院藏书闻名，以"争荣科第"为荣，以人才辈出自豪，也以武术高强争雄，以武进士众多为傲，以血腥暴力为常——我家乡是一个复杂的多面体魔方。

仅仅明代麻城就出了22个武进士、61个武举人，清代更是出了76个武举人。如此众多的武进士和武举人，基本都来自到处林立的拳馆。

建许多书院很容易理解，因为富家子弟热衷科举，为什么还要建那么多拳馆呢？

一是大别山不能阻隔北方的匪盗，他们丰年来抢掠财产，灾年来抢劫粮食，大户需要武艺高超的勇士守家；二是麻城向来天高皇帝远，山寨之间的械斗、烧杀、绑架、抽筋、挖眼、割耳是家常便饭，而解决冲突的方式主要靠拳头，谁的拳头硬谁就占理；三是楚人本来就火暴好斗，麻城又地处南北之交，天性中兼有北方的彪悍勇猛；四是家乡人对侠义好汉的崇拜，这一切自然而然地养成了老家的尚武习武之风。

明末清军过山海关后长驱直入，在我老家却遇上了顽强的抵抗。麻城48寨联盟抗击清军，给进寨清剿的清军造成重大伤亡，还几次歼灭进寨的清军。整个南方归顺了近两年，麻城的抗清才最后平息，48寨血流成河，麻城元气大伤。

抗击清军是朦胧的民族义愤，而黄麻起义则是清醒的阶级仇恨。1927年11月起义之前，黄安的董必武和李先念，麻城的王树声、蔡济璜等共产党领导人，早在黄麻进行革命宣传活动，举办了很多农民运动培训班，成立了不少农民夜校。麻城不少党员知识分子创作了不少革命歌谣，如《穷人歌》《长工歌》《讨米歌》《插秧歌》《农民快快觉醒》《恶霸地主好狠心》，这些歌曲感染力极强，把整个黄麻地区变成了阶级仇恨的火药桶，只要有一点火种就能熊熊燃烧。后来的结果大家都知道，黄麻两县成了著名的将军县，也成了有名的烈士县。

麻城名将许世友（他老家麻城许家洼，1949年后才划归河南新县），青少年时就练就十八般武艺，据说有飞檐走壁之功，一次失手打死仗势欺人的地主恶少，他才走上了闹革命的道路。听村里老人讲，从前麻城会武功的人很多。小时我连饭都吃不饱，但我们村里仍然请武术师来教武功，我对师傅手劈青砖佩服得五体投地，至今还忘不了练骑马蹲裆时的痛苦。我原本就体质较弱，武术学得更差，但小时喜欢和人打架，总是被人打得脸青鼻肿，挨打多了反而不怕打。

我最景仰的麻城乡贤是梅之焕。

梅家为麻城数百年望族，之焕叔父梅国桢，明朝大臣和文学家，万历十一年（1583）进士，善骑射，官至兵部右侍郎、总督山西军务。他与李贽是莫逆之交，曾为李贽《孙子参同》《藏书》作序。与梅国桢从游的文坛名流，还有汤显祖、胡应麟、袁宏道等人。梅之焕，万历三十二年（1604）进士，官至甘肃巡抚，大败河套群寇。他自幼受到良好的教育，读书敏捷聪颖，同时又极好武术，从小就"胆比人大"，成人后更是天不怕地不怕。还是孩提时期，他就敢从悬崖纵身跳进龙湖，常常一人身背弓箭跃马狂奔。十三岁那年，他骑马独自闯进县城的武举考场，怒气冲冲的考官以为他是个浑小子，轻蔑地考问他知不知道弓箭是干什么的，他二话不说拿起弓箭九发九中，然后长揖考官策马而去。虽身为文士，但天禀将才，其文治武功都非常人所及。尤其难得的是，他谈吐幽默风趣，为人宽厚仗义。当钱谦益受到温体仁诬蔑攻击时，他挺身而出帮好友反击。李贽是他叔叔梅国桢的挚友，也是他学问和人生的导师，当李贽受到迫害时他尽力保护，李贽死后又为他辩诬。

梅之焕是治《春秋》的名家，也是诗文创作的高手，还有人称其诗为"本朝之冠"。不过，我认为这一评价属朋友之间的恭维，他的诗歌很有个性倒是事实：既不做作也不滥情，既无浮词也无套语。如《题李白墓》讽刺那些附庸风雅的诗人，一到李白墓前就无病呻吟，吟歪诗以"蹭流量"：

采石江边一堆土，李白之名高千古。

来来往往一首诗，鲁班门前弄大斧。

考场上高中进士，战场上剿灭群寇，梅之焕是麻城"好汉"的典范；为官堂堂正正，为人坦坦荡荡，梅之焕无愧于麻城的好男儿！

美丽的举水河养育了梅之焕们，梅之焕们又让举水河更加美丽。

2024年10月13日草于广州

2024年10月22日改于武汉

六十自箴

　　"子曰：'邦有道，贫且贱焉，耻也；邦无道，富且贵焉，耻也。'"夫子明训，无时或忘。邦无道而致身通显，世失范而起家暴富，须做人皆唾弃之事，方有人多艳羡之荣，反不若五柳读书之为得矣。

　　读书之益也，既可享求知之乐，亦可激求真之勇，智能辨其是非荣辱，而心不存乎非分苟且；书生之本也，取直道而径行，不曲学以阿世，宁守正而匿影，不矫饰以扬声。

　　平生趣归读书，而乐在弄笔。惜夫兴趣颇广，但心得全无，徒使少年拏云之心，竟成白首呜呃之叹。日月逝乎上，体貌衰于下，顾念光阴虚掷，往往辗转反侧，彻夜难眠，默诵陶公"日月掷人去，有志不获骋。念此怀悲凄，终晓不能静"，至潸然泪下。

　　虽年岁老大，但初心未泯。积学以要其成，力行以遂其志。深知去俗务易，去俗念难，务必心无旁骛，矢志于一事，以期收之桑榆也。横渠"存顺没宁"之境，深心追慕，不敢企其"没"而能"宁"，但愿效其"存"即"顺事"也。

养真性，讲真话，做真人——既以此自励，亦以此自箴，更以此自警。

丙申岁六十生日

剑桥铭邸枫雅居

诗书细读

如何做一个合格的古典诗歌读者?

2022 年，华东师范大学胡晓明教授邀请我给该校学生录一段简短的音频课。由于时间的限制，音频课只能讲 ABCD，课程内容显得十分单薄，像我本人一样瘦骨嶙峋。后来要我把音频写成文章时，他并没有给我限定字数的多少。我花了两天时间把语音转换成文字，希望文章看起来要比音频丰满，当然也希望别走过了头——把文章弄得臃肿不堪。眼下这光景，"瘦"大家勉强还能够忍受，"胖"简直就被人们"视为畏途"。

这里谈的是古典诗歌的"合格读者"，并不涉及"高明"或"优秀"读者。同学们都知道，及格必然有及格的分数线，合格也得有合格的标准。

那么要达到什么标准才算合格读者呢?

标准既有高低，合格也有弹性，你认为已经"合格"了，他可能觉得根本就不"合格"。我所谓"合格读者"只是自说自话，绝不敢冒充什么"一家之言"，更不至于狂妄到要大家"以此为准"。

一、辨体

明朝许学夷写了部《诗源辩体》，我很喜欢这部诗学名著。它对相关学者和普通读者都很重要。研究古代诗歌必须辨体，阅读古代诗歌也得辨体。

辨体就是清楚这首诗歌是什么文体，又有哪些文体特征。

如果把词曲也包括在广义的诗歌之中，古代诗歌不仅有五言七言，有古体近体，还有词有曲；近体诗中又分五绝七绝，还分五律七律，词中分小令、中调、慢词，又分正体、变体，等等。

诗词曲的体式还有这么多啊！非中文专业的同学们一听可能就有点晕。其实，各种名称看起来不少，实际上你只要花一点时间，很快就能把它们记牢。不管怎么说，名称再多也不会超过一个中等班级同学的人数，你如果能轻易记住班里同学的名字，也一定会轻松记住那些诗体。要是对照相应体裁的原作，一边欣赏杰作，一边记住诗体，要不了两天就能和这些诗体"混个脸熟"。

可能有同学又要纳闷：为什么一定要了解文体特征呢？

常言道，外行看热闹，内行看门道。如果连文体有哪些特点都不知道，那你只能看看热闹了。不同的文体有不同的文体风格，曹丕在《典论·论文》中说："夫文本同而末异，盖奏议宜雅，书论宜理，铭诔尚实，诗赋欲丽。"陆机《文赋》对文体风格讲得更为详尽："诗缘情而绮靡，赋体物而浏亮。碑披文以相质，诔缠绵而凄怆。铭博约而温润，箴顿挫而清壮。颂优游以彬蔚，论精微而朗畅。奏平彻以闲雅，说炜晔而谲诳。"诗用来抒发感情，所以辞采务必华丽；赋用来描写事物，所以语言定要清晰朗畅；碑用来记功颂德，所以应当文质相称；诔用来哀悼死者，所以情调理应缠绵凄怆……古人早就明白，不同的文体对文风有不同的要求。虽然文体古今多有存亡变异，但各种文体有各自风格，古今并无不同，即使对风格不那么讲究的今天，大会发言稿无疑不同于情书，追悼词肯定有别于祝寿诗。

读诗正如识人一样，不知诗体恰如不辨男女。要是对文体特征一无所知，你的评价就可能大出洋相，就像称赞妙龄女郎身材魁梧，恭维青年小伙婀娜多姿，赞美反弄成了侮辱。

"词之为体，要眇宜修，能言诗之所不能言，而不能尽言诗之所能言。诗之境阔，词之言长。"王国维《人间词话》中这则名言，不仅道出了词的文体特征，也间接告诉我们了解文体特征的重要性。

苏轼与辛弃疾的豪放词，再怎么豪放也豪放不过李白诗。如果词中出现"噫吁嚱，危乎高哉！蜀道之难，难于上青天！""君不见黄河之水天上来，奔流到海不复回；君不见高堂明镜悲白发，朝如青丝暮成雪"这一类诗句，那就不是豪放而是叫嚣，这是词的音乐和体式决定的。

杰出女词人李清照强调"词别是一家"，严守诗体与词体的分际。她在《词论》中说，欧阳修和苏轼虽然"学际天人"，但他们的词根本就不能叫"词"，不过是"句读不葺之诗尔"，这话说得实在很重。王安石和曾巩虽然"文章似西汉"，可他们一填词"则人必绝倒"，意思是说，她一看到他们的词就笑得快要晕倒，这话说得更加难听。作为极为罕见的杰出女词人，作为天分与眼界皆高的大家闺秀，她从词体的角度否定了北宋的政坛要人和文坛领袖。她说诗歌只分平仄，而"词分五音，又分五声，又分六律，又分清浊轻重"。诗坛领袖如欧、苏，文章巨匠如王、曾，他们填词"往往不协音律"。当然，李清照悬得高又要求严，以致没有几个人能入她的法眼，但这篇《词论》实为辨体的经典，它让我们清醒地认识到辨体的重要性，创作如此，阅读亦然。

苏辛豪放词的代表作，如苏的《念奴娇·赤壁怀古》开头"大江东去，浪淘尽千古风流人物"，气势比"惊涛拍岸"的大江还要壮观，而结尾"多情应笑我，早生华发。人生如梦，一尊还酹江月"，真的让人灰心丧气。辛的《水龙吟·登建康赏心亭》以"楚天千里清秋，水随天去秋无际"开头，让人深切地感受到了什么叫浩荡壮阔，但结尾"倩何人唤取，红巾翠袖，揾英雄泪"，多少让人觉得"英雄气短"。有人说这两首结尾压不住开头，责怪"结句顿衰"或"结尾气蹶"，这些批评源于不了解词体特征。前人说苏辛词雄壮中含婀娜，豪放处蕴韶秀，这种个人风格中也隐含着词体风格。

知道一点诗体特征，便于我们欣赏古代诗歌。这样，我们不仅能看出诗歌如此美妙，还能说出诗歌何以美妙。

二、知音

除了熟悉一点文体特征，我们也应粗知一些音韵知识，了解旧体诗歌的格律规则。俗话说，锣鼓听声，说话听音。古代诗与乐真是难解难分，如果对古典诗歌兴趣浓厚，掌握一点音韵学的知识，既便于我们品味古典诗歌的音韵美，也便于我们走进古代诗人的内心世界。我们常说"言为心声"，抒情诗歌基本都是诗人的内心独白，而我国古代诗歌95%

以上都是抒情诗。

明末许学夷在《诗源辩体》序中说："夫体制声调，诗之矩也，曰词与意，贵作者自运焉。"现代新诗平仄全不讲究，押韵也非常自由，甚至根本就不押韵，声调在新诗中似乎可有可无，以致今天的读者不注意诗歌的声调押韵，许多读者也不懂诗中的声韵。说体制是"诗之矩"还好理解，我们多少还学过一些文体，说声调也是"诗之矩"便让人摸不着头脑。

无论是古体诗，还是近体诗，都与音乐结下了不解之缘，声调一直是古代诗歌的重要组成部分。像《诗经》和汉乐府中的诗歌，原先都是用来歌唱的歌词，"风""雅""颂"划分的标准就是音乐，今天传下来的汉代乐府诗也都是入乐歌唱的歌词。顾名思义，乐府就是汉代的音乐机构。后来唐诗中仍有大量的乐府诗，以及模仿乐府的新乐府，前者如李白的《将进酒》，后者如白居易的《卖炭翁》。哪怕楚辞也有很多作品，从标题上就能看出它是歌词，如屈原的《九歌》。宋词更不用说，它一开始便是根据乐谱填写的歌词，因而词又叫曲子词，人们从来不叫"写词"而叫"填词"。元曲的风格之所以与宋词迥异，主要原因还是曲调的变异。

格律诗虽然无须入乐歌唱，但它对平仄和押韵的要求更为严格。哪怕是中文专业的同学中，很多人对格律诗的平仄照样糊里糊涂，甚至有些古代文学研究生也不清不楚。

东汉以后翻译佛经的过程中，由于人名、地名的音译，译者逐渐发现了汉语平上去入四声的特点。到齐永明年间，王融、沈约、谢朓等人才将四声运用到诗歌创作中。沈约曾十分自豪地说，此前诗歌"音韵天成"，是诗人凭直觉"暗与理合"，到了他们才开始出现理论的自觉。他在《宋书·谢灵运传论》中提出了诗歌声调的要求："欲使宫羽相变，低昂互节，若前有浮声，则后须切响。一简之内，音韵尽殊；两句之中，轻重悉异。妙达此旨，始可言文。"在同一诗句中平仄必须交错，在两个对句中平仄必须对立，其重心无非是使诗歌音韵和谐优美。就是说，一句内的平仄相间，两句间的平仄相对，永明年间已经基本定型了。两联间的平仄相粘，要等到初唐沈佺期和宋之问才逐渐确立。相粘是格律诗中的平仄规定，指后一联出句（第一句）的第二个字与前一联对句（第二句）的第二个字平仄必须相同。相粘避免了上一联与下一联平仄的单调重复。

有同学抱怨说，一想到平仄头就大了。其实，律诗规定只能押平声韵，律诗的平仄最基本的格式只有四种：平起平收首句押韵，平起仄收首句不押韵，仄起平收首句押韵，仄起仄收首句不押韵。五七绝固定四句，五七律固定八句。你们弄懂了平仄的对与粘以后，看到首句就能推出后面的三句或七句。词的平仄和音韵，同学们必须对照词谱，大家可以参看龙榆生先生的《唐宋词格律》，这本书很容易借到或买到。这里我不妨以一个词牌的名作为例，看看平仄押韵对于情感表达的关系，如贺铸的《六州歌头》：

少年侠气，交结五都雄。肝胆洞，毛发耸。立谈中，死生同，一诺千金重。推翘勇，矜豪纵，轻盖拥，联飞鞚，斗城东。轰饮酒垆，春色浮寒瓮，吸海垂虹。闲呼鹰嗾犬，白羽摘雕弓，狡穴俄空，乐匆匆。　似黄粱梦，辞丹凤，明月共，漾孤篷。官冗从，怀佺偬，落尘笼，簿书丛。鹍弁如云众，供粗用，忽奇功。笳鼓动，渔阳弄，思悲翁，不请长缨，系取天骄种，剑吼西风。恨登山临水，手寄七弦桐，目送归鸿。

这是北宋一首十分亮眼的豪放词，上阕通过"轰饮酒垆""呼鹰嗾犬"的豪纵生涯，写少年的侠气、豪情、壮胆和雄心，下阕则以"官冗从，怀佺偬，落尘笼，簿书丛"的遭遇，写自己想"请长缨"但仅"供粗用"，思建"奇功"反"落尘笼"的下场。此词被视为该词牌的正体，它句式短峭而又句句押韵，既繁音密节而又一气奔涌。这首词押韵的特点是平仄互叶，平韵选用声音洪亮的"东""冬"韵，叶韵也用响亮的"董""肿""宋""送"韵，在声情激越之中凸显悲凉之气，恰到好处地抒发词人的奇情壮采和拗怒不平。从这首词同学们可以细心体会，平仄用韵与情感的关系。

我们再看一首陆游的《卜算子·咏梅》：

驿外断桥边，寂寞开无主。已是黄昏独自愁，更著风和雨。

无意苦争春，一任群芳妒。零落成泥碾作尘，只有香如故。

这首词是《卜算子》词牌的正体，双调共四十四字，前后片各四句，每片都是两仄韵。此词"主""雨""妒""故"四个韵字中，"主""雨"是上声麌韵，"妒""故"是去声遇韵，四个韵字都属撮口呼，声音低沉、幽细、短促，既表现了陆游身处浊世的痛苦和无奈，也表现了他不愿同流合污的气节与坚贞。

不只是平仄押韵对理解诗词很重要，大家还要注意诗词中的声调。读诗不能像小和尚念经有口无心，对每句每字的声调要认真体会。清人刘大櫆曾说，读古文要只是默看，那你终生都是外行。我们常听到或看到"文章气势很盛"一类的赞叹，过去我一听到老师说这种话就发怵，不知道它为什么"气势很盛"，有时觉得自己像个白痴，看到清人"因声求气"之说后才豁然开朗。读诗更应该诵读，古人把读诗叫吟诗，杜甫说"新诗改罢自长吟"。既然要吟唱诗歌，古人对诗词的声调自然十分讲究。前人早就指出在清真词中，有些仄声韵全用入声字，造成一种特殊的音韵美。杜甫称自己"晚节渐于诗律细"，我们以他的《秋兴八首》其一为例，来看看"细"在哪些地方：

> 玉露凋伤枫树林，巫山巫峡气萧森。
>
> 江间波浪兼天涌，塞上风云接地阴。
>
> 丛菊两开他日泪，孤舟一系故园心。
>
> 寒衣处处催刀尺，白帝城高急暮砧。

这里我只和大家聊一聊首联。"玉露"就是秋天的露珠，在文学作品中通常称为白露，《诗经》有"蒹葭苍苍，白露为霜"的名句。秋天的露珠在霞光中晶莹闪亮，所谓"露似真珠月似弓"，所以诗人经常把秋露说成玉露。此诗仄起平收，首句不押韵，用"玉露"和"白露"都合律，杜甫为什么要选用"玉露"呢？"玉露"除了交代了白色外，玉还有质感和美感，甚至能让人产生冰凉的通感。当然，用"玉露"的主要原因是它便于"长吟"。"白"字是开口呼，必须把口全张开才能发音，而"露"字是撮口呼，必须伸出双唇形成圆形才能发音。同学们自己试试看，"白露"从张口马上收回变圆口形，从声音到口型都很难吟唱。"玉"和"露"字都是撮口呼，可以吟出低沉绵长而又忧伤的声音，萧瑟的秋景，悲凉的声音，沉郁的心情，三者在诗中有机地融为一体，景中含情，情化为音，这才是我们常说的声情并茂。

三、识典

古代诗歌产生于两三千年的历史长河中，历代诗歌中不可避免地涉及古代的历史、地理、天文、历法、职官、宗法等。大家知道，地名有变更，朝代有更迭，事物有发展，人物既有生死，语义也有变化。假如对这些知识一无所知，把一首古代诗歌放在自己面前，我们要么是一头雾水，要么是笑话百出，甚至把诗意弄个满拧。几年前，一名牌大学校长，在欢迎中国台湾一位要人时，当众把《诗经》中的"七月流火"说成酷暑难当。他完全不明白彼七月非此七月，更不知道彼"火"非此"火"。那次闹了这么大的笑话，还真使他狠狠地"火"了一把。要把《诗经》中《七月》读懂，要知道"七月流火"的诗意，我们就要大致懂得一点天文、气象、农耕知识。

可见，要想读懂古代诗歌，就得具备稍稍宽一点的知识面，不管是非中文专业还是中文专业的同学，都有必要多读一点与专业无关的"闲书"。孔子认为，诗不仅仅能"兴观群怨"，还能"多识于鸟兽草木之名"。这句话我们不妨反过来听，除非"多识于鸟兽草木之名"，否则你就别想读懂古代诗歌。譬如《诗经》中"关关雎鸠，在河之洲"，"呦呦鹿鸣，食野之苹"，它们在诗中都是作为"兴"出现的。"兴"是《诗经》中常用的三种表现手法之一，用朱熹的话来说，它的特点是"先言他物以引起所咏之辞"，也就是先以其他的相关事物，引出想要歌咏的事物。要通过纸面上的文字走进诗人的内心，就得明白"先言"的"他物"是何物。仍以上面的诗句为例，为什么要用"关关雎鸠，在河之洲"，"引起"后面的"窈窕淑女，君子好逑"呢？要想弄清这个问题，我们至少要知道：雎鸠是一种什么鸟，它们有哪些特性？孔子早就发现，多读诗可以拓展自己的知识面，这里可能涉及阐释的循环——拓宽自己的知识面也有利于读诗。

另外，古代的称谓、风俗、礼节、人情，尤其是古代诗人的宗教信仰，这些知识对于我们理解诗歌十分重要。大家都知道，盛唐时期三位最重要的诗人中，人们称王维为诗佛，李白为诗仙，杜甫为诗圣。与之相应，他们三人分别或信佛，或崇道，或尊儒。不同的信仰影响他们不同的价值追求，不同的情感体验，不同的诗歌意境，甚至不同的直觉和想象。同学们可能都会背诵李白名作《梦游天姥吟留别》，那段写自己梦游的所闻所见奇幻极了：

脚著谢公屐，身登青云梯。

半壁见海日，空中闻天鸡。

千岩万转路不定，迷花倚石忽已暝。

熊咆龙吟殷岩泉，栗深林兮惊层巅。

云青青兮欲雨，水澹澹兮生烟。

列缺霹雳，丘峦崩摧。

洞天石扉，訇然中开。

青冥浩荡不见底，日月照耀金银台。

霓为衣兮风为马，云之君兮纷纷而来下。

虎鼓瑟兮鸾回车，仙之人兮列如麻。

忽魂悸以魄动，恍惊起而长嗟。

　　这首名诗的标题又叫《别东鲁诸公》，现在多以《梦游天姥吟留别》为题。两个标题都表明这是一首送别诗。诗中的李白是行者，"东鲁诸公"是送者。诗人完全打破了送别诗的套路，一上来就天马行空地写自己的"梦游"，而"梦游"又完全打破了读者期待，写让人"魂悸魄动"的"仙之人兮列如麻"。这固然表现了李白想象的丰富，同时也呈现了他的宗教知识和宗教幻想。无论是梦游还是想象，都是意象的拼接与组合，或在现实与非现实之间组合，或在现实与现实之间组合。在想象中也好，在梦境里也罢，你永远见不到自己知识视野以外的东西，也就是说你只能"见到"你知道的东西。同学们估计和我一样，即使"梦游"也不会遇到"列如麻"的仙人，也不可能"看到""霓为衣兮风为马"，不可能碰到"虎鼓瑟兮鸾回车"。我好几次从梦中惊醒，但不是看到仙人后"恍惊起而长嗟"，而是梦中自己上课迟到了半个多小时，醒后自己吓得出一身冷汗。同学们，李白梦游会像我这么窝囊吗？道教深刻地影响了李白的情感和想象，也深刻影响了他的知识结构和关注兴趣，这使得他的许多诗想象奇幻，有些诗"白日见鬼"，李白被称为诗仙算是"实至名归"。

王维在《叹白发》一诗中说："一生几许伤心事，不向空门何处销。"假如你对佛教知识全然无知，你对王维的诗歌就可能全然无感。

鹿柴

空山不见人，但闻人语响。

返景入深林，复照青苔上。

辛夷坞

木末芙蓉花，山中发红萼。

涧户寂无人，纷纷开且落。

鸟鸣涧

人闲桂花落，夜静春山空。

月出惊山鸟，时鸣春涧中。

这些诗歌写的虽是自然山色，却导向禅家的空寂幻化。诗中展现出来的"色"——"返景入深林"的自然美景，其实也就是佛家的"空"——虚寂的本体；诗中描写的"动"——"纷纷开且落""时鸣春涧中"，则凝成为诗境的"静"——万古如斯的永恒。尽管空山能听到"人语响"，尽管山中能见到树上"发红萼"，可是当读到"涧户寂无人，纷纷开且落"时，你不由得深切地感到"山静似太古"，身世皆空无。

当然，读古代诗歌最常见的拦路虎是典故。典故的本义是典章制度和历史掌故，后来指诗歌中引用的历史事件、历史人物和有来历的词语，前者叫"事典"，后者叫"语典"。

诗歌中用典在西汉后期就多了起来，刘勰在《文心雕龙·才略》中说："然自卿、渊已前，多役才而不课学；雄、向已后，颇引书以助文。"西汉前期司马相如字长卿，辞赋家王褒字子渊，上文中的"卿、渊"分别指他们二人。"雄、向"指西汉后期的扬雄和刘向。扬雄写文章开始有点掉书袋，刘向是著名的文献学家，"引书以助文"是他的职业习惯，而"引书以助文"就涉及用典。

钟嵘在《诗品序》中说："若乃经国文符，应资博古；撰德驳奏，宜穷往烈。"对"引书助文"似乎还能接受，但对于诗歌用典完全不能容忍："至乎吟咏情性，亦何贵于用事？'思君如流水'，既是即目；'高台多悲风'，亦唯所见；'清晨登陇首'，羌无故实；'明月照积雪'，讵出经史？观古今胜语，多非补假，皆由直寻。颜延、谢庄，尤为繁密，于时化之。故大明、泰始中，文章殆同书抄。近任昉、王元长等，辞不贵奇，竞须新事。尔来作者，寖以成俗。遂乃句无虚语，语无虚字，拘挛补衲，蠹文已甚。但自然英旨，罕值其人。词既失高，则宜加事义，虽谢天才，且表学问，亦一理乎！"这段话的大意是说，那些治理国事的文书，理应广泛引用古事以显其典重；叙述德行一类奏议，理应尽量称述此前功业，它们用典还情有可原。至于抒发性情的诗歌，又哪用得着要使用典故呢？"思君如流水""高台多悲风"，都是即目所见的情景；"清晨登陇首""明月照积雪"，又何曾是出于经书史籍的典故？大家看看古往今来的佳句，全都是清空一气地抒情写意，有几个是拼凑假借古人词句？到了颜延之、谢庄写诗，用典越来越繁多细密，那时的诗风受他们影响很深。所以刘宋后期，诗文差不多同于抄书。近来任昉、王融等名家，也都不注重语言本身的新奇，只是变着法子用前人没有用过的典故。这逐渐形成了一种恶习，无段不用典故中的事，无句不用典故中的字，大家忙着拆东墙补西墙地拼凑，很难看到一派天然的美妙诗歌。这样，诗歌已经不是诗人才华的表现，似乎成了他们学问的炫耀。

用典是宋代诗歌的一大特征，而用僻典又是宋代诗人的嗜好。北宋的王安石、苏轼和黄庭坚，无一不是用典的高手。典故就像阅读中的绊脚石，让人读诗歌的时候磕磕碰碰。"无一字无来历"是黄庭坚的诗论，既是他创作诗歌的指针，也是他评价诗歌的准衡。

和大多数同学一样，我也喜欢脱口而出的诗歌，欣赏天然入妙的诗句。可用典是古代诗人的一大爱好，自然也成了古代诗歌的一大特征。我们也要看到，诗中的典故是一种特殊的意象，它浓缩了丰富的历史文化内涵。典故自然有其本义，更有其多重引申义，具有无限解读的可能性。可以这样说，诗中的典故是一枚枚昂贵的坚果，只要我们能啃破它那坚硬的外壳，就能尝到里面各种各样的美味。如李商隐的《马嵬》其二：

> 海外徒闻更九州，他生未卜此生休。
>
> 空闻虎旅传宵柝，无复鸡人报晓筹。
>
> 此日六军同驻马，当时七夕笑牵牛。
>
> 如何四纪为天子，不及卢家有莫愁。

这是一首咏史诗，也是一首政治讽刺诗。如果对唐玄宗宠杨贵妃、安史之乱、马嵬坡兵变以及相关的种种传说不熟悉，你很难读懂这首诗歌，更不知道诗歌的刺点在哪里。除了"莫愁"个别语典外，这首诗用的大多是事典。

由于文化的积累效应，越到后世，诗中的语典就越常见；由于诗人追求语言的新奇，语典也用得越来越僻。譬如李商隐的名作《锦瑟》中间两联：

庄生晓梦迷蝴蝶，望帝春心托杜鹃。

沧海月明珠有泪，蓝田日暖玉生烟。

《锦瑟》诗中的这些典故，用杨万里《诗话》中的话来说，就是"备用古人语而不用其意"。从这首诗的用典特点，同学们要体会典故的引申义。"庄生晓梦"来于《庄子·齐物论》，望帝和杜鹃来于《华阳国志·蜀志》，沧海与珠有泪来于《博物志》，蓝田和玉生烟至今仍不知出处。这首诗的诗意一直还在争论，这四个典故到底要传达什么也一直是个谜。也许，全诗根本就没有明确的"意思"，它只是烘托一种朦胧的"意味"。联系首联的"无端"，和尾联的"惘然"，再将中间两联的"晓梦""迷""明珠""泪""烟"连贯起来，一种迷惘、感伤、凄凉、无奈的氛围就会包裹我们。这首诗不是诗人在和我们对谈，只是诗人一个人的独语。因而，诗人并没有要告诉我们什么，但我们强烈感受到了什么；诗人并没有让我们"会意"，但他能让我们产生"共情"——我们和他一起惘然，一起悲凉，一起伤感……

大家多读一点古典诗歌就会发现，诗人们常常正典反用，如杜甫《秋兴八首》其三中的"匡衡抗疏功名薄，刘向传经心事违"。匡衡是西汉的经学家和丞相，抗疏是指臣下辩驳或抵制君命。《汉书·匡衡传》载，匡衡上疏常据理直言，每有言论，"言多法义"，抗疏越多则功名越高。杜甫曾为肃宗朝左拾遗，多次上疏救房琯，所以以抗疏的匡衡自比。哪知匡抗疏升为公卿，而杜抗疏却遭贬斥，事非其主便言违其时，作为相同而下场相反，所以说"功名薄"。刘向是西汉大学者，中国古典文献学的奠基人，宣帝令向讲五经于石渠阁，成帝即位后又诏向领校五经秘书。杜甫家世素崇儒业，因而以传经的刘向自比，可是，不仅不能像匡衡那样位至丞相，而且还不能像刘向那样典校五经，如今落得"垂老见飘零"。"心事违"指像刘向那样传经的心愿无法实现。此联诗意为正典反用，诗艺则顿挫有力。

另外，同学们阅读古代诗歌的时候，也不时会碰到典故误用的情况。只要读诗时细心一点，只要我们勤翻工具书，这类典故就不可能蒙住我们。

古人认为最高明的用典，是"用事不使人觉，若胸臆语也"（《颜氏家训·文章》）。王安石《书湖阴先生壁》达到了这种境界：

> 茅檐长扫净无苔，花木成畦手自栽。
> 一水护田将绿绕，两山排闼送青来。

"护田"指湖水环绕护卫着田园，语出《汉书·西域传上》："自敦煌西至盐泽，往往起亭，而轮台、渠犁，皆有田卒数百人，置使者校尉领护。""闼"是古代的一种小门，"排闼"就是开门的意思，语出《汉书·樊哙传》："高帝尝病，恶见人，卧禁中，诏户者无得入群臣。……

哈乃排闼直入。""一水护田"将玄武湖写得缠绵多情，"两山排闼"好像钟山和覆舟山在开门迎客，"将绿绕"新绿满眼，"送青来"更青翠撩人。数字对数字，名词对名词，动词对动词，汉人语对汉人语，写景既精彩传神，对偶又精工整饬，这一联佳句可以与李白的"两岸青山相对出，孤帆一片日边来"前后辉映。即使不知道"护田""排闼"是在用典，也并不影响我们对它的欣赏，但如果知道它的语出何处，我们则更能感受它的精妙。

同学们私下可能要嘀咕了：怎样才能迅速掌握这些典故呢？

我要非常悲凄地告诉大家：根本没有什么"迅速"的捷径，也不可能完全掌握那么多典故，我更没有什么掌握典故的独家秘籍。这里开的药方也属老生常谈：一是要拓展自己的阅读面，养成开卷动笔的好习惯，典故只能一点一点地积累；二是要学会借助字典和其他工具书，比如《辞海》《辞源》，比如《二十四史索引》，还有古代许多著名类书。这里以唐代的《艺文类聚》为例，全书分天、岁时、地、州、郡、山、水、符命、帝王、后妃、储宫、人、礼、乐、职官、治政、刑法、杂文、武、产业、衣冠、食物、杂器物、巧艺、方术、百谷、鸟、兽、鳞介、祥瑞、灾异等四十六部，对各种知识分门别类地摘录汇编。20 世纪 80 年代，中华书局和上海古籍出版社先后出版，虽然该书卷帙浩繁，但翻检比较方便，各大学图书馆容易找到。当读诗遇到障碍时，同学们不妨去试试，要是自己能查到相应的典故，你们也许有一种发现新大陆的快乐。

非中文专业的同学读古代诗歌，我建议首选现代学者的整理注释本，这样读起来相对轻松方便，最好挑一些权威出版社的版本，如中华书局、上海古籍出版社、人民文学出版社等。

四、会心

陶渊明《五柳先生传》说："好读书，不求甚解；每有会意，便欣然忘食。"这是读书最入迷的状态，也是读书人最快乐的时光。陶渊明天性"闲静少言"，所以他一"会意""便欣然忘食"，像我这种易于冲动的人，只要一"会意"就可能手舞足蹈。

文中所读之书无疑主要是诗文，读诗要是读到连吃饭都忘了，你们还会想着去刷手机吗？

陶渊明所谓"会意"，就是我小标题所说的"会心"。《辞海》和其他汉语词典，会心与会意都是互训的——会心就是会意，会意也就是会心。

那我为什么不用会意而用会心呢？

我觉得会意与会心意思虽大体相同，但二者之间的细微差别还是不少。会意更偏重理性的"意义"；会心的"心"则包蕴更广，既包括理性的意，也包括感性的情，还包括审美的味。我们读诗不仅要能把握诗意，还要能感受诗情，同时也要能体悟诗味。

读诗其实就是读者与诗人之间的交流，彼此先要会意，进而就得知心，再下来就是识趣，最后达到心心相印的境地。

一个合格的诗歌读者，在充分理解诗的字面意思，明了所用典故本义和引申义的基础上，对每首好诗应当有自己独特的感受。

这一点我要特别跟同学们聊一聊。大家从小学到大学的语文考试，除了作文题以外，差不多都有标准答案，不按标准答案答题就会扣分。同学们开始是不敢写出自己的感受，久而久之便没有自己的感受。特别让人沮丧的是，大学教育逐渐高中化，大学生考试大多也是背听课笔记或教科书。用叔本华的话说，同学们的大脑成了老师和教科书的跑马场，思想日渐贫乏，精神日渐苍白，感觉日渐迟钝。

读诗既然没有感受，自然也就没有感动。

为了考试也许硬着头皮死记了某一首诗，可这首诗并没有拨动我们的心弦，我们也没有走进这首诗的境界。

诗歌原本是有生命有灵性的，我们常常把它们变成了冷冰冰的死知识；读诗原本是一种审美享受和情感体验，在我们这里却变成了索然无味的知识积累。

无论中小学还是大学，古代诗歌教学基本程式化：从时代背景，到主题思想，再到艺术特色。主题思想不外乎同情劳动人民疾苦，揭露统治者的腐朽，热爱祖国的大好河山，等等；艺术特色也不外乎意境优美、语言生动、结构紧凑、情景交融，等等。把一首和谐的诗歌弄得破碎不堪，把一首完整的诗歌切成了几大块。那些好听的形容词虽然被老师加班加点地用，可学生对它们早已无动于衷。几年以前，我在报纸上看到，北京一位西方留学生查理对记者说，中国的古代诗歌可好学了，首首诗都是情景交融。查理的学诗心得让人哭笑不得。

在这六七十年凝固的诗歌教学模式中，教和学都浮在诗歌的表面，我们老师没有讲进去，同学们没有读进去。

把这些荒唐的诗歌阅读模式扔掉，管它什么主题思想，管它什么艺术特色，管它什么情景交融，把这些乱七八糟的东西统统悬置起来，全身心地沉浸在诗歌优美的意境中，和诗人杜甫一起"感时花溅泪"，和李白一起"人生得意须尽欢"，和苏轼一起"一蓑烟雨任平生"，和李清照一起看"门前风景雨来佳"……

　　过去我们解读中国古代诗歌，基本上都是照搬苏联那套僵硬的政治社会学模式，一直到今天大学中文系的同学，很多人攻读研究生后的学位论文，仍然沿袭现在还在使用的文学史老套路，研究诗人诗作诗派都是走从时代背景、主题思想到艺术特色这一条"流水线"，只是换了一些花样翻新的时髦名称，并没有与时俱进地改换思维定式。于是，诗人丰富复杂的情感、诗歌细腻微妙的感受，在他们那儿被压缩成了同情人民疾苦和批判权贵罪恶一类干巴巴的"优点"。说到诗人诗歌的艺术赏析，想象天马行空的就说成浪漫主义，如屈原、李白、李贺等，比较关注社会的就说是现实主义，如杜甫、白居易、张籍、王建等。连许多非中文专业的同学也产生了条件反射，一说起李白就是浪漫主义，一提到杜甫就是现实主义。五彩缤纷的古典诗歌国度，被摧残凝冻成几根枯死的教条。

　　一个人的精神有许多不同的向度，一个诗人更有无数不同的生命体验重心，我们不能拿同一根标尺去测量所有诗人的精神高度，就像不能拿一个圆规去测量直线长度一样。用黑色眼镜看外界的时候，万事万物全都是黑色的。我们许多读者都是用别人的眼睛看世界，用别人的大脑去读诗歌，用别人的话头来谈体会，想别人之所想，言别人之所言。清人赵翼《论诗五首》其三中说：

只眼须凭自主张，纷纷艺苑漫雌黄。

矮人看戏何曾见，都是随人说短长。

我们大多数人读诗和解诗只是"矮人看戏"，到头来"都是随人说短长"。

假如读诗没有个人的感受，与著名诗人没有心灵碰撞，我们的心田就会枯竭，想象力就会枯萎，感觉就会麻木，慢慢就变成了呆滞迟钝的木头人。

这让我想起了一个宋代诗人的故事，可惜我忘了人名和诗名。有一年春天，这位老兄兴冲冲地独自游春，满眼是花红柳绿，充耳是嘤嘤鸟鸣，他一时玩得乐而忘归，回家后马上挥毫作诗，诗的大意是说：今天十分尽兴，虽然时逾上千年，地跨几千里，我在田野看到的还是当年陶渊明看到过的景象。可以想象，这个笨蛋的田园诗就是陶渊明田园诗的复制品，他作为诗人是在浪费粮食，他笔下的诗歌是在浪费纸张。

可见，写诗和读诗都容易出现复制别人的现象，写诗复制他人就是变相的抄袭，读诗复制他人就是鹦鹉学舌，这两种复制都悲哀地显示，要么是才智退化，要么是才智缺乏。

无论是诗歌的研究者，还是诗歌的普通读者，只有彻底抛弃那些无聊的教条和偏见，我们才能直接和诗人"面对面"，才能径直地走进诗歌意境中，才能获得独特的个人感受。同学们，当你们翻开诗歌或诗集的时候，自己的第一印象（first impression）特别重要。这种印象是你个人的直觉感受，不是考试时背诵的标准答案，它完全是属于你自己的东西。我们最好把它用文字记录下来，或者在心里反复回味几次。

有了自己的第一印象以后，再去看看专家们是怎么说的。要是专家和你自己的感受差不多，那就说明"英雄所见略同"；要是你的感受新颖独到，那更说明你能见前人之所未尝见，能言前人之所未曾言。我可真要恭喜你了！你不仅有当诗人的潜质，也具备发明创造的潜能。

我们的先人早就认识到"诗无达诂"，任何一首诗歌都没有一锤定音的解释。对同一首诗歌，感受会因人而异，结论也会因人而殊，有时还会出现极端相反的情况，好之者把它捧上天，恶之者想把它贬入地。每个人由于天性与教育不同，感受必有粗细，见识必有深浅。因角度不同和眼光有别，所以"有一千个读者，就有一千个哈姆雷特"，同样，有一千个读者，就有一千个李白，一千个杜甫，一千个苏轼。人们在读苏轼的时候，其实和盲人摸象的情形相似，我们每个人可能只关注到了苏轼的某个方面，苏轼其他许多方面也许就成了我们的盲区。

鲁迅在《〈绛洞花主〉小引》中说：《红楼梦》还是那本《红楼梦》，"就因读者的眼光而有种种：经学家看见《易》，道学家看见淫，才子看见缠绵，革命家看见排满，流言家看见宫闱秘事"……鲁迅先生这段带刺的名言，倒是道出一个阅读的事实：对一部作品的感受和判断，与每个人的知识结构、文化人格和人生追求息息相关。同样，我们阅读任何一首古代诗歌，只能看到自己想看到的和能看到的——前者是自己的兴趣所在，后者为自己的视野所限。现代阐释学令人信服地阐明，我们阅读诗歌的体悟，并不是读者一个人的主观行为，而是读者与诗歌二者视域融合的结果。从读者这一层面讲，视域越广，思考越深，感受越细，我们在诗歌中的所获就越多，对诗歌的体悟就越透，所谓"不畏浮云遮望眼，自缘身在最高层"，也是俗话所说的站得越高，看得越远。

王国维说"一代有一代之文学"，一代也有一代对文学的理解。同一首诗歌，假如唐朝人是这样理解，宋朝人也是这样理解，一直到今天我们还是这样理解，那这首诗其实就已经死了。经典诗歌之所以是永恒的，全在于它能与任何一个时代任何一个民族的人进行对话，它能抚慰我们每个人的心灵，大家都能从它那儿得到慰藉。诗人既在诗里倾诉自己的衷肠，又好像在那儿倾听我们的絮语。诗说出了埋在我们灵魂深处的心里话，当产生共鸣时我们又好像听到了诗的回声。

时代对诗歌理解的多样性，凸显了某时代精神的丰富性；个人对诗歌理解的新颖性，展示了这个人才华的独特性。

大家可能有点气馁，我们不过是古典诗歌的普通读者，最大的心愿是能欣赏古典诗歌，哪敢幻想什么感受的新颖性和独特性，那可是专家教授要干和能干的事情。这里我给同学念一段英国著名学者和作家约翰逊的名言："能与普通读者的意见不谋而合，在我是高兴的喜事；因为，评定诗歌荣誉的决定权，尽管高雅的敏感和学术的教条也起着作用，但最终说来还是取决于普通读者的常识，他们并未受到文学偏见的腐蚀。"非中文专业的同学更有资格评定诗歌的优劣，因为你们的感受和评判没有被"文学偏见"腐蚀，你们比我们这些教授更具备健康的常识。同学们千万别妄自菲薄，诗歌的好坏最终要由你们说了算。

同学们，要想自己对诗歌的感受具有鲜明的个性，同时这种感受还具有鲜明的时代特征，我们就应广泛地吸收当代的文化，在文化和精神上成为时代的弄潮儿。假如我们的文化人格和知识结构还停留在 19 世纪，你对某首诗歌的感受可能仍和清人一样。

同学们，在优秀的古典诗歌中，读出自己时代的"味道"来！我们"要"而且"能"激活沉睡的古典诗歌，我们不是古典诗歌的旁观者，而是参与了这些诗歌在新时代的再创作，我们既是读者，我们也是诗人！

少刷一点手机视频，多读一些古典诗歌吧，这样大家会"身心获益靡涯，文笔增华有望"。

谢谢同学们！

2022 年 10 月 13 日初稿

2022 年 10 月 15 日校改

《文史知识》2023 年第 1、2、3 期连载

爱欲礼赞

——《古诗十九首》细读之一

一、"惊心动魄"

人类文明的创造，是性压抑的结果。

可过度的性压抑，又窒息了人类文明的创造。

前者是弗洛伊德的名言，后者是马尔库塞的修正。

所以，人类总不断给自己套上禁忌的枷锁，又不断让自己冲破禁忌的牢笼。

譬如，西方经历中世纪的人性禁锢后，接着就是文艺复兴时期人性的觉醒。又如我国汉代独尊儒术以后，便迎来了魏晋人的自觉。

人的自觉，既是打破思想的禁锢，也是解除欲望的禁忌。

谁都明白，没有饭吃，人就会饿死。

你可知道，没有爱欲，生命就将枯萎，人种就将断绝？

或许是古人比我们更加清醒，或许是古人比我们更为坦诚，两千多年前他们就大声说："食色，性也。"

哪怕已是七老八十，只要一看到帅哥美女，你照样还是两眼放光，那就恭喜你了，这表明你仍然十分年轻。

爱欲是人类最强烈的生命冲动。

因此，古今中外文学的主题类型中，要数爱欲主题最受作者青睐，也要数爱欲主题最让人神魂颠倒，因而也自然要数爱欲主题最为历久弥新。

讲六朝诗歌，我们得从《古诗十九首》讲起，因为它们是魏晋诗歌的滥觞；而讲《古诗十九首》，我们首讲其中的爱情诗歌，因为这些情诗最能拨动我们的心弦。

《古诗十九首》中有很多作品表现爱欲主题，那一首首炽热的情诗，或是对爱欲的大胆肯定，或是对爱的强烈渴求，或是对爱的热情呼唤——

昔为倡家女，今为荡子妇。

荡子行不归，空床难独守。

思君令人老，轩车来何迟！

盈盈一水间，脉脉不得语。

荡涤放情志，何为自结束？

此前，谁敢放肆地高喊"荡涤放情志"？谁有脸坦承自己"空床难独守"？

一千多年后的今天，它们读来照样"惊心动魄"！

二、你信不信？

在聊《古诗十九首》的情诗之前，先和大家侃侃《古诗十九首》。

说起《古诗十九首》，我自己也是一头雾水。

它作于何时？起于何事？因何而作？何人所作？

这一连串的问题，也许鬼知道，反正我不知道。要是听到你问这些鬼问题，九泉之下的屈原肯定会马上坐起，奋笔疾书他的《天问》续篇。

不过，这并没有影响人们对它的喜爱，更没有影响大家对它的赞誉。

人世现有的最好形容词，差不多都堆到了《古诗十九首》身上。

刘勰在《文心雕龙·明诗》中说："观其结体散文，直而不野，婉转附物，怊怅切情，实五言之冠冕也。"你们听懂了没有？这意思是说，《古诗十九首》是五言诗的"珠穆朗玛峰"。顺便交代一下，刘勰是我国古代伟大的文学理论家和文学批评家，《文心雕龙》是我国古代最宏伟、最系统的文学理论和文学批评著作。他的话古今都极有分量，他对很多作者和作品的评价可谓一锤定音。

南朝梁代另一位著名诗论家钟嵘，对《古诗十九首》同样是击节称赞，并把它列入《诗品》中的上品："文温以丽，意悲而远，惊心动魄，可谓几乎一字千金。"不过就是十九首诗歌，竟然让他"惊心动魄"，而且首首诗都"一字千金"！ 我的个天！

更邪乎的是明代胡应麟，可能觉得"惊心动魄"还赞得不到位，他认为《古诗十九首》"真可以泣鬼神，动天地"（《诗薮》）！

对《古诗十九首》研究的历史，俨然就是赞美大比赛的历史，评价一个比一个高，调门一个比一个响。王世贞说《古诗十九首》"是千古五言之祖"（《弇州山人四部稿》），话音刚落，陆时雍马上接过话头说，它们"谓之风余，谓之诗母"（《古诗镜》）。

看了陆时雍的评论才知道，五言古诗原来都是《古诗十九首》生出来的！他有胆这样说，你有没有胆这样信？

三、作于何时？

既然知道《古诗十九首》是五言古诗的"诗母"，那谁又是《古诗十九首》的"诗母"呢？与此相关的问题是：它是什么时候"生"出来的呢？

据说，猴子吃了一个香甜的水蜜桃后，马上又伸"手"向人要另一个，它绝不会追问水蜜桃的产地，可人在吃水蜜桃之前，就要去弄清楚：它产自何地（特产）？它产自何时（日期）？它产自何树（栽培）？人虽然也属于动物，但是世上最难缠的动物。

《古诗十九首》让人心醉，人们自然会固执地问：它作于何时？又作于何人？

为此争吵了一千多年，可能还要一直吵下去，至今没有确切的答案，可能永远也找不到确切答案。

《古诗十九首》产生的年代及其作者，在南朝时就是一本糊涂账。徐陵编《玉台新咏》时将其中九首算在枚乘名下，而刘勰在《文心雕龙》中则说："又《古诗》佳丽，或称枚叔，其《孤竹》一篇，则傅毅之词。"钟嵘在《诗品》中却说"旧疑是建安中曹、王所制"。枚乘活跃于西汉早期，傅毅属东汉初期，曹植和王粲又属曹魏。徐陵、刘勰和钟嵘同为梁人，对作者归属和作品年代，三人虽然没有同台吵架，但完全是各说各话，而且他们也是道听途说，"或""旧疑"云云，显然他们自己也拿不定主意。后来七嘴八舌就更多了，有的说是张衡，有的说是蔡邕。其实，西晋陆机就不知道这些诗的作者，把自己的仿作称为"拟古"；梁昭明太子编《昭明文选》，在诗题下注得明明白白："并云古诗，盖不知作者。"

《古诗十九首》诗题纯属偶然，刚好这些诗歌都没有标题，刚好是前代传下来的"古诗"，又刚好收录在《文选》中的只有十九首，所以人们就随意把它们称为"古诗十九首"，久而久之这叫法就成了标题。往雅处说，就像贝多芬《第九交响曲》或柴可夫斯基《第七交响曲》；往俗处说，就像农村叫大郎、八郎、三妹一样，有多少个就叫多少，数字完全是凑巧。

既然"不知作者"，为什么冒出来那么多说法呢？越是人人都没有证据，越是人人都有胆量，反正每种说法都死无对证，因而每种说法都无对错之分，即使胡说也不会使自己名誉受损，更不会引起任何纠纷，于是，人手一把号，各吹各的调。

不过，虽然不能指定它们作于何人，也不能考出它们成于何年，但我们可以根据诗歌内容、风格和情调，大致推断它们产生于哪个历史阶段。也就是说，依据诗里诗外的"蛛丝马迹"，来复原或接近事情的真相。一直觉得自己有点福尔摩斯的本事，今天借助前人的研究成果，我正好来小试牛刀——

由于西汉避讳极严，不避君讳属于重罪，东汉则不避讳西汉皇帝。西汉第二位皇帝刘盈，《古诗十九首》中有"盈盈楼上女""馨香盈怀袖"，可见，这些诗歌大部分或全部不是西汉的作品。

《古诗十九首》第三首说道："驱车策驽马，游戏宛与洛。洛中何郁郁，冠带自相索。长衢罗夹巷，王侯多第宅。两宫遥相望，双阙百余尺。"西汉建都于长安，洛阳不可能如此壮丽繁华，董卓之乱后"洛阳何寂寞，宫室尽烧焚。垣墙皆顿擗，荆棘上参天"（曹植《送应氏二首》其一），那时洛阳已没有"双阙百余尺"的巍峨宫殿，显然《古诗十九首》不会写于建安时期，更不会在建安之后。

东汉前期班固《咏史》诗质木僵硬，中期以后五言诗才渐趋成熟，从诗风诗艺的角度看，《古诗十九首》这种"泣鬼神，动天地"的杰作，到东汉后期才可能出现。

《古诗十九首》中"生年不满百，常怀千岁忧"那对死的恐惧，"昼短苦夜长，何不秉烛游"那对生的依恋，"良无盘石固，虚名复何益"那对功名的舍弃，"千里远结婚，悠悠隔山陂"那对爱情的珍视，"荡子行不归，空床难独守"那对爱欲的肯定，还有"极宴娱心意，戚戚何所迫"那及时行乐，在在都指向了人的自觉。《古诗十九首》与建安诗歌，二者在时间上先后相接，在价值取向与情感体验上又一脉相承，前者比后者可能早几十年或十几年，绝大多数诗歌作于汉灵帝与汉献帝之间。

它们并非写于一人，也非写于一地，又非写于一时。

《古诗十九首》作于哪个时期，基本可以结案了，同学们对我的推断信服吗？

四、作于何人？

大家紧接着就会问：《古诗十九首》是何人所作？

即使福尔摩斯再世，他也不敢来接这个案子。就算"上穷碧落下黄泉"，也不可能找出半点线索。死心吧！

其实，最正确的提问应该是：像《古诗十九首》这样的名垂千古的经典，作者为什么不留下自己的大名呢？难道东汉后期的诗人不希望名垂千古吗？

真是咄咄怪事！

一点也不奇怪。

敦煌词大多不也都是无名氏的作品吗？

古代把人分为贵贱，也把文体分为雅俗。

西晋挚虞在《文章流别论》中说："古诗率以四言为体……雅音之韵，四言为正，其余虽备曲折之体，而非音之正也。"我来给挚虞做一次翻译吧：古诗都应该以四言为正宗。四言诗才算是雅音之韵。其他各种体式的诗歌，比如说五言诗，虽然可以写得委婉曲折，看起来明艳照人，听起来悦耳动听，但那都是一些不入流的诗体。这就像歌伎生得再娇艳，打扮得再时髦，也仍然是一名歌伎，也还是登不了大雅之堂。

一直到刘勰还认为"四言正体，则雅润为本；五言流调，则清丽居宗"（《文心雕龙·明诗》）。刘勰的意思与挚虞大同小异，作为诗歌正体的四言诗，诗风应以典雅温润为本，而世俗流行的五言诗，只有清新华丽才能招人喜欢。

刘勰还从语言学的角度，阐述了为什么四言高于五言，听听《文心雕龙·章句》是怎么说的："四字密而不促……至于诗颂大体，以四言为正。"四字就是四言，四言诗就是四字诗。他觉得四字句紧凑但不局促，那些庄重宏大的诗体和颂体，用五言就未免过于轻佻，用四言则十分得体。他还说，写五言诗不过是偶尔的权宜应变之方。写四言诗可以堂堂正正，而写五言诗好像偷鸡摸狗。

五言诗在六朝人心中的地位，现在大家看明白了吗？四言才算"正体"，而五言只是"流调"。所谓"正体"是说四言是诗的正宗，"流调"是指五言诗不过是上不了台面的流行曲调。挚虞在《文章流别论》中说得很明白，五言诗"俳谐倡乐多用之"，唱五言诗的都是一些娼妓舞女。你们听懂了没有？挚虞和刘勰对四言与五言的评价标准一样，四言诗既然是诗歌"正体"，那写四言诗才是走正道，五言诗是那些歌伎唱的玩意儿，写五言诗即使不是邪门也是旁门。

于是，汉代"辞人遗翰，莫见五言"（《文心雕龙·明诗》）。你们想想看，那时的诗人即使写了五言诗，谁还敢署上自己的大名呀？倒不是他们感觉写得太差，而是觉得五言诗的体式太卑。在五言诗上署名，就像穿破裤子上街——太掉价，太丢人。一个体面诗人去写五言诗，那不是与歌伎倡优为伍吗？估计那时文人们吵架，会指着对方的鼻子骂：你才会写五言诗，你们全家都写五言诗！

因此，在当时一个有头有脸的文人，可能出于好奇偶尔写写五言诗，但爱面子又不敢署名，于是就出现了《古诗十九首》这种佚名的名诗。更准确地说，《古诗十九首》不是佚名，而是匿名。

词也有类似的情况，开始只是民间创作，敦煌词的作者全属佚名，开始也只在民间流传，晚唐五代也只在青楼传唱，填词就是为了给"绮筵公子，绣幌佳人，递叶叶之花笺，文抽丽锦；举纤纤之玉指，拍按香檀。不无清绝之辞，用助娇娆之态"（欧阳炯《花间集序》）。中唐以后才有诗人拟作，如白居易、刘禹锡等人，开始都是写一些短小的小令："江南好，风景旧曾谙。"……晚唐少数失意的诗人才大量填词，如科场失意的温庭筠大写艳词，无非就是破罐子破摔。

当然，东汉后期那些诗人也不可能长后眼睛，当时根本预料不到越是往后，五言诗越是行情看涨，更没有意识到自己笔下的五言诗，是流芳百世的不朽经典，致使自己也错失了流芳百世的良机，可惜！

正因为《古诗十九首》是匿名之作，反正谁也不知道是谁写的，诗人们用不着端着装着，敢在诗中毫无保留地敞露真情，所以这些诗歌"情真、景真、事真、意真"（陈绎曾《诗谱》）。王国维的《人间词话》也说，《古诗十九首》中有些情感内容，"可谓淫鄙之尤。然无视为淫词、鄙词者，以其真也"。诗人匿名使得诗歌垂名，真可谓诗人不幸诗歌幸，可喜！

不知道杰作的作者，我们当然非常遗憾；但要是没有了杰作，那可就是文学史上的灾难。可以不知道世有此人，但绝不可以世无此诗。

五、"空床难独守"

言归正传，我们接着聊《古诗十九首》中的情诗。

一翻开《诗经》，最先迎接我们的就是爱情诗，"关关雎鸠，在河之洲。窈窕淑女，君子好逑"——这是淳朴的小伙子在求爱。

汉乐府中的《陌上桑》家喻户晓："使君谢罗敷：'宁可共载不？'罗敷前致辞：'使君一何愚！使君自有妇，罗敷自有夫。'"——这是心生邪念的使君在"撩妹"。

从《诗经》到汉乐府，爱情都属于永恒的主题。诗人一写情诗就来神，大众一见情诗就来劲。

情诗在哪个时代都十分常见，《古诗十九首》中这首情诗又有什么新梗呢？

上文谈到，《古诗十九首》大多写于汉灵帝和汉献帝之间，也就是建安前十几年或者几十年，时间上是和建安诗紧紧相接的。东汉后期，不断的社会动荡，加速了王权的崩溃；而随着王权的迅速崩溃，儒家的价值大厦也随之瓦解，这是中国历史上的又一次"礼崩乐坏"。原先人们遵循的行为规范，转眼便成了束缚人们的锁链；原先大家崇拜的精神偶像，转眼就成了人们嘲讽的对象。批判名教成了一种炫酷，反叛孔丘当然更显派头。

你们看看阮籍如何挖苦儒生："外厉贞素谈，户内灭芬芳。放口从衷出，复说道义方。"在外装得冠冕堂皇，一回家便肮脏不堪。刚一露嘴说了几句心里话，赶紧又满嘴仁义道德。整天忙于周旋应对逢迎拍马，那副卑微伪善的丑态叫人发愁。

人们突然发现什么礼义，什么节操，什么勋业，什么盛名，不是欺世盗名，就是转瞬即逝，只有"年命如朝露"是真的，"辗轲长苦辛"是真的，"与君生别离"是真的，"思君令人老"是真的……

既然这样，"虚名复何益"？"高节"又有何用？何苦还要"守穷贱"？何苦还要"守空床"？

于是，就有了我们正要讲的《古诗十九首》之二《青青河畔草》：

> 青青河畔草，郁郁园中柳。
>
> 盈盈楼上女，皎皎当窗牖。
>
> 娥娥红粉妆，纤纤出素手。
>
> 昔为倡家女，今为荡子妇。
>
> 荡子行不归，空床难独守。

清初吴淇在《六朝选诗定论》中说："其兴趣全在起手'青青'二句，振起一篇精神。"为什么说"振起一篇精神"呢？

还得从头道来。

首二句中的"青青""郁郁"，都是形容植物葱翠茂盛的样子。"青青"侧重于色调，形容"河畔草"青翠欲滴；"郁郁"则偏重于意态，形容"园中柳"茂密笼烟。这两句写景由远而近，眼光从远处的"河畔"移到眼前的"园中"。草只有绵绵不尽，才有一眼望不到头的"青青"之色，柳只有笼烟飘絮，才会呈现出"郁郁"之态。大家平日不妨仔细观察一下，几把草不可能一望"青青"，几株柳也不会满眼"郁郁"。

在《古诗十九首释》中，朱自清先生认为这两句"是那荡子妇楼上所见。荡子妇楼上开窗远望，望的是远人，是那'行不归'的'荡子'。她却只见远处一片草，近处一片柳"。从第三句"盈盈楼上女"可知，不仅"河畔草""园中柳"是从诗人眼中看到的，连"楼上女"也是从诗人视角写出，她是诗人要表现的对象。这正是此诗高妙的地方，"分明从作者眼中拈出，却从似于女之眼中拈出；分明从作者眼中虚拟女之意中，却又似女之意中眼中之感，恰有符于作者之眼中、意中，真有草蛇灰线之妙也"（吴淇《六朝选诗定论》）。诗人"设身处地"的本领真是到家了，以致骗过了朱自清先生。

我左袒吴淇的说法，"青青"两句的景象，"分明从作者眼中拈出"。这首诗并不是代言体，不必假托笔下的"楼上女"之口，诗人直接站在前台抒情写意。代言体诗如李白的《长干行》，一起笔就说"妾发初覆额，折花门前剧"，这样诗中所写的一切，都是"妾"耳中所闻，眼中所见。

朋友，你可以独个儿细心体会，也可以和别人一起讨论，这两句到底是像朱自清先生说的那样，"是那荡子妇楼上所见"，还是像吴淇说的那样，"分明从作者眼中拈出"之景？这有助于提高诗歌的鉴赏能力，还能使我们的情感更加细腻丰富。

从写作手法上看，这两句既是赋——直描春景，也是兴——引起下文。大家看，河畔春草一片翠绿，园中垂柳丝丝飘拂，春归大地，春意盎然，春色撩人。此时万物萌发勃勃生机，春日里的少妇同样也春心萌动，所以说首二句"振起一篇精神"，你们听懂了没有？

这样，自然就过渡到了——"盈盈楼上女，皎皎当窗牖"。"盈盈"指女子仪态的优雅倩丽，"皎皎"指女子美艳得光彩照人。"窗牖"这里泛指窗户，在上古，开在墙上的窗叫"牖"，开在屋顶上的窗才叫"窗"，后世因很少把窗户开在房顶，慢慢这两个字便都指窗户了。"盈盈"二句的意思是说，楼上那个美女美得让人窒息，站在窗户前明艳动人，谁见了都会神魂颠倒。

诗人进一步描绘"楼上女"："娥娥红粉妆，纤纤出素手。""娥娥"形容女子姿容娇美，"红粉妆"是说她浓妆艳抹，"纤纤"当然是指她的纤纤玉指，是形容她的双手修长圆润，"素手"指女子双手洁白柔嫩，"出"在这儿是指把手伸向窗外。

"盈盈楼上女"这样的俏丽佳人让男人魂不守舍，春日里"当窗牖"也情有可原，今天的女孩子不是同样喜欢春游吗？女子姿容娇美是上天恩赐，哪个女孩不希望像"楼上女"那样"娥娥"娇艳？"红粉妆"虽然有点艳俗，这属于她个人对浓艳的偏好，并不妨碍你喜欢素雅的淡妆，这一切都没有什么可指责的。不过，"纤纤出素手"可就有点出格了。"素手"当然十分迷人，"出素手"却格外惊心，这是在主动求爱，在一些思想比较保守的人看来，说轻点她是在搔首弄姿，说重点是在招蜂惹蝶。谁娶了她这样的妻子，谁就得真能"宽宏大量"，至少要能装得"宽宏大量"。

"纤纤出素手"的"另类"举止，让我们自然想到了潘金莲。楼上女为什么会这样呢？且看下文："昔为倡家女，今为荡子妇。荡子行不归，空床难独守。"

"倡家女"古代指歌舞妓，大多是卖艺而非卖身，也有一部分可能既卖艺也卖身，并不是现在所说的性工作者。

"荡子"，相当于今天的游子，指长期出外闯荡不归的男性，不是风流浪荡的花花公子。"荡"在这里指游荡或闯荡，并不是指放荡或淫荡。

要是回家了还算"荡子"吗？"守空床"不是"荡子妇"的宿命吗？

麻烦的是，今天的"荡子妇"，偏又是昔日的"倡家女"，让"倡家女"守"空床"还能不"难"吗？

读到最后，大家才恍然大悟，呵，难怪她要"当窗牖"，难怪她喜欢"红粉妆"，难怪她"出素手"！不正是由于难守空床吗？这首诗前后相互照应，读到后面便明白了前面，回顾前面更理解后面。

我们再回过头来看看，这首诗的"新梗"在哪里？

大家还记得"楼上女""娥娥红粉妆"的打扮，记得她"纤纤出素手"的"招摇"吧？中国古代强调"女为悦己者容"，《诗经》中《伯兮》说："自伯之东，首如飞蓬。岂无膏沐，谁适为容？"大意是说，打从丈夫东行之后，我的头发蓬乱得像草窝，倒不是没有发油梳妆修饰，可心上人不在自己身边，打扮得花枝招展给谁看呢？杜甫《新婚别》中，新娘子也对即将从军的丈夫说："罗襦不复施，对君洗红妆。"丈夫还没离开便马上"洗红妆"，以此来表达对爱情的忠贞专一。南宋诗人徐照的《自君之出矣》比喻更新奇："自君之出矣，懒妆眉黛浓。愁心如屋漏，点点不移踪。"自从夫君离家以后，娘子就懒得施粉画眉，她的思念忧伤就像那屋漏，一点一滴都在同一个地方。而"楼上女"恰恰相反，正是由于自己的那位"荡子行不归"，她的妆饰才那么起劲，她的妆容才那么浓艳，她的行为才那样招摇。

古代大量的思妇诗，或抒发对丈夫真挚的思念，如曹丕的《燕歌行二首》其一："慊慊思归恋故乡，君何淹留寄他方？贱妾茕茕守空房，忧来思君不敢忘，不觉泪下沾衣裳。"或表现对外地丈夫牵肠挂肚的担忧，如唐代陈玉兰的《寄夫》："一行书信千行泪，寒到君边衣到无。"或表现对久别重逢的期盼，如李白的《长干行》："感此伤妾心，坐愁红颜老。早晚下三巴，预将书报家。相迎不道远，直至长风沙。"但这首诗中的"楼上女"，她关切的重心不是自己"不归"的丈夫——"荡子"，而是她自己的烦躁，自己对情欲的渴望，所以她要浓妆艳抹地装扮，要急不可耐地"出素手"，无论是心理还是生理，她都守不住"空床"。

"空床难独守"是突出的重点，也是让人刺眼的焦点，更是全诗"新梗"的要点。

清张玉谷《古诗赏析》认为，"此见妖冶而儆荡游之诗"，他说"既娶倡女"，就不应"舍之远行"，否则必定家门不幸，用今天的话来说，不被戴绿帽子才怪。

这种解释当然十分可笑，诗歌不能等同于告示，再说太太如果真的"妖冶"成性，即便荡子寸步不离也照样红杏出墙。不过，张玉谷看出了此女的"妖冶"，她自己不能安分，丈夫又怎能放心？

这首诗真正的"新梗"，不只是写出了少妇"空床难独守"，写出了她不安于室的烦躁，写出了她"红粉妆"的娇艳，写出了她"出素手"的惹人，更在于诗人对这一切不仅没有道德的谴责，而且在对她生理渴求的描写中，表现出对这种渴求的理解和宽容，诗人似乎朦胧地懂得"存在的就是合理的"。

王国维在《人间词话》中说："'昔为倡家女，今为荡子妇。荡子行不归，空床难独守'……可谓淫鄙之尤。然无视为淫词鄙词者，以其真也。"人们对爱情诗的态度，通常判定雅俗的标准是，言情则为雅调，涉性者为俗词。即使今天谈婚论嫁，在公开场合，谁都只说是爱情的美好，谁会承认是性的需要？

可是，渴望性的满足是真切的人性，对"空床难独守"的宽容，就是对人性的尊重，而尊重人性就是人的觉醒。

过了几十年以后，三国的嵇康才从理论上阐释，"六经以抑引为主，人性以从欲为欢"（嵇康《难自然好学论》）。

正是在这一点上，这首诗引领了时代风潮，是魏晋人觉醒的先声。

此诗在艺术上的特征十分明显——

如前面六句连续用六个叠字——"青青""郁郁""盈盈""皎皎""娥娥""纤纤"，但丝毫没有重复单调的感受，读起来反而一气呵成。

又如全诗句句宛转相生，河畔园中草青柳绿，真个是"春色满园关不住"，自然引得"楼上女"春心荡漾，一春心荡漾就会驱使她浓妆艳抹，也会引得她"出素手"勾人。勾人而身边又无人，自然会想起自家男人——荡子，既为"荡子"自然就"行不归"，"归"家就不算"荡子"；既为"荡子妇"自然只一人在家，因而也就只有"空床"相伴；既为"倡家女"自然习惯了灯红酒绿，一个人肯定"空床"难守。大家细心体会，就明白什么叫"环环相扣"。

六、风流梦

对生的依恋、对死的恐惧，是汉魏人觉醒的突出主题。

当突然意识到生命短暂的时候，你会用余生干点什么呢？

饥饿者可能希望大吃一顿，失恋者可能希望大爱一场，有志者可能希望再拼一把，有德者可能希望造福一方……

面临死亡边缘时，《古诗十九首》中的人生抉择可谓五花八门：既然"所遇无故物，焉得不速老"，后悔"盛衰各有时，立身苦不早"，应赶快建一番丰功伟业；既然知道"人生忽如寄，寿无金石固"，那最好的选择"不如饮美酒，被服纨与素"，酒要饮美酒，衣要穿名牌，让人生"潇洒走一回"；既然看到"人生寄一世，奄忽若飙尘"，那"何不策高足，先据要路津"，让自己非富即贵，不枉一生……

而下面这一首诗中的主人公，当他发觉转瞬白头的时候，他的人生选择尤其奇葩——做了一场风流梦：

> 东城高且长，逶迤自相属。
>
> 回风动地起，秋草萋已绿。
>
> 四时更变化，岁暮一何速。
>
> 晨风怀苦心，蟋蟀伤局促。
>
> 荡涤放情志，何为自结束？
>
> 燕赵多佳人，美者颜如玉。
>
> 被服罗裳衣，当户理清曲。
>
> 音响一何悲，弦急知柱促。
>
> 驰情整巾带，沉吟聊踯躅。
>
> 思为双飞燕，衔泥巢君屋。

"东城高且长"，首句是说洛阳东面的城墙又高又长。古代的城墙分为里城和外城，此处的"东城"是指里城。里城外面的一道墙叫"郭"，后世常以"城郭"泛指城市。古代常称东郭先生、南郭先生，现在的城市既没有里城，也没有外郭，今天只有东城大爷、西城女孩。"逶迤自相属"是说城墙绵延不断，沿着里城绕了一圈，首尾又连在了一起。"逶迤"形容蜿蜒辽远的样子，"相属"就是回环相连的形状。

为什么一起笔就说"东城"呢？洛阳东面城墙有三个门，偏北的叫"上东门"，此诗下一首开头就说"驱车上东门，遥望郭北墓"，"郭北墓"指洛阳北邙山墓群。可见，从东门北向远眺，可以望见成片的墓地，为下文人生苦短埋下伏笔。

"回风动地起，秋草萋已绿"，"回风"就是旋风，北方的秋天本来就很干燥，自下而上旋转的秋风，卷起地上的沙土和草叶，满天沙尘扑面，到处黄叶乱飞；"萋已绿"是"绿已萋"的倒装，"萋"通"凄"，形容绿草在秋天里变得萧瑟枯萎。

"四时更变化，岁暮一何速"，意思是一年四季不断地更替变化，一入秋天就一年将尽。中国人俗话说，年怕中秋月怕半，过了月半似乎过了一月，过了中秋就像过了一年。这句是说时光飞逝，how time flies！

"晨风怀苦心，蟋蟀伤局促"，"晨风"并不是早晨的风，而是一种鹞鹰类的猛禽；蟋蟀俗称促织、蝈蝈等。《诗经》中有《晨风》《蟋蟀》篇。连晨风这样凶猛的飞禽，也对时光流逝十分痛苦，连蟋蟀一入秋天也声声哀鸣，悲叹生命的短促。面对时光流逝，无知的虫鸟都知道悲伤，更何况多愁善感的诗人呢？

不过，人到底是万物的灵长，面对生命的无常与短促，虫鸟只是徒劳地"伤局促"，而人却懂得如何去放纵："荡涤放情志，何为自结束？"荡涤就是冲洗、清除、洗涤，"放情志"就是开阔心胸，放纵情感，"结束"就是拘束、束缚。这两句的意思是说，干吗不打破人为的禁忌，不冲决精神的囚牢，不放飞自己的情志？干吗要自己捆住自己，自己禁闭自己呢？

这是诗的前半部分，我们来回顾一下诗情的发展脉络：诗人来到洛阳东面，眼见又高又长的城墙，蜿蜒延伸回环不断，一阵旋风卷起枯枝败叶，夏日的满眼翠绿，转眼变成一片枯黄萧瑟。四季转换好像飞轮，眨眨眼就从年初到了年尾。秋天的晨风鸟也一脸苦相，蟋蟀更是彻夜忧伤。物尚如此，人何以堪？这就引出了"荡涤放情志"的念头。

这就是常说的"因景生情"，诗人把"放情志"的情怀，写得入情入理，应验了"人禀七情，应物斯感"（《文心雕龙·明诗》）的名言。

人生既然如此匆匆，老子可要放飞自我，怎么开心我就怎么干，怎么快活我就怎么活！

"荡涤放情志"五字之中，"放"和"荡"既是句中的关键，也是全诗的中心。

诗的前半部分写何以要"放""荡"，后半部分写如何去"放""荡"。

那么怎样才算最好的"放情志"呢？

于是就转入了诗的下半部分。

马斯洛说，爱情是人的高峰体验。清人吴淇认为，对于男性而言，"盖人世一切，如宫室之美、车服之丽、珠宝之玩"，都抵不上佳人"切身受用"。另一个清人张庚也说，能让自己"放情志"，能让自己不"自拘束"的，"莫若艳色新声"。

哎，还是男人懂男人。

"何为自结束"的顾虑一打消，声色之欲就像被压抑的火山喷发而出。要"放情志"就得找佳人，要找佳人就得去燕赵。

大家知道，战国时期，燕的都城在蓟，靠近今天的北京市。赵的都城在今天的邯郸，在河北的南部。古人认为燕赵多美女，现在常说江浙多美人，其实美女帅哥哪发达往哪跑。此时的诗人正在洛阳东城，到哪里去找燕赵佳人呢？

白日的风流梦里。

你们看，在他的风流梦里，想什么姑娘就来什么姑娘："燕赵多佳人，美者颜如玉。"燕赵佳人像玉一样洁白，像玉一样温润。我的个天！

让人神魂颠倒的是，她的穿着是那样入时，那样得体，"被服罗裳衣"飘然而至，简直像天上的仙女下凡。"罗"泛指绫罗绸缎，古时"衣"是指上衣，"裳"是指下衣，美人从上到下的行头都雍容华贵。这是典型的"白富美"。

他的梦中情人还不只是"白富美"，而且不是暴发户，来到他窗前"低眉信手续续弹"，演奏的"清曲"是那样悦耳动听。她的审美趣味多么高雅，她的才艺又多么精湛！

他听得如醉如痴："音响一何悲，弦急知柱促。"或许是弦柱调得过紧的缘故，琴声越来越高亢激越，这种急管繁弦让人悲凉。我于音乐是五音不全，对演奏更是一窍不通，听行家里手说，音悲是由于曲清，曲清是由于弦急，弦急则由于柱促。无法判断这一说法的对错，直觉告诉我不必如此胶柱鼓瑟，诗中所谓"清曲""弦急""柱促""音悲"，全是诗人梦中听曲的幻觉。汉魏人对悲音有一种偏好，他们觉得欢乐之音难工，而愁苦之音易好，奏乐以悲音为荣，听乐以悲音为雅。

再说，演奏时的"弦急""柱促"，也表明佳人当时十分激动，不然，就不会有下两句——"驰情整巾带，沉吟聊踯躅"。"驰情"其实就是感情撒野，或是想入非非。诗人在梦中与情人亲密接触，佳人也不由得双颊飞红，不禁下意识地"整巾带"，一边起身徘徊，一边陷入沉吟。

正如吴淇所说的那样："曰'美'者，分明有个人选他（他即她）；曰'知柱促'，分明有个人听他；曰'整巾带'，分明有个人看他；曰'聊踯躅'，分明有个人促他。"吴淇还漏掉了一点，佳人知道身边分明有个人爱她。

这就更容易理解了，她与他早已"心有灵犀一点通"，"弦急"表明她的激动，"整巾带"说明她的矜持，"踯躅"表明她心如小鹿，"沉吟"更表明她在做决断——"思为双飞燕，衔泥巢君屋"。佳人此刻已经芳心暗许，希望与他永结夫妻，两人从此终生成双成对。

一位"颜如玉"的佳人，还没等小伙子双膝下跪，还没等他献上99朵玫瑰，更没有要他买房买车，便迫不及待地要和他白头偕老，真是天上掉下来大馅饼！在古代诗歌中，"双飞燕"是夫妇和爱情的代名词。这个比喻的后半部分太妙了，"衔泥巢君屋"不仅形象地表现了"成双入对"的恩爱，还表现了他们一起共筑爱巢的甜蜜。

清代朱筠对这首诗的结尾赞不绝口："结得又超脱、又缥缈，把一万世才子佳人勾当，俱被他说尽。"（《古诗十九首说》）

我真不忍心煞风景，可又不得不告诉大家，天上掉下来的这个"大馅饼"，其实就是诗人的一场风流梦，从"燕赵多佳人"到"衔泥巢君屋"，全是诗人"荡涤放情志"的梦境，是他最希望"放荡"的对象，

"颜如玉"的燕赵佳人，其实就是他的梦中情人。从"何为自结束"的诗句看，诗人平时为人拘束内向。只有一辈子与风流韵事无缘的人，才会把风流韵事想得这般美好。

后来的李白也常常梦游，如名诗《梦游天姥吟留别》，但到最后梦都醒了，"忽魂悸以魄动，恍惊起而长嗟。惟觉时之枕席，失向来之烟霞"，而此诗中的诗人一直还沉浸在风流梦中，还在和燕赵佳人一道"衔泥巢屋"，因为只要美梦一醒，自己仍然孑然一身，眼前还是家徒四壁，社会依旧烽火连天，百姓照样流离失所……

似乎只在风流梦中才能"放荡"，只在温柔乡中才像个男人。

生活有多困乏，梦想就有多奇葩。

中国香港歌手徐小凤唱过一首《风流梦》：

　　半生佻挞任情种

　　情意加浓

　　早沾爱恋风

　　爱思满胸

　　……

这首诗的风流梦比徐小凤的要美多了，也要雅多了。

英国有一谚语说，每个人的衣柜里，都有一具骷髅。女孩子我没有投胎过，这里不敢胡说八道，可对于大多数男人来说，这种风流梦再平常不过了，至少我年轻时常做这种美梦。记得当年读《红楼梦》时，就常想要能娶到林黛玉这样的姑娘做老婆，我宁可只活二十岁。年龄大了我才明白，要是真的找到林黛玉做老婆，那我可真是倒了八辈子霉。

越是单身寂寞的男人，梦中的女孩就越迷人；爱情越是求而不得，梦中情人就越叫人心驰神往。

这首诗中情感的发展脉络，上下两部分之间的内在联系，还有诗中比喻的妙处，我都和大家随文细读了一遍。"青青河畔草"的美像倡家女明艳照人，"东城高且长"的美似大家闺秀深藏不露，只要反复比较、咀嚼和品味，艺术鉴赏能力定会日益提高，审美感受定会不断细腻。

不论是"青青河畔草"，还是"东城高且长"，它们既是汉魏人觉醒的产物，同时又是汉魏人觉醒的表现。

只有在人的觉醒的时代，人们才能直面自己心理和生理的渴求，男人才敢公开叫嚷"荡涤放情志"，女人才敢公开坦承"空床难独守"。

这两首诗之所以成为传世经典，就在于它们写出了人人心中之所有，而人人口中却不敢言的那种渴望。

它们的诗情都大胆得叫人惊心，它们的诗艺都高超得让人惊艳。

原载《博览群书》2024 年第 1—2 期

黄鹤楼：楼与诗的融合

诗歌不仅能重塑人们的体验模式——它使我们的感性不断更新，使我们的直觉日益敏锐，而且还能给山川楼阁注入灵魂——它让冰冷的山川具有体温，让无生命的楼阁富于个性，套用刘禹锡的话来说，"楼不在高，有诗则灵"。

在江南的三大名楼中，滕王阁以建楼者爵号命名，岳阳楼以其地域命名，黄鹤楼以神话命名。前二者或实有其人或实有其地，唯独后者是查无实据的传说。

有传说的地方和建筑很多，但像黄鹤楼这样震古烁今的很少。

大家试想一下，要是没有高唱"昔人已乘黄鹤去"的崔颢，要是没有吟咏"黄鹤楼中吹玉笛"的李白，黄鹤楼会有今天这样的名声，会有今天这样的魅力吗？

黄鹤楼始建于三国孙权统治时期，盛唐的崔颢开始赋予它文化生命；孙权把黄鹤楼建于湖北武昌，崔颢把黄鹤楼筑于人们心上。

和古代大多数楼阁一样，古代的黄鹤楼也是木质结构，建筑起来很难，维护起来更难。它建而毁，毁而建，一千多年来折腾了二三十次。最近一次是1985年，由武汉市政府根据清"同治楼"原型设计进行重建，我们今天看到的黄鹤楼基本是同治楼的景观。

其实，从其始建到重建，从崔颢到今天，不管它是存是毁，不管它是新是旧，黄鹤楼一直"活在人们的心中"。今天的中小学生，并不是谁都到过黄鹤楼，但谁没有读过《黄鹤楼》？给一个学生提起黄鹤楼，假如他没有到过黄鹤楼的话，他最先下意识联想起来的，可能不是武昌的黄鹤楼，而是崔颢的《黄鹤楼》；假如他到过黄鹤楼，武昌的黄鹤楼与崔颢的《黄鹤楼》，也可能一起涌上他的心头，诗的《黄鹤楼》与建筑的黄鹤楼相互重叠。小时候，我也是因崔颢的《黄鹤楼》，而梦绕武昌的黄鹤楼。

总之，哪怕黄鹤楼没有重建，只要崔颢的《黄鹤楼》诗在，只要李白黄鹤楼听笛的诗在，只要他黄鹤楼送友的诗在，武昌的黄鹤楼——民族的黄鹤楼——诗歌的黄鹤楼，就永远铭刻在民族的历史记忆中，永远流淌在民族文化的血液里，崔、李等人的黄鹤楼诗不朽，民族的黄鹤楼就永垂不朽。

如果没有武昌的黄鹤楼，不可能激起崔颢的诗情；如果没有崔颢的《黄鹤楼》，武昌的黄鹤楼也不可能获得诗性。可以说，黄鹤楼与崔颢、李白，彼此在成就对方的同时，相互也成就了自己。以崔颢为例，要是没有我们武昌的黄鹤楼，又哪会有唐代七言律的压卷？要是没有崔颢的《黄鹤楼》，武昌黄鹤楼又怎么会如此叫人神往，如此叫人回味？

黄鹤楼独特的文化品格，主要由崔颢、李白奠基；它丰富的文化内涵，则是由一代代文人积淀。

先从崔颢的《黄鹤楼》说起——

昔人已乘黄鹤去，此地空余黄鹤楼。

黄鹤一去不复返，白云千载空悠悠。

晴川历历汉阳树，芳草萋萋鹦鹉洲。

日暮乡关何处是？烟波江上使人愁。

　　前四句酷似天马辟空而来，"昔人已乘黄鹤去"以传说切入，给黄鹤楼抹上了一层神秘的色彩。黄鹤楼传说始于南朝祖冲之的《述异记》，称江陵荀瑰在黄鹄（鹤）楼遇见驾鹤之宾。《齐谐记》中的"驾鹤之宾"，成了仙人子安乘黄鹄（鹤）飞过黄鹄（鹤）矶。到唐朝就更说得有鼻子有眼了，"驾鹤之宾"演变成了费祎驾鹤返憩于黄鹤楼。虽然仙人不是一个，但驾黄鹤的故事相同，或飞过黄鹤矶，或返憩于黄鹤楼。诗人冲着仙人黄鹤而来，哪知"此地空余黄鹤楼"。更要命的是"黄鹤一去不复返"，眼前只有悠悠飘荡的白云。这四句诗中，写楼只有一句，三句全写黄鹤，"试想他满胸是何等心期，通身是何等气概"（金圣叹《贯华堂选批唐才子诗》）。可惜仙人黄鹤渺然难寻，于是便从飘飘欲仙的美梦，跌入怅然若失的茫然。

　　诗人在黄鹤楼上想落天外，空间上是天上人间，时间上是悠悠千载，以巨大的时空结构，展现阔大的境界，抒写恢宏的气势。前半一气奔涌，四句诗中连用三个"黄鹤"，第三句几乎全用仄声，颔联又出之以散句，当对而不对，当平而不平，只是信口说来、纵笔写去，哪顾得上什么平仄对偶。沈德潜称它"意得象先，神行语外"（《唐诗别裁》），中晚唐那些"两句三年得，一吟双泪流""吟安一个字，捻断数茎须"的诗人，哪有这种气魄，又哪有这种胆量，更哪有这种才气？

诗歌气势疏宕而又前后照应，第一句以"昔人""黄鹤"入题，第二句又以"黄鹤楼"切题，第三句紧承第一句，前后两用"去"字，第四句紧承第二句，前后两用"空"字。这到底是"无心插柳"，还是诗人粗中有细？纪晓岚说它"偶尔得之，自成绝调"，金圣叹认为"正妙于有意无意，有谓无谓"。我倒是觉得恰恰是这种"道是无情却有情"，妙手偶得才妙不可言。

后四句由散而入整，由虚而入实，由登楼所"想"而至登楼所见。"汉阳树"与"鹦鹉洲"，都属于今天武汉汉阳区，与武昌这边的黄鹤楼隔江相对。颈联写眼前的实景，汉阳晴川的绿树历历在目，鹦鹉洲的芳草茂盛葱翠。诗人从"芳草萋萋"，想到"王孙游兮不归，春草生兮萋萋"（《楚辞·招隐士》），自然引发了他的思乡之情：时当日暮，乡关何处？问乡却乡不应；烟波江上的迷蒙，一腔思绪的迷茫，思乡却又不见乡，这一切怎么不"使人愁"呢？

前半黄鹤去而不返，使自己怅然若失，用笔"飘然思不群"，后半思乡而不见，使得乡愁郁结难解，诗情悲壮而又凄清。

此诗如仙人行空不见踪迹，诗境渺茫无际，既有空灵之韵，又有高远之情；既一气贯注，又针脚绵密。难怪严羽在《沧浪诗话》中说："唐人七言律诗，当以崔颢《黄鹤楼》为第一。"也难怪心高气傲的李白也得叹服："眼前有景道不得，崔颢题诗在上头。"

由于这首诗的巨大成就，和同样巨大的影响，它基本奠定黄鹤楼诗性品格的主要特征：大气、缥缈、空灵、迷蒙。

稍后李白又接连写了两首名作：

黄鹤楼送孟浩然之广陵

故人西辞黄鹤楼，烟花三月下扬州。

孤帆远影碧空尽，唯见长江天际流。

与史郎中钦听黄鹤楼上吹笛

一为迁客去长沙，西望长安不见家。

黄鹤楼中吹玉笛，江城五月落梅花。

前首作于开元十七年（729）。孟浩然开元十六年科场失利，十七年失落地回到襄阳，接着取道洛阳、武昌，东游吴越等地散心解闷。广陵就是今天的江苏省扬州市。去广陵之前，李白与孟浩然相会于武昌黄鹤楼。

孟浩然大李白十二岁。双眼长在头顶的李白，一生没有看上过几个人，但对这位兄长格外高看三分，他在《赠孟浩然》中说："吾爱孟夫子，风流天下闻。红颜弃轩冕，白首卧松云。醉月频中圣，迷花不事君。高山安可仰，徒此揖清芬。"

他们虽诗风各异，彼此却气味相投。那一年春天，李白特地在黄鹤楼设宴，盛情地为孟浩然饯行。

两个浪漫鬼，齐聚古名楼，"金风玉露一相逢"，便为我们碰撞出美妙的诗篇，也为黄鹤楼增添新的光彩。相送之地黄鹤楼，充满了神奇的传说；将到之处扬州，水软山温又加美女如云；送别之时又恰在"烟花三月"；而主角李白和孟浩然，更是一对潇洒浪漫的诗人。良辰、美景、赏心、乐事，这两个浪漫鬼简直占全了。首二句虽只交代叙事，但诗人以清丽之语，抒送别的真挚之情，绘春日楼头美丽之景。现在想起来还让人无比激动，李白与孟浩然在黄鹤楼上碰杯，在黄鹤楼上话别，这是黄鹤楼的高光时刻。

喝完了酒，叙完了旧，不知不觉到了分别的时分。省略了他们携手下楼，省略了他们挥手作别，诗歌略过数层直接去写："孤帆远影碧空尽，唯见长江天际流。"孤帆——远影——碧空——尽，初看以为是空间的平面并列，细读才明白诗人是以空间展示时间：孟浩然刚离开时看去是"孤帆"，船走远后能见到"远影"，走得更远以后只能望见"碧空"，再走到水天相接以后，望去只是天地的"尽"头，李白仍然呆呆眺望孟浩然离去的远方，久久不忍也不愿转身，孟浩然这样轻轻地离去，好像把他的魂也带走了。"唯见长江天际流"，是紧承上句"尽"字而来，"尽"是说眼前什么也看不见，所以下句才说"唯见"，只见一江春水浩浩东流，像李白无穷无尽的思念。诗人将他依依惜别之情，融汇在孤帆——远影——碧空——尽的意象中，这是最优美最含蓄的以景结情，也是最典型的融情入景。清吴烶在《唐诗选胜直解》中赞叹说："孤帆远影，以目送也；长江天际，以心送也。极浅极深，极淡极浓，真仙笔也。"

后一首作于李白晚年，被判长流夜郎路过武昌时，他和郎中史钦一起在黄鹤楼上听笛。"一为迁客去长沙"，以贬谪长沙的贾谊自比，这句中包含了多少无辜、愤懑、痛苦、屈辱……"西望长安不见家"，被贬途中仍"西望长安"，说明他仍存一线希望，"不见家"又表明他难掩失望。忽而传来"黄鹤楼中"的笛声，吹的正是伤离别的《梅花落》，更惹起了他"不见家"的乡情。

羁情虽凄切惆怅，笛音却清亮悠扬，诗人的满腔孤愤、一怀乡愁，从玉笛中吹出，用口头语道来。以美景写哀情十分常见，以美音传哀情却极为罕见，这大概是李白独一无二的表达。在黄鹤楼上吹《梅花落》，因为楼高自然声远，假如说整个江城都能听到笛声，那读来必定索然无味，而"江城五月落梅花"，地点是美丽的江城，时间正是五月夏日，此时此刻，梅花纷纷从天飘飞，还有什么比这更神奇的景象，还有什么比这更美妙的意境呢？

这两首诗又给黄鹤楼注入了浪漫，注入了深情，注入了愁绪。

由于有了崔颢，有了李白，有了孟浩然，黄鹤楼才具有独特的诗性品格：大气而又浪漫，缥缈而又空灵，迷茫而又凄清。

把它和岳阳楼比较一下，黄鹤楼的诗性特征就更为突出。一提起岳阳楼，就会想起"气蒸云梦泽，波撼岳阳城"，想起"吴楚东南坼，乾坤日夜浮"，想起"先天下之忧而忧，后天下之乐而乐"，岳阳楼让人想起历史担当，想起社会责任，并陡生一种悲壮之情。一提起黄鹤楼，就会想起"黄鹤一去不复返，白云千载空悠悠"，想起"孤帆远影碧空尽，唯见长江天际流"，想起"黄鹤楼中吹玉笛，江城五月落梅花"。黄鹤楼让人感到轻盈、飘逸、浪漫、空灵……

一千多年来，人们对黄鹤楼的想象、感受和体验，怎么也跳不出崔颢和李白的掌心。我们来看看清代诗人黄景仁的《黄鹤楼用崔韵》：

昔读司勋好题句，十年清梦绕兹楼。

到日仙尘俱寂寂，坐来云我共悠悠。

西风一雁水边郭，落日数帆烟外舟。

欲把登临倚长笛，滔滔江汉不胜愁。

这是一首被人叫好的和诗名作，无论诗境还是诗意，诗语还是诗韵，都脱胎于崔颢的《黄鹤楼》。

再来看看黄鹤楼代表性的楹联，人们眼中看到的和心中想到的，还是当年崔颢、李白的黄鹤楼——

我辈复登临，昔人已乘黄鹤去。

大江流日夜，此心吾与白鸥盟。

心远天地宽，把酒凭栏，听玉笛梅花，此时落否？

我辞江汉去，推窗寄慨，问仙人黄鹤，何日归来？

今天站在黄鹤楼头，仰望悠悠的白云，俯瞰滚滚的江水，很快你就会穿越历史的时空，一幕幕幻影就会涌现你的眼前：仙人黄鹤虽然刚刚飞走，悠扬的玉笛还缭绕耳边，五月的梅花正飘洒江城。没准你忽起贪心，想请崔颢给签个名，想与李白合个影，想和孟浩然加个微信，甚至还想和仙人黄鹤一道飞升，和崔颢、李白、孟浩然一块畅饮……

唐诗不只赋予黄鹤楼诗性的品格，更塑造了我们的精神结构，激发了我们的生命豪情，影响了我们的情感体验，刺激了我们的奇特想象，丰富了我们的日常语言。我们从咿呀学语开始，爸爸妈妈就教我们背诵——

白日依山尽，黄河入海流。

红豆生南国，春来发几枝。

感时花溅泪，恨别鸟惊心。

春眠不觉晓，处处闻啼鸟。

床前明月光，疑是地上霜。

明月松间照，清泉石上流。

郎骑竹马来，绕床弄青梅。

李白乘舟将欲行，忽闻岸上踏歌声。

…………

　　每首唐诗好像特地为我们而写，它教给我们哭，它教给我们笑，它教给我们爱，它教给我们恨，它教会我们倾诉衷肠，它也教会我们谈情说爱……

　　要是没有崔颢、李白，如今的黄鹤楼不过是一堆钢筋水泥；

　　要是没有唐诗，我们又将是一副什么模样？

2023 年 9 月 8 日初稿

2024 年 1 月 11 日校改

原载《文史知识》2024 年第 6 期

Rap 高手与人生达人

Rap 是 20 世纪后期出现的说唱乐。对现在的年轻人来说，这句解释纯属多余，但大部分五六十岁及以上的中老年人，知道 Rap 是什么的人还真不多，能欣赏 Rap 的人可能比大熊猫还少。

过去我一听到 Rap 就烦，儿子知道爸爸是个"老古董"，他摇头晃脑地听 Rap 时就戴上耳机。我嫌 Rap 不像音乐，更像绕口令似的念白，过快的语速叫人无法听清，过于强劲的节奏叫人难以容忍，害怕听多了会得心脏病。

这几年和年轻人打交道较多，开始耐着性子试听 Rap，由讨厌 Rap 到逐渐接受 Rap，由接受 Rap 到能粗浅地认识 Rap。

Rap 以简单机械的节奏为音乐背景，说是音乐却无旋律，说不是音乐又节奏明快，通过喋喋不休的快速念白，时而像车轱辘话似的倾诉，时而像洪泄闸似的倾泻，时而像闪电惊雷似的震响，形成巨大的张力，呈现粗犷的风格，及反叛的个性。

让人惊奇的是，至今我对 Rap 仍旧一知半解，而一千多年前的白居易，不只对 Rap 早有神解，而且简直就是"Rap 高手"，他的《寄韬光禅师》一诗奠定了他"Rap 鼻祖"的地位。

话得从头说起。

长庆二年至长庆四年（822—824），白居易任杭州刺史。其后回京任太子左庶子分司东都，不到一年，宝历元年至二年（825—826）又改任苏州刺史。正是在苏州刺史任内，诗人给杭州的韬光禅师寄赠此诗。

中晚年以后，白居易自称"栖心释氏，通学小中大乘法"。他与禅宗各派都有密切联系。《景德传灯录》卷十载，白居易"凡守任处，多访祖道，学无常师"。不管是人生还是创作，禅宗对白居易都产生了深刻的影响。

再来聊聊韬光禅师。禅师本是唐代蜀地的高僧，唐穆宗时云游至杭州灵隐寺西北巢枸坞，谨遵师嘱"逢巢即止"，于是在此创建韬光寺。此时白居易正巧为杭州刺史，禅师常邀白居易去寺中煮茶谈禅，白居易有时也回请禅师吃素斋茶宴，如他的五律《招韬光禅师》：

> 白屋炊香饭，荤膻不入家。
> 滤泉澄葛粉，洗手摘藤花。
> 青芥除黄叶，红姜带紫芽。
> 命师相伴食，斋罢一瓯茶。

宴请高僧自然全是素菜，煮香饭，滤葛粉，摘藤花，采青芥，佐红姜，这一阵忙乎表现了主人的热情，而"荤膻不入家"则表明主人的诚意。以朴素的语言，写简朴的素餐，抒真挚的情怀。

正是白居易在杭州刺史任内，他与韬光禅师十分相得，两年以后他在苏州还常给禅师赠诗，通过对他"行道"弘法的赞美，表达对禅师深深的思念。作于苏州的《寄韬光禅师》是白居易的禅诗中，最有禅意也最有诗味的一首——

> 一山门作两山门，两寺原从一寺分。
>
> 东涧水流西涧水，南山云起北山云。
>
> 前台花发后台见，上界钟声下界闻。
>
> 遥想吾师行道处，天香桂子落纷纷。

和朋友们聊这首诗之前，有两点必须稍作澄清——

其一，韬光禅师后来移锡虔州天竺寺，并将白居易这首赠诗也带到了虔州。韬光禅师圆寂后，虔州天竺寺禅师便将此诗刻于寺前。虔州天竺寺僧人当时的误会，造成了后世许多读者误以为这首诗是写虔州天竺寺的。虔州天竺并没有"一山门作两山门，两寺原从一寺分"的景观。虔州就是今天江西赣州市，现在赣州市仍简称"虔"。

其二，有些学者一看到诗中"两寺"，就以为是杭州天竺寺，想当然地把此诗的地址安在天竺寺中。首先，天竺不是"两寺"，而是"天竺三寺"——下天竺寺、中天竺寺、上天竺寺。其次，韬光禅师创建韬光寺，怎么会成为天竺寺的方丈或住持呢？再说，"一山门作两山门"的景象，也与"天竺三寺"不合。在《石遗室诗话》卷十九中，近代诗人陈衍先生的讲解最得要领："此七言律创格也。惟灵隐、韬光两寺实一寺，一山门实两山门者，用此格最合。其余东、西涧，南、北峰，前、后台，上、下界，无一字不真切。故此诗不可无一，不能有二。惟东坡能变化学之。"

现在理解白居易原诗就容易多了。

既为一寺所分，从一个山门进去，可以到两个寺庙，这样一山门就用作两山门，眼前灵隐寺与韬光寺这两个寺庙，原来就是一个寺庙所分。一个山门变成了两个山门，两个寺庙实际源于一个寺庙，山和寺都生得很神奇，白居易也写得很神奇。

更神奇的还在后面，我国地形东南低西北高，大多数溪水河水江水都往东流，韬光寺东涧水源自西涧水，南山云飘自北山云。颔联是说寺下涧水环绕，山上白云飘拂，这儿的景观太美了。

"前台花发后台见"是实写其景，"上界钟声下界闻"是想象其声，实写极其美丽，虚拟又极其空灵，我们好像听到了天国的钟声。

第七句"遥想吾师行道处"，在诗中起到了承上启下的作用：读到这句才恍然大悟，前六句都在这"行道处"交会，它们分别从东西前后上下各个角度，写韬光禅师"行道处"——天竺寺之高之美之奇，尾句又是从"行道处"这儿"发源"，因为"行道处"又高又美又奇，韬光禅师行道才像天女散花，又像从天国飘下"天香桂子落纷纷"。"天香"点明天竺寺之高，"桂子"点明"行道"之时，又以"落纷纷"形容"天香"之浓和"桂子"之多，表达对韬光禅师的景仰和赞美。

这首诗对偶之工，句法之奇，音调之美，堪称绝唱。钱锺书先生在《谈艺录》中说："白香山律诗句法多创，尤以《寄韬光禅师》诗极七律当句对之妙，沾丐后人不浅。"前六句不仅两句相对，而且当句自对，如"一山门"对"两山门"，"两寺"对"一寺"，"东涧水"对"西涧水"，"南山云"对"北山云"，"前台"对"后台"，"上界"对"下界"。为了避免对偶句带来的板滞，作者通过句型的变化，如颔联动词在句中，颈联动词在句尾。又如"一二句将'一''两'字颠倒成句。三四句'山''水'却从四方写。五六句'花''钟'从上下写"（清屈复《唐诗成法》卷十）。这使得一联之内为对偶，上下联之间又错综，另外，单句为当句对，偶句又为流水对，造成既对偶工巧又意脉流畅的艺术效果。叠字叠词的大量使用，奇妙对偶的回环往复，读起来妙语连珠，听起来清脆悦耳。

在诗情画意的苏杭这几年，白居易神奇地天才勃发，一动笔就口吐莲花。

白居易要是生在今天，简直是顶流的"Rap 大牛"。从他《琵琶行》中对音乐的描写看，白居易对音乐的感悟非常精妙，对音乐的鉴赏非常细腻，以他这么高的音乐素养，估计不只是会写 Rap，可能还会唱 Rap。这是一首美妙的 Rap 歌词，节奏之快，韵律之美，让今天所有 Rap 自愧不如。

这首诗值得称道的地方，还不只是它的韵律和节奏，它优美的意境让人陶醉，语妙天下让人惊喜，它彻悟人生更让我们茅塞顿开——

灵隐寺与韬光寺，原来为一寺所分出，那还分什么"上下"？东涧水本来流自西涧水，那还分什么"东西"？南山云可能就是从北山云飘来，又还分什么"南北"？从自己的视线朝前看到的东西是"前面"，再从"前面"反转头来朝前看，原来的"后面"就成了"前面"，而原先"前面"的反而成了"后面"，那还分什么"前后"？从禅师原先的"拂尘看净"，到慧能以后的"心物皆空"，真正进入一种"无差别"的境界，也就是《坛经》所说的"以无念为宗，无相为体，无住为本"。

如果真正明白"绝无差别"，我们根本不会被"杂念"所困，因而用不着去"排除杂念"；也不会被外物所累，因而用不着去"清除诸相"，我们的心灵不会黏滞于任何思虑，心如明镜照物却不存物，声入耳却不驻耳，光刺眼但不留于眼，所有烦恼、痛苦、焦虑、欲念就像水浇鸭背边浇边干。正如宋代无门慧开禅师说的那样：

春有百花秋有月，夏有凉风冬有雪。

若无闲事挂心头，便是人间好时节。

最后，我把唐代明州奉化（今宁波市奉化区）布袋和尚的一首《插秧偈》奉献给大家：

手把青秧插野田，低头便见水中天。

六根清净方成道，退步原来是向前。

中晚年洞明世事以后，白居易开口便笑，困后就眠，饿了即食，成为一位生活清醒的智者，人生通透的达人。他在《雪夜小饮赠梦得》中说，"小酌酒巡销永夜，大开口笑送残年"，老也老得乐观优雅。他的《对酒五首》之二我也特别喜欢：

蜗牛角上争何事，石火光中寄此身。

随富随贫且欢乐，不开口笑是痴人。

还有那首妙诗《达哉乐天行》结尾说，"未归且住亦不恶，饥餐乐饮安稳眠。死生无可无不可，达哉达哉白乐天"。他豁达到了"死生无可无不可"的程度，你不得不承认白居易字"乐天"名副其实，白乐天真个乐天知命的快乐人。那些紧张、焦虑、抑郁的伙伴们，一定要记住"随富随贫且欢乐，不开口笑是痴人"，但愿我们大家都成为李乐天，张乐天，王乐天，陈乐天，戴乐天……

2024 年 7 月 12 日初稿

2025 年 7 月 3 日定稿

在诗词经典中品味生活的诗情

领略平淡之美，感悟生活之诗

在好像毫无诗意的地方，能品咂出浓郁的诗意，这也许是唐代诗人孟浩然最大的本事。

十几年前，我要学理科的小孩重温《春晓》和《过故人庄》，他大不以为然地对我说："这些有什么好重温的，《春晓》不就是春天睡了一场懒觉吗？《过故人庄》不就是到老友家里吃了一顿鸡肉小米饭吗？"我回怼他说："你春天懒觉可没有少睡，平时鸡肉也没有少吃，但从没见你睡出和吃出诗来。不仅睡不出吃不出诗，你甚至感受不到这两首诗歌中的诗味。"

只有心灵充盈着诗情，才能处处感受生活中的诗意；只有具备细腻的感受能力，才能在别人觉得乏味的地方发现诗趣。反之亦然，只有处处感受生活中的诗意，你的心灵才会时时洋溢着诗情；只有不断发现日常生活中的诗趣，你的感受能力才会日益敏锐细腻——二者互为充分条件，它们至少具有正相关性：有 A 便会有 B，同理，有 B 便会有 A。这在理论上为阐释的循环，在生活中则互为因果。

有人说，日常生活无非就是柴米油盐和人情世故，它们往往冲淡诗情，甚至会完全消磨诗兴，我们又如何能领略日常生活中的诗意呢？

不妨以孟浩然《过故人庄》为例。此诗写的是到老朋友家作客，标题中"过"的意思是拜访、探望。初读感觉不到他是在写诗，倒像是在和老朋友聊天，而且聊的不过是访友、吃饭、家常，还有临别时约定常来常往，这一切都再稀松平常不过了。

细读你才会发现，诗人对访友有全新的体验。诗一起笔就出手不凡，以"故人具鸡黍"发端，老朋友先备好鸡黍，再请他去作客，突出主人的盛情。古人从孔夫子开始，就把吃鸡肉和小米饭当作农家很隆重的款待，即使在今天也显得简朴又温馨。颈联"绿树村边合，青山郭外斜"，绿树"合"字已经够好，"田家"全在浓荫掩映之中，而青山"斜"得更妙，好像青山依偎在城郭肩膀上似的，连画家都画不出这般景致。"开轩"则"面场圃"，"把酒"只"话桑麻"，看的是农家景，吃的是农家饭，谈的是农家话。两个老哥儿莫逆于心，离开时，诗人主动说以后不请自来："待到重阳日，还来就菊花。"

这么一个普普通通的"田家"，一顿平平常常的农家饭菜，却激起诗人浓浓的诗情，也给读者无穷的回味。诗中平静的语调、朴实的语言，与淳朴的农家气氛，构成了高度的和谐。如今我们身边许多城里朋友，也都喜欢到郊外去吃农家菜，可人们只专注于菜的美味，却忽略了整个过程的美感，很少从容欣赏，难得细心体会，更不会怦然心动。哪怕再美的游览胜地，如果没有感悟美的心灵，没有感受美的心境，只会

"到此一游"，就大大不值。培养对美的感受力，是诗词在今天为我们所需的重要原因。

遍历顺逆境，升华我人生

可能有人说，今天社会的节奏太快，人们面临各种现实生活的压力，如何能感受生活中的诗意？这些年一直在网络视听平台讲解古诗词，我与年轻人有很多互动，理解中青年人当下的生活状况。通过诗词解读，我要让他们走进诗人的心灵深处，使他们从中汲取丰富的精神营养；也要让他们认识到，每个时代有每个时代的现实困难，不是因为贫穷和潦倒，杜甫不会写《兵车行》《茅屋为秋风所破歌》，白居易也不会写《卖炭翁》《上阳白发人》。不过，这些现实困难非但磨不灭诗情，反而能激起诗兴。韩愈在《荆潭唱和诗序》中有一则名言："夫和平之音淡薄，而愁思之声要妙；欢愉之辞难工，而穷苦之言易好也。"他认为"和平欢愉"之音很难出彩，而"愁思穷苦"之言更易感人，这使得古代有些诗人甚至"为赋新诗强说愁"。

成功欢乐能让人感受大喜，挫折失败能让人体验大悲，尝过人生大喜与大悲的人，更能走进生命的深度，更具生命的耐力与韧性。杜甫一生几乎与漂泊和贫穷做伴，但他从来没有被贫穷压垮，贫困和苦难反而凝成杜诗的珍珠，成就了他那"浓郁顿挫"的风格。他的《空囊》一诗，就以幽默调侃的笔调，写自己无食无衣的苦况，表现了诗人对穷困的蔑视，对苦难的超越，诙谐而不油滑，幽默而又深刻。

北宋陈师道感叹："世事相违每如此，好怀百岁几回开？"（《绝句》）南宋方岳似乎有意附和："不如意事常八九，可与语人无二三。"（《别子才司令》）"心想事成"属于美好愿望，"事与愿违"却是生活的常态。不妨以爱情为例。有时候，我们往往碰不到理想的他（她），碰到了往往又谈不成，谈成了又发现并不"理想"；有时候，一对金童玉女结成佳偶，偏偏又被棒打鸳鸯散，如陆游与前妻的爱情就是如此。《钗头凤》大家耳熟能详，他的《沈园》同样是爱情诗中的名作："梦断香消四十年，沈园柳老不吹绵。此身行作稽山土，犹吊遗踪一泫然。"七十五岁时，暮年陆游重游沈园触景生情，写下了对前妻刻骨铭心的思念。民国陈衍在《宋诗精华录》中说："无此绝等伤心之事，亦无此绝等伤心之诗。就百年论，谁愿有此事？就千秋论，不可无此诗。"爱情悲剧成就了爱情名诗，这种"伤心之事"反而使我们更加珍惜爱情，更加热爱生活。

正是经历中年丧妻这类撕心裂肺的悲痛，元稹用泪珠写成了"贫贱夫妻百事哀"，苏轼写了"十年生死两茫茫"。它们让后人体认到爱情的美好，看到了人性的光辉。可见，不仅顺境能引发豪兴，逆境可能更会激起诗情。我曾在一篇文章中说过，"一帆风顺，既不可能，也不可贵"。不管身处顺境还是逆境，不管情绪昂扬还是低沉，都不妨碍我们走进诗歌意境，感受丰富复杂的情感，获得人生境界的磨砺与升华。

读出自身的个性，品出时代的特性

我们要品咂出日常生活中的诗情，就应在古代诗歌中读出时代的新意。常言道，"有一千个读者，就有一千个哈姆雷特"，同样，有一千个读者，就有一千个陶渊明，一千个李白，一千个杜甫。其实，不仅不同的读者有不同的哈姆雷特，不同的时代也有不同的哈姆雷特。一个合格的古代诗歌读者，既应读出自身的个性，也应读出所处时代的特性。

一首古诗中读出的"意思"，不必是作者的"意思"。清人谭献在《复堂词录叙》中说，"作者之用心未必然，而读者之用心何必不然"；更不要搬用前人的"意思"，一首唐诗要是宋人这样说，明人还是这样说，清人又是这样说，今天我们跟着也这样说，这一首诗就"读死了"。我们说某诗是不朽的经典，是说这首诗具有超越时代的魅力，它能引起每个时代读者的共鸣，能抚慰每个时代读者的心灵。诗人是在抒发自己的情感，又好像是在倾诉我们的心声。

这就需要在古代诗歌中读出时代的新意。

现代阐释学告诉人们，从一篇文学作品中读出的"意思"，是文本与读者视野融合的结果。从读者这一层面讲，视域越广，思考越深，感受越细，我们在诗歌中的所获就越多，对诗歌的体悟就越透，所谓"不畏浮云遮望眼，自缘身在最高层"，也是俗话所说的站得越高，看得越远。因此，要读出时代的新意，我们就必须走在时代的前列，养成时代的文化人格，具备时代的知识结构，广泛地吸收当代的文化，在文化和精神上成为时代的弄潮儿。

我原来在大学中文系授课，即使一年能教 200 个新生，10 年也只能教 2000 个，100 年才能教到 20000 个。而今，网络课堂大大拓展了我的教学空间，原来我的课堂仅限于一间教室，听众仅限于一个班级，地点仅限于一个学校，把课堂移到视频网站以后，我授课全世界的人都能看到，每个人随时随地都能听讲，从北方的哈尔滨到南方的海口，从内地（大陆）到港台，从国内到海外，我的学生遍及五湖四海，今天我才可以自豪地宣称"桃李满天下"。

很荣幸，"感动中国 2022 年度人物"颁给了我们这些在网络视听平台"发挥余热"的"银发知播"。我希望能尽自己所能，在网络上打造一个诗性空间，试着让年轻人亲近古典诗歌，走进古代诗人的精神世界，以激发他们的生命活力，以丰富他们的情感体验。

我们"要"而且"能"激活沉睡的古典诗歌，我们不是古典诗歌的旁观者，而是参与了这些诗歌在新时代的再创作，我们既是读者，我们也是诗人。让我们大家一起努力，在古代诗歌中品咂现代生活的诗情，和陶渊明一起种豆，和李白一起登山，和杜甫一起流泪，和苏轼一样超然……

原载《人民日报》2024 年 5 月 14 日

像研究动植物一样研究艺术

——读丹纳《艺术哲学》

一、"背景"的困境

王国维《宋元戏曲考》中有一则名言："凡一代有一代之文学：楚之骚、汉之赋、六代之骈语、唐之诗、宋之词、元之曲，皆所谓一代之文学，而后世莫能继焉者也。"遗憾的是，王国维先生只发现"一代有一代之文学"，却没回答为何某一文学偏偏兴盛于某一时代。

在《诗薮·内编卷四》中，胡应麟敏锐地指出："盛唐句如'海日生残夜，江春入旧年'，中唐句如'风兼残雪起，河带断冰流'，晚唐句如'鸡声茅店月，人迹板桥霜'，皆形容景物，妙绝千古，而盛、中、晚界限斩然。故知文章关气运，非人力。"这三联诗句的诗境诗意，普通读者都能看出它们的差异：盛唐句阔大，中唐句萧瑟，晚唐句小巧。同样是诗歌，同样在唐代，它们为什么会天差地别呢？照胡应麟的说法，这取决于神秘的"气运"，远非"人力"所能左右。

"气运"字面的意思是"气数"或"命运"，它比诗歌风格更让人摸不着头脑，诗风与"气运"有什么关系？"气运"又怎样影响诗风？胡应麟这则著名的评论，真应验了人们常说的那句老话：你不说我还算清楚，你越说我越是糊涂。

此处的"气运"属于"背景"范畴。研究文学的时候，我们总是拿"背景"说事，而背景又总是指"时代背景"。谈一个文学作家绕不开背景，谈一篇文学作品绕不开背景，谈一个文学团体更绕不开背景，似乎离开"背景"就无从说起。背景说的源头最早可追溯到孟子的"知人论世"，最过硬的理论支撑是"经济基础决定上层建筑"。

不过，背景这种东西有点像王维笔下的终南山——远眺则"白云回望合"，近观却"青霭入看无"。笼统说来，背景似乎能说明一切；深究起来，背景又好像很难落到实处。譬如，《文心雕龙·时序》不容置疑地说："时运交移，质文代变"，"歌谣文理，与世推移"，"文变染乎世情，兴废系乎时序"。可是，"世情"又如何浸染文学？"时序"又如何影响文学的"兴废"？刘勰虽然举了不少例子，读者仍旧不得要领。

更何况，"世情""时序"并不能包打天下，譬如同样在盛唐，李白怒吼"大道如青天，我独不得出"，杜甫却高唱"会当凌绝顶，一览众山小"；王维悲观地对朋友说："劝君更尽一杯酒，西出阳关无故人。"而高适却勉励朋友："莫愁前路无知己，天下谁人不识君。"同样是在晚唐，李商隐见到的是"夕阳无限好，只是近黄昏"，杜牧想到的是"叱起文武业，可以豁洪溟"，一个绝望地觉得末日即将来临，一个豪壮得要把地球当皮球踢。

文学、绘画、音乐等文艺作品的兴盛与衰落，远比机器、粮食、衣服、油料等产品的繁荣与短缺，其背后的原因更为复杂，不能简单地套用"经济基础决定上层建筑"。马克思曾多次指出，精神生产与物质生产具有不平衡性。唐太宗那样的贞观盛世，并没有带来诗歌的兴盛，春秋战国的乱世，20世纪二三十年代的动荡，却造成了文学的繁荣。

再把眼光从民族移向世界，朋友们很快就会发现，不只是"一代有一代之文学"，而且一民族有一民族之艺术：有些民族以音乐擅长，如奥地利；有些则以雕塑争胜，如古希腊；有些又以绘画扬名，如意大利和荷兰。从"气运""世情"和"时序"这单一的背景视角，根本无法阐释这一切文艺景观。

应从哪些层面入手，我们才能"看透"这些复杂的文艺现象呢？

二、"采用自然科学的原则"

法国丹纳的学术名著《艺术哲学》，好像就是专门回答这一问题的。作者是法国著名历史学家、思想家，译者傅雷是我国著名翻译家。

这部名著是作者在巴黎美术学校的授课教材，1865年至1869年先后在巴黎分册出版。全书共分五编：第一编《艺术品的本质及其产生》，第二编《意大利文艺复兴期的绘画》，第三编《尼德兰的绘画》——尼德兰今天分属荷兰、比利时两个国家，第四编《希腊的雕塑》，第五编《艺术中的理想》。这里得和大家略作交代，傅译《艺术哲学》内容绝对忠实于原作，但目录次序和各节标题与作者定稿稍有出入。

写作和出版此书的时代，欧洲科学技术突飞猛进，物理学、生物学、建筑学、医学、工程学、机械学、遗传学，等等，各种自然科学技术的突破不断刷新人们的视线。英法德意等欧洲主要强国，铁路网越织越密，火车站越来越多，新颖建筑争奇斗艳，学术巨著争相涌现，如《电学与磁学论》《物种起源》《实验医学研究导论》《化学哲学新体系》《动物学哲学》等。科学强化了人类征服自然的力量，也赋予人类一种乐观精神，导致人类对自然科学的崇拜，当然也诱发人类在自然面前的狂妄。

眼看自然科学日新月异，人文学者自然也跃跃欲试，他们急急忙忙地依样画葫芦，把自然科学的研究方法引入人文社科研究。比丹纳早一百多年，法国哲学家拉·梅特里就从医学、生物学、生理学角度，写了一部《人是机器》的名作。恰在丹纳写作《艺术哲学》的前几年，达尔文《物种起源》传入法国，并在法国学术界一石激起千层浪，加深了学者"让科学进入文学"研究的紧迫感。此时此刻，人文科学研究中的"科学性"，就不只是一种学术时髦，而且是对人文学者的最高奖赏。在《艺术哲学》中，丹纳时时"科学"不离口——"科学抱着这样的观点""科学的态度""精神科学采用近代的方法"。他在该著第一编第一章就开宗明义地宣称："美学本身便是一种实用植物学，不过对象不是植物，而是人的作品。因此，美学跟着目前精神科学与自然科学日益接近的潮流前进。精神科学采用了自然科学的原则，方向与谨严的态度，就能有同样稳固的基础，同样的进步。"他还信心满满地说："艺术品和动植物，我们都可加以分析；既可以探求动植物的大概情形，也可以探求艺术品的大概情形。"

丹纳认为，植物生长受种子、环境、气候的影响，艺术品的产生也取决于种族、环境和时代，该著就是从这三方面着手阐释艺术的兴衰，将艺术分析融于科学方法之中。

读任何一本理论书籍，我们一定要进入它的理论框架，进入了这个框架才算"登堂入室"。进入框架先要了解它的论证方法，掌握全书的基本构架。读任何一本体系谨严的名著，第一步就是反复琢磨它的目录，不要一打开书就去读正文。从揣摩目录开始，把全书目录烂熟于心，你对全书结构就可了然于胸。接下来再想想这种结构有哪些特点，为什么要这样构架全书，然后再读正文审视自己原来的判断对不对。第二步再看看这本书前面有没有原序和译序，翻到书末看是否有后记。这样，大体上了解这本书作于何人，作于何时，为了何事。第三步细读全书导论，"导论"有的书叫导言，有的书叫引论、引言，有的书叫绪言、绪论，它事实上是全书的总纲，细读总纲便于提纲挈领。不少学术著作后面常有一个"结论"，结论是全书的总结。对导论和结论都要细读，千万不可一目十行或囫囵吞枣。细读全书以后，我们一定要反复追问：这本书说了什么？是怎么说的？说得对不对？这样，全书的中心思想、论述方式和是非对错，我们就能勾勒出一个基本轮廓。

回到《艺术哲学》的目录，以第一编《艺术品的本质及其产生》为例。这一编共两章，第一章《艺术品的本质》共七节，第一节"研究的目的""所用的方法"，第二节"艺术的目的是什么""艺术分为两大类"，一直到第七节"艺术在人类生活中的价值"，主要阐明研究的目的、方法与艺术的本质。第二章《艺术品的产生》共十节，分别用绘画、文学、建筑、音乐等艺术，来阐明种族、环境和时代对艺术品产生的决定作用。

三、艺术品的本质与艺术中的理想

该著以《艺术品的本质及其产生》（第一编）开端，以《艺术中的理想》（第五编）结尾。开头阐明什么是艺术，结尾阐明什么是理想的艺术。

和许多理论著作不同，作者并没有从概念到概念，没有界定"艺术的本质"，从开卷到闭卷你找不到关于"艺术"的定义。多年前，看过德国博格斯特的《艺术判断》，全书用演绎推理的方式，论析艺术与非艺术的界限，最后得出二者没有严格分野的结论，"艺术判断"成了无从判断。《艺术哲学》"和旧美学不同的地方是从历史出发而不从主义出发，不提出一套法则叫人接受，只是证明一些规律"。作者说"过去的美学先下一个美的定义"，"我唯一的责任是罗列事实，说明这些事实如何产生。我想应用而已经为一切精神科学开始采用的近代方法，不过是把人类的事业，特别是艺术品，看作事实和产品，指出它们的特征，探求它们的原因"。

这种研究方法，"不提出什么公式，只让你们接触事实"。就像"标本室里的植物和博物馆里的动物一般"，在我们眼前陈列出"艺术品"，而不是甩给读者一个抽象的定义。

艺术到底有哪些本质特征呢？首先，艺术的"目的便是尽量正确地模仿"，尤其是"模仿活生生的模型"，"忘掉正确的模仿，抛弃活的模型"之日，便是所有艺术流派衰落之时。所谓"正确地模仿"，就是把活的模型或真实的对象准确地再现出来。但这只是艺术的第一步，绝对正确的模仿未必就能产生最美的艺术。用我们古人的话来讲，一味地模仿写实只能做到"形似"。苏东坡在《书鄢陵王主簿所画折枝二首》中说："论画以形似，见与儿童邻。"讲求形似只是艺术的初始阶段，初学书法临摹名家字帖，先要把字体笔画间架摹写得可以乱真，再能脱开字帖写出自己的个性。如果停留于"正确模仿"，那就仅仅是一个匠人。丹纳举了法国登纳为例，他常用放大镜画画，一幅肖像画有时要画三四年，画上皮肤的纹缕、颧骨上的血筋、鼻子上的黑斑、眼珠中的反光、脸上细小的汗毛，都一一清晰可见。哪承想，以如此大的耐性，花如此多的时间，画出如此精美的肖像，其艺术价值竟然还比不上"梵·代克的一张笔致豪放的速写"。

再说第二步，艺术品之所以比照相更高明，就是因为艺术品能抓住事物最主要的特征，这突出的最主要特征"便是哲学家所说的事物的'本质'"。为了突出它的本质，艺术家可以改变比例，以求把主要特征表现得更充分。比方说我要表现一个女孩子的婀娜多姿，就把她的腿画得更加修长，把她的身段画得更为圆润柔软，这样她就会顾盼生姿。这样绘画比照相更容易出彩。丹纳还特地以拉斐尔名画为例："拉斐尔画林泉女神《迦拉丹》的时候，在书信中说，美丽的妇女太少了，他不能不按照'自己心目中的形象'来画。"

其实，这在我国的绘画史上也极为常见。把某些特征夸张化，如齐白石的《虾》并不符合正常比例，但它比真虾更像虾，它比真虾更有张力，更活灵活现，这就是我们常说的"神似"，再高明的摄影师也拍不出这种虾来。扬州八怪的画同样夸张，甚至更为夸张，它们不是对象的写真，而是画家们的写意，它们不是忠实于表现的对象，而是忠实于画家的内心。

艺术的理想与艺术的本质息息相关。刚才说到，艺术就是要表现事物的主要特征，艺术的理想"是使一个显著的特征居于支配一切的地位。一件作品越接近这个目的越完善"。理想艺术的条件有两个："特征必须是最显著的，并且是最有支配作用的。"艺术作品的等级，就要看这些特征的重要程度、有益程度和集中程度。

四、种族·环境·时代

《艺术哲学》重点分析了意大利文艺复兴期的绘画、尼德兰的绘画和希腊的雕塑，这三编占了全书近四分之三的篇幅。作者用实证的方法，深刻地揭示了艺术的风格及其嬗变，与其种族、环境、时代的内在关联。

我在前文谈到"背景"的困境，我国古代的"时序""世情"，就是现在我们常说的"背景"，它指短时期的社会形势，单靠"背景"难以阐明艺术风格的形成。

丹纳在我们传统的"时序""世情"之外，又加上了"种族"和"环境"。引入"种族"需要世界视野，将各个民族进行平心静气的比较；引入"环境"需要文化地理学，明白地理气候对民族的影响。

丹纳从最简单的常识说起：一个作家有很多作品，这些作品都是作家大家族中的一员。比如李白有很多诗，它们一看就知道是李白写的；鲁迅先生有很多杂文，一看就知道是鲁迅的手笔。艺术家这个人也是一样，他也是一个群体中间的一员。仍以李白为例，大家都知道李白很浪漫，但是李白并不是天外来客，他周边有一大群浪漫鬼，比如王昌龄、王之涣、崔颢、王翰，等等，只不过李白更浪漫而已。再如莎士比亚，他好像是英国一个孤胆英雄，可我们进一步了解当时的文坛，就会发现他周围的人都了不起，莎士比亚不过是那个森林中最高的枝条。还有尼德兰画家鲁本斯，初看他"好像也是独一无二的人物，前无师承，后无来者"，可只要去参观一下尼德兰的画室，你会发现鲁本斯周围有一大群画家，他们都同样喜欢表现高大壮健的人体，喜欢粗野的人物，喜欢放纵的享乐。艺术家这个群体同样如此，艺术家不是与世隔绝的个人，"艺术家庭本身还包括在一个更广大的总体之内，就是在它周围而趣味和它一致的社会"。几个世纪之后，只听到艺术家的声音，但在这些响亮的声音之下，还能辨别出群众低沉的嗡嗡声，他们在艺术家四周合唱或伴唱。

和我们普通人一样，艺术家也爱甚至更爱听人夸奖。他们表现大众关切的东西，就会收获许多人的点赞，因而这方面的人物和情感就表现得最好；他们一旦表现大众不感兴趣的东西，人们就会还给艺术家一张冷脸。

艺术既然受制于一个广大的群体，受制于产生它的环境，受制于影响它的民情，因而，从种族、环境、时代探求艺术的生产机制，就有了可信的理论依据。

不妨以第二编《意大利文艺复兴期的绘画》为例，且看丹纳是如何从这三个层面阐述意大利文艺复兴时期绘画的兴衰。这编第一章讲《意大利绘画的特征》，时间"包括15世纪的最后二十五年和16世纪最初的三四十年"。这个几十年的历史时期，意大利杰出画家像雨后春笋般涌现。作者不时用植物来比喻，"这个美满的创造时期可以比作一个山坡上的葡萄园：高处，葡萄尚未成熟；底下，葡萄太熟了。下面，泥土太潮；上面，气候太冷；这是原因，也是规律，纵有例外，也微不足道"。

此时意大利画派有哪些特点呢？意大利画家采用的题材是人，他们的重心就是画出理想的人，田野、树林、河流、建筑等都是人的附属品，认为只有才具较差的画家才会去画风景。另外，在意大利古典绘画中，人与风景之间，风景只是陪衬；肉体与精神之间，人的肉体居于中心。当时画家彻里尼说，"绘画艺术的要点在于好好画出一个裸体的男人和女人"，一个"健康、活泼、强壮的人体"，"一个神明的或英雄的肉体世界，至少是一个卓越与完美的肉体世界"。意大利文艺复兴期的画家，"创造了一个独一无二的种族，一批庄严健美，生活高尚的人体，令人想到更豪迈，更强壮，更安静，更活跃，总之是更完全的人类"。

考察植物先就要看植物的种籽，考察艺术也先要看看生产的艺术种族，这样下一章就过渡到谈意大利的种族。"完全是由于民族的和永久的本能"，决定了意大利文艺复兴绘画的成因，也决定了意大利文艺复兴绘画的特征。

那么，意大利民族是一群什么样的人呢？"意大利人的想象力是古典的，就是说拉丁式的，属于古希腊人和古罗马人的一类。"他们喜欢并擅长"布局"，喜欢和谐与端整的形式，对内容不像对外表那么重视，爱好外部的装饰甚于内在的生命，"重画意，轻哲理，更狭窄，但更美丽"。丹纳认为："只有拉丁民族的想象力，找到了并且表现了思想与形象之间的自然的关系。表现这种想象力最完全的两大民族，一个是法国民族，更北方式，更实际，更重社交，拿手杰作是处理纯粹的思想，就是推理的方法和谈话的艺术；另外一个是意大利民族，更南方式，更富于艺术家气息，就是音乐与绘画。"

再看看第三编《尼德兰的绘画》。刚才说过意大利画派的中心是人体，是气宇轩昂或姿态高贵的人物，他们身材比例近乎完美，裸露的肉体优雅迷人。这些绘画的艺术价值就在于人体本身，他们没有职业的特征，没有地域的特性，甚至也没有时间的印痕。而尼德兰绘画恰恰相反，他们画中的人物都是一个个具体的人，"或是布尔乔亚，或是农民，或是工人，并且是某一个布尔乔亚、某一个农民、某一个工人；他对于人的附属品看得和人一样重要；他不仅爱好人的世界，还爱好一切有生物与无生物的世界，包括家畜、马、树木、风景、天，甚至于空气；他的同情心更广大，所以什么都不肯忽略；眼光更仔细，所以样样都要表现"。

为什么会是这样呢？什么树开什么花，什么花结什么果，这还得从种族说起。欧洲有这样的两大种族，"一方面是拉丁民族或拉丁化的民族，意大利人，法国人，西班牙人和葡萄牙人；另一方面是日耳曼民族，比利时人，荷兰人，德国人，丹麦人，瑞典人，挪威人，英国人，英格兰人，美国人"。"在拉丁民族中，一致公认的最优秀的艺术家是意大利人，在日耳曼民族中是法兰德斯人（比利时人）和荷兰人。"尼德兰人就是今天的荷兰人和比利时人。在意大利，在法国，满眼见到是精致的五官，是漂亮的脸蛋，是优美的身材，那里的乡下人也仪表堂堂。据丹纳的描述，尼德兰人身材以高大的居多，但外形都比较粗糙，"各个部分仿佛草草塑成或是随手乱堆的，笨重而没有风度。同样，脸上的线条也乱七八糟，尤其是荷兰人，满面的肉疙瘩，颧骨与牙床骨很凸出。反正谈不到雕塑上的那种高雅和细腻的美"。在尼德兰看到的"多半是粗野的线条，杂凑的形体与色调，虚肿的肉，赛过天然的漫画。倘把真人的脸当作艺术品看待，那末不规则而疲弱的笔力说明艺术家用的是笨重而古怪的手法"。

如果对荷兰人外貌的这种描述属实，可以理解，荷兰画家为什么不以人物为中心，把那些难以入眼的丑八怪画出来，恐怕他们自己也觉得十分难堪——像我这种丑八怪就不喜欢照镜子。他们对静物写真乐此不疲，"荷兰画派只表现布尔乔亚屋子里的安静，小店或农庄中的舒服，散步和坐酒店的乐趣，以及平静而正规的生活中一切小小的满足"，一块面包、一只鸡鸭、一个风车、一幢小屋、一片森林、一棵小树，他们都倾注了无比的热情。

这种题材的选择和艺术风格的趋向，要从荷兰人恶劣的生存环境中寻找原因，于是，自然就从种族特点的阐述，转入对生存环境的探寻。作者又拿植物做比方："倘若同一植物的几颗种子，播在气候不同，土壤各别的地方，让它们各自去抽芽，长大，结果，繁殖，它们会适应各自的地域，生出好几个变种；气候的差别越大，种类的变化越显著。"

尼德兰就是"低地"的意思，旧时尼德兰地区包括现在的荷兰、比利时、卢森堡，今天荷兰的正式国名叫"尼德兰王国"。尼德兰是一片低湿的平原，由几条大河和小河的冲积土形成，到处池塘和沼泽密布，到处支流和排水道纵横。由于境内没有坡度，导致水的流速极慢。懒洋洋的大河看不到水波，近海的河道有四里多宽，惨白色的河水泥答答的。荷兰很多陆地面积是从海洋中"抢过来"的，荷兰人先在海中打下许多木桩，再从远处运来泥土填海，很多地方的地基都是人造的。荷兰内陆部分地区低于海平面，"荷兰只能说是水中央的一堆污泥，在恶劣的地理条件之外，再加上酷烈的天时，几乎不是人住的地方，而是水鸟和海狸的栖身之处"。要想活下去就得先去拼搏，要想能吃饭就得先去吃苦，要想有衣穿就得先流汗。这种生存条件的人知道生活的艰辛，珍惜自己用生命换来的一切，他们的画家也喜欢画日常生活用品，一个普通的布帽、一件用旧了的外套、一间干净的小屋，样样都让他们心满意足。荷兰的小品画表现了荷兰人对生活的热爱，对成就的自豪，对未来的向往。

谈了种族，谈了环境，再来谈时代，前二者属于难以改变的"永久原因"，后者属于所谓"气运""世情"。说起"世情"，社会风云瞬息万变，政治势力潮起潮落，"画栋朝飞南浦云，珠帘暮捲西山雨"。任何人都生活在自己的"时代"之中，谁都会受到"时代"的影响。当叱咤海洋称雄欧洲的时候，荷兰人创造现实世界的才能，便超出现实世界去创造幻想世界；在现实世界既功业圆满，在艺术世界同样光彩夺目。画坛上一时奇才勃兴，各自用画笔表现那个英雄时代，毅力是那样刚强，心胸是那样宽广，艺术是那样精湛。画家用简洁遒劲的笔力，画出华丽的装饰、绚丽的绶带、牛皮的短袄、细巧的翻领、全黑的大氅，庄严而又辉煌，奢华而又绚丽，衬托出强壮厚实的人物，坦荡自信的神情。在他们画出英雄时代的同时，他们也成了自己时代的英雄。等到17世纪下半叶，荷兰连续被外族入侵，先是被法国的铁蹄践踏，继之又被奥地利的入侵者踩躏，后来又成为英国的海上败将，逐渐丧失了强悍的雄性，消尽了刚毅的古风。随着民族意志的消沉，荷兰画家们也日益江郎才尽，虽然偶尔会出现一些小巧的画品，那就像干涸沙漠上的几株小草，在凄喽的秋风中瑟瑟作响，向人们诉说着无尽的荒凉。

作者认为，在世界艺术中，要数古希腊雕塑最为伟大最有特色。我觉得在全书中，也要数第四编《希腊的雕塑》最为出彩。因为古希腊雕塑只残留一些躯干、头颅和四肢，大师的特征与各派的师承也只残存几段粗草的描述，作家们也只留下一些零星的文字，所以要了解古希腊的雕塑作品，"这里比别的场合更需要研究制造作品的民族，启发作品的风俗习惯，产生作品的环境"。

考察一个民族一如考察一种植物，"要考察希腊植物的环境，看看那边的泥土和空气是否能说明植物外形的特点和发展的方向"，因而，"第一步先考察他的乡土。一个民族永远留着他乡土的痕迹，而他定居的时候越愚昧越幼稚，身上的乡土的痕迹越深刻"。希腊是一个三角形的半岛，欧洲部分以土耳其为界，向南伸入海中直到科林斯，形成一个更南的伯罗奔尼撒半岛，伯罗奔尼撒半岛像一片桑叶，靠一根细小的叶梗与大陆相连，一边面向蔚蓝的大海，一边背靠起伏的丘陵。正是在这个半岛上哺育出一个健康早慧的民族。

这儿"没有酷热使人消沉和懒惰，也没有严寒使人僵硬迟钝。他既不会像做梦一般的麻痹，也不必连续不断的劳动；既不耽溺于神秘的默想，也不堕入粗暴的蛮性"。他们喜欢抽象思辨，不因为长途迂回而厌烦，喜欢行猎不亚于喜欢猎物，喜欢旅行不亚于喜欢终点。他们常为思辨而思辨，绝无其他功利目的，全由于自己喜欢。他们对概念作细微的辨析，对观念作精巧的推理，恰如蜘蛛织网那样精心，并不在意蛛网有什么用处，只要看到细微莫辨的网眼就十分满意。通过思辨而获取的真理，只是"他们在行猎中间常常捉到的野禽，但从他们推理的方式上看，他们虽不明言，实际是爱行猎甚于收获，爱行猎的技巧，机智，迂回，冲刺，以及在猎人的幻想中与神经上引起的行动自由与轰轰烈烈的感觉"。

马克思说希腊是人类最健康的儿童，儿童的天性就喜欢游戏。希腊人认为人的一生就是一场游戏，以宗教与神明为游戏，以政治与国家为游戏，以哲学与真理为游戏——他们所做的一切都是快乐的游戏。他们不像后世膨胀的贪欲使人无比烦躁，过重的压力使人无法喘息，太多的刺激叫人心神不宁。见多识广引诱人贪得无厌，层层内卷又逼人绝望躺平。希腊人的灵与肉达到了完美的平衡，他们像小孩一样，思想情感单纯，审美趣味单纯，没有今天这种复杂纠结的心境，也没有今天这种抑郁狂躁的病症。他们从不把肉体当作精神的附属品，所有人都对肉体十分欣赏，"他们看重呼吸宽畅的胸部，灵活而强壮的脖子，在脊骨四周或是凹陷或是隆起的肌肉，投掷铁饼的胳膊，使全身向前冲刺或跳跃的脚和腿"。匀称的体格、优美的曲线、光洁的皮肤、矫健的步伐，都能引来希腊人阵阵喝彩。

只有这样的民族才会产生艺术极致的雕塑。在希腊的雕像上，脸上没有沉思默想的样子，肌体没有被欲望和野心扭曲，看不到丝毫的疲惫之态，看不到半点痛苦之容，面容清明而又恬静，线条和谐而又自然。正如德国美学家温克尔曼所说的那样，这些雕塑呈现出"高贵的单纯，静穆的伟大"。

五、思与诗的交融

就像希腊人灵与肉达到平衡一样，这本书中既有严谨的逻辑推理，又有细腻的审美体悟；既有深刻的理论分析，又有浓郁的诗情画意。海德格尔倡导"诗与思的对话"，丹纳则做到了思与诗的交融。

从没有读到过一本这样的理论译著，既能从它那里享受思辨的乐趣，又能从它那里领略文采的美丽。

话分两头。

先说理论分析与逻辑论证。以第五编《艺术中的理想》为例。一提到"理想"可能就有人想放声歌唱，可作者在该编的引言泼了一瓢冷水："按照我们的习惯，要以自然科学家的态度有条有理地研究，分析，我们想得到一条规律而不是一首颂歌。"该著几乎完美地体现了现代学术的特征：态度冷静客观，立场不偏不倚，阐述有条有理，论证逻辑严谨。

且看他"自然科学家的态度"。标题既然是"艺术中的理想"，作者一起笔就界定什么是艺术的理想："我们说过，艺术品的目的是表现基本的或显著的特征，比实物所表现的更完全更清楚。艺术家对基本特征先构成一个观念，然后按照观念改变实物。经过这样改变的物就'与艺术家的观念相符'，就是说成为'理想的'了。可见艺术家根据他的观念把事物加以改变而再现出来，事物就从现实的变为理想的；他体会到并区别出事物的主要特征，有系统地更动各个部分原有的关系，使特征更显著更居于主导地位，这就是艺术家按照自己的观念改变事物。"

界定了什么是"艺术中的理想"以后，接着就依次阐明"理想的种类与等级"（第一章）、"特征重要的程度"（第二章）、"特征有益的程度"（第三章）、"效果集中的程度"（第四章）。只要扫一眼第五编目录的标题，你就会明白什么样的论证算"层层深入"，什么样的说理算"条理分明"，什么样的文章算"结构严谨"。

《艺术哲学》中的任何一章，正如俗话所说的那样"有理有据"——以严密的论证组织充实的证据。如第五编第二章《特征重要的程度》，一开头就以自然科学中"特征从属"原理，来阐明什么是"重要的特征"，最重要的特征就是最不容易变化的特性，能抵抗一切内在因素与外来因素的袭击，而不至于解体或变质。作者从来不"空口说白话"，他马上便以植物为例，植物躯干的大小不如结构重要，因为躯干可大可小，但结构不能可上可下可左可右。又以哺乳动物为例，哺乳动物肢体的数目、位置、用途，不如有无乳房之为重要，因为数目可增可减，肢体可跑可飞，可乳房不能可有可无。接着就在大量论据的基础上进行理论抽象："自然科学交给精神科学的结论，就是特征的重要程度取决于特征力量的大小，力量的大小取决于抵抗袭击的程度的强弱，因此，特征的不变性的大小，决定特征等级的高低；而越是构成生物的深刻的部分，属于生物的元素而非属于配合的特征，不变性越大。"下一节就从自然科学过渡到艺术哲学。

钱锺书先生曾在《围城》中说，"法国人的思想是有名的清楚，他们的文章也明白干净，但是他们的做事，无不混乱、肮脏、喧哗"。我没有去过法国，也没有和法国人交友，不敢妄议他们做事是否混乱肮脏，但从这本《艺术哲学》，我可是领教了他们思想"有名的清楚"，他们文章的"明白干净"。

说理做到条分缕析，论证做到逻辑严谨，这属于理论著作分内的事情；而这本《艺术哲学》竟然如此文采斐然，竟然如此诗意浓郁，竟然如此激情饱满，着实给我带来意外的惊喜。

　　我们来看看作者对三幅版画《利达》(《丽达》)的艺术分析。据希腊神话载，宙斯爱上了斯巴达国王丁达尔妻子利达，化身为天鹅去引诱她，使得利达后来生下两个蛋，每个蛋里又生出一儿一女。意大利三位杰出的画家——雷奥那多（列奥那多·达·芬奇）、米开朗琪罗、高雷琪奥（科雷乔），就这同一神话题材作了三幅同名的版画《利达》。且看丹纳如何于同中辨异，复述必然有损原文的精妙，这里我来当一次"文抄公"——

　　"雷奥那多的利达是站在那里，带着含羞的神气，低着眼睛，美丽的身体的曲折的线条起伏波动，极尽典雅细腻之致；天鹅的神态跟人差不多，俨然以配偶的姿势用翅膀盖着利达；天鹅旁边，刚刚孵化出来的两对双生的孩子，斜视的眼睛很像鸟类。远古的神秘，人与动物的血缘，视生命为万物共有而共通的异教观念，表现得不能更微妙更细致了，艺术家参透玄妙的悟性也不能更深入更全面了。"

　　"相反，米开朗琪罗的利达是魁伟的战斗部族中的王后，在梅提契祭堂中困倦欲眠，或者不胜痛苦地醒来，预备重新投入战斗的处女，便是这个利达的姊妹。利达横躺着巨大的身体，长着和她们同样的肌肉，同样的骨骼，面颊瘦削，浑身没有一点儿快乐和松懈的意味；便是在恋爱的时节，她也是严肃的，几乎是阴沉的。米开朗琪罗的悲壮的心情，把她有力的四肢画得挺然高举，抬起壮健的上半身，双眉微蹙，目光凝聚。"

"在高雷琪奥作品中，同样的情景变为一片柔和的绿荫，一群少女在潺潺流水中洗澡。画面处处引人入胜，快乐的梦境，妩媚的风韵，丰满的肉感，从来没有用过如此透彻如此鲜明的语言激动人心。身体和面部的美谈不上高雅，可是委婉动人。她们身段丰满，尽情欢笑，发出春天的光彩，像太阳底下的鲜花；青春的娇嫩与鲜艳，使饱受阳光的白肉在细腻中显得结实……利达却比她们更放纵，沉溺在爱情中微微笑着，软瘫了。整幅画上甜蜜的，醉人的感觉，由于利达的销魂荡魄而达于顶点。"

作者最后总结道："以上的三幅画，我们更喜欢哪一幅呢？哪一个特点更高级呢？是无边的幸福所产生的诗意呢，还是刚强悲壮的气魄，还是体贴入微的深刻的同情？"

这样细微精妙的艺术分析，又用华丽畅达的语言表达出来，让我读过这些精美的文字后，不敢再去观看原画了，担心原作反而破坏了阅读分析所获得的美感。

法国人说丹纳是为思想而生，我想说丹纳是为诗意而生。

六、为什么要读西方的理论著作？

很多年轻的朋友可能纳闷：我们喜欢听你讲古代诗词，为什么要和我们讲西方的理论名著？

精读西方的理论名著，既有助于提高我们的思辨能力，也有助于我们对古代诗词的赏析。

提高我们思维能力的最佳途径不外乎这样几种：认真学习形式逻辑或数理逻辑，认真阅读西方理论经典，认真学习数学或理论物理。

寸有所长，尺有所短。每个民族都有其优点和缺点。我们民族富于敏锐的直觉而短于抽象的思维，尤其拙于理论系统的建构。先秦我们没有像希腊那样的几何学和代数学，也没有亚里士多德那种气象学和植物学，没有他那种形而上学和诗学。《老子》五千言的确高深玄妙，可它是用诗的语言直达核心，并没有任何推理过程，所以它是"玄言"而非理论。《论语》是孔子与弟子的谈话，它亲切近情而非逻辑严谨。宋以后诗话汗牛充栋，给我们留下了前人细腻的读诗感受，有许多评点叫人拍案叫绝，也有许多评论叫人摸不着头脑。多年前，我在北京图书馆读到一本清人评唐诗，用朱笔在一首诗的旁边批"妙！妙！妙！"显然评点者认为这首诗妙不可言，而我左思右想仍然不知道它到底妙在何处，评点者连声称妙，我却觉得莫名其妙。以现代学术来衡量，这些诗话只是一些杂感，它们都不能算作"学术"。如果谁还像明清人一样写诗话，估计没有哪家学术刊物愿意发表。

再以苏东坡为例。苏轼在《书摩诘〈蓝关烟雨图〉》中说："味摩诘之诗，诗中有画；观摩诘之画，画中有诗。"苏轼的感悟着实深刻精到，它们早已成为评论诗画的名言。可惜，苏轼没有对此进行理论阐释，他一瞬间就洞穿了诗与画的本质，叫人叹服他的顿悟和洞见。假如朋友们读读莱辛的《拉奥孔》，你们对中西方的思维方式就会有新的体认。莱辛用十几万字的篇幅，深入地分析了诗与画的交融与界限，分析的独到，逻辑的缜密，定然会让你发现学术原来别有洞天。类似的理论名著值得我们反复啃读。

我为什么先向大家推荐丹纳的《艺术哲学》呢？许多朋友一听到"哲学"就头疼，这本书会改变你对哲学的印象，原来它不仅不枯燥无味，反而是那样美妙动人；原来它一点也不可厌可畏，反而让人觉得那样可近可亲。这本理论著作会改变你们对哲学理论的刻板印象，它能培养你对理论的兴趣。

　　这本书会让你一睹名著、名家、名译的风采，丹纳的文思如瓶泻水，傅雷的译文富丽传神。没有丹纳大概不会写得这么好，而没有傅雷肯定不会译得这么妙。傅雷译丹纳比"金风玉露一相逢"还要神奇，堪称中法文坛的绝配。我时而把它当艺术理论来读，时而把它当精美散文来读。翻开它就不想合拢，拿起来就不想放下，我从上大学读到现在，前后读了四十多年，记不清反复读了多少遍，国内的傅译版本我几乎全有收藏。

　　谈过恋爱或已成家的人都知道，伴侣往往有才却无貌，学历好但家境寒，有幽默而无担当，要找一个样样般配的理想伴侣"难于上青天"，一旦遇上了天生佳偶定要视若明珠。其实读外译名著也是一样，要是碰到了名著名家名译，那就是前世修来的福分，它会给你带来一辈子的精神享受，所以我对丹纳和傅雷都同样感恩。

2024 年 4 月 25 日于广州

理性的自省与自赎

——读福柯《疯癫与文明》

20 世纪法国思想的天空群星璀璨，萨特、庞蒂、德里达、斯特劳斯、巴特……福柯也许是群星中最耀眼的巨星，不仅生前《规训与惩罚》《词与物》洛阳纸贵，身后那些代表作更为迷人。

无论是生活还是思想，福柯都是一位不按常理出牌的人物，比如说，他为人的特立独行，他私生活的离经叛道。他说生活应当过成一件艺术品，所以他不断践行不同的生活方式，理论上不断探索"生存美学"。

他是法兰西学院思想体系史教授，可叫人大感意外的是，他的思想体系史偏偏冷落了苏格拉底、柏拉图、亚里士多德、笛卡尔、康德、黑格尔这些思想大神，专写晦气的疾病、疯癫、监狱、变态、性、性倒错；更叫人意外的是，他竟然把这些被人冷落的"边角材料"，弄成了学术界的热门话题。

他是历史学家,《古典时代疯狂史》《临床医学的诞生》《规训与惩罚》

《性经验史》，都采用了历史著作常见的时序形式，但每本书都溢出了学院规范，想不到最后都成了学院里的学术时尚，知识考古、谱系学、权力、断裂、生存美学……如今已经成为学院里的学术行话。他通常被视为左袒非理性的思想家，可他的著作具有难以企及的理性深度。

福柯的学术历程再次表明，普通学者须遵守规范，天才学者则创立规范。

这次要和大家聊的名著《疯癫与文明》，是福柯博士论文《疯癫与非理性：古典时代疯癫史》的英文缩写本。这篇博士论文 1961 年由法国普隆书店出版，1964 年出版法文缩写本。1965 年英译本译自法文缩写本，福柯对这个英译本的内容作了部分增补。中译本《疯癫与文明》译自这个英译本。英文标题是 *Madness and Civilization*，有的译为"疯癫与文明"，有的译为"疯狂与文明"。这里有关《疯癫与文明》的引文，都出自生活·读书·新知三联书店 2019 年修订本，译者刘北成、杨远缨。

顺便交代一下，法文版《古典时代疯狂史》，已由中国台湾学者林志明全译，并由生活·读书·新知三联书店 2005 年初版，2016 年再版，译文和刘、杨缩写本译文一样优美流畅。这次没有讲法文全译本，主要是刘、杨的《疯癫与文明》译本，1999 年已由生活·读书·新知三联书店出版，我读得最早，也读得最熟。另外，对于普通读者来说，缩写本《疯癫与文明》，可让大家尝鼎一脔；对于相关专业的读者来说，它不失为一部进入福柯最好的入门书。

大多数学者认为，该著的宗旨是批判启蒙理性，即使不是为疯癫这一非理性辩护，至少也对非理性倾注了热情，充满了同情。我倒是觉得，它既是理性的自我批判，也是理性的自我救赎；它既是对文明话语的解构，也是对人类主体的重构。

这还得从头说起。

除"前言"和"结论"外，全书正文共九章：《第一章 "愚人船"》《第二章 大禁闭》《第三章 疯人》《第四章 激情与谵妄》《第五章 疯癫诸相》《第六章 医生与病人》《第七章 大恐惧》《第八章 新的划分》《第九章 精神病院的诞生》。

我们先跟着福柯的思路走一遭，然后再"却顾所来径"，总结全书的大旨、特点及其影响。

书前的《前言》其实就是导言，有的著作称为"导论""绪论""引论"或"引言"，它是全书的总纲，阐明了全书的主旨、方法、思路与结构。虽然只有短短4页，大家必须着意细读，我们也得着意精讲。起笔便引用两则名人名言，第一则是法国帕斯卡像神谕似的说："人类必然会疯癫到这种地步，即不疯癫也只是另一种形式的疯癫。"后来的历史不幸印证了这一预言，今天真就疯癫到了这样的程度，不疯癫已成为另一种形式的疯癫。第二则是俄国陀思妥耶夫斯基的警告："人们不能用禁闭自己的邻人来确认自己神志健全。"这不正是我们曾经做过并继续在做的事情吗？这两则名言暗藏着全书的思想密码：人类以医学、道德或法律的名义，把疯癫说成失德、失智和犯罪，以禁闭自己的邻人的方法，来证明自己神志健全，以排斥非理性的方法来显示自己的理性，殊不知此时"不疯癫"其实就是"疯癫"。这两则名言消解了理性与疯癫的界限。

第二段紧承第一段"另一种形式的疯癫"："我们却不得不撰写有关

另一种形式的疯癫的历史。"什么是"另一种形式的疯癫"？它就是"不疯癫"的理性，或者"不疯癫"的"文明"。理性或文明表面上是疯癫的对立面，其实它"只是另一种形式的疯癫"。人们出于这"另一种疯癫"，用一种理性支配的行动，把自己的邻人禁闭起来，而自己用"不疯癫"的冷酷语言相互交流和相互承认。作者接着说，该著旨在"追溯历史上疯癫发展历程的起点"，在这一起点上，疯癫与非疯癫属于一种没有分化的体验，从起点上描述"另一种形式的疯癫"，它使理性与疯癫截然分开，从此理性与疯癫毫无交集，互不相干。

第三、四段阐明追溯起点的方法。要确定理性与非理性相互的断裂，并导致理性对非理性征服的起点，就必须抛弃现存的关于疯癫的知识，不能被现存精神病理学的观念牵着鼻子走。目前关于疯癫的诊断、观念，都是征服者——理性的"一面之词"，不能拿来作为疯癫的判断标准。在起点处，疯癫与非疯癫、理性与非理性难解难分。它们不可分割之时，便是它们不存在之际——疯癫与非疯癫彼此不分，那就既没有"疯癫"，也没有"非疯癫"。

第五段阐述现代精神病学领域的状况。如今，疯癫与正常人早已阴阳两界，"正常人"不再与疯子交流，而是交给专业医生去对付。18世纪末，疯癫被正式诊断为一种精神疾病，表明正常人与疯癫的分离，理性与非理性的断裂。精神病学的语言就是理性胜利的宣言，就是理性有关疯癫的独白。

第六段揭示该著的目的与性质："我的目的不是撰写精神病学语言的历史，而是论述那种沉默的考古学。"作者并不是要写一本疯癫的精神病学史，而是写一本疯癫的知识考古学；不是要强化和放大理性的独断，而是要为"沉默"的疯癫发声。

第七、八段阐述从古希腊到近现代疯癫与理性的关系，并表明"理性—疯癫关系构成了西方文化的一个独特向度"。在古希腊，疯癫与非疯癫还判然未分，中世纪以来，欧洲人与疯癫还有某种关系，正是这种"不清不楚"的关系，"西方的理性才达到了一定的深度"。

第九段说明"这种研究会把我们引向何处"，换句话说，这种研究到底属于什么性质？这种研究到底有什么意义？该著进入的领域"既不是认识史，又不是历史本身，既不受真理目的论的支配，也不遵循理性的因果逻辑"。

最后一段勾勒古典时期的大禁闭，逐渐为精神病院所取代，作者以一种哭丧的语气说："在我们这个时代，疯癫体验在一种冷静的知识中保持了沉默。""一种无声的机制，一种不加说明的行动，一种直接的知识。这个结构既非一种戏剧，也不是一种知识。正是在这一点，历史陷入悲剧范畴，既得以成立，又受到谴责。"在精神病院里，疯癫彻底落入一种失语状态，疯癫与文明，非理性与理性，已由相互交流对峙，变为罚与被罚，禁闭与被禁闭。

可见，理性与非理性由联系到断裂，由对话到沉默，由交流到禁闭，是一场理性与文明的狂欢。现代精神病学语言是对疯癫的理性独白，这种独白是以疯癫的沉默为基础的，该著正是论述这种沉默的知识考古学。

正文第一章是《"愚人船"》。中世纪的"愚人"与"疯人"并未区分，刘、杨译为"愚人船"，林志明译为"疯人船"。

中世纪末期，麻风病逐渐从西方世界消失，而另一种更狰狞的疾病——疯癫——即将卷土而来。麻风病虽然消失了，但处置麻风病人的场所，对待麻风病的习俗并没有随之消失。附着于麻风病人形象上的价值与意象，排斥麻风病人那种挥之不去的社会意义，几乎完好无损地保留了下来。这种习俗不是要扑灭麻风病，而是要把它拒之某种安全距离之外。不过，麻风病人虽被拖出教会，排斥于有形教会的社会之外，但他仍然能领受上帝的恩宠："遗弃就是对他的拯救，排斥给了他另一种圣餐。"

西方文学中出现新图景——愚人船，它沿着缓缓的莱茵河和佛兰芒运河巡游。欧洲的主要城市聚集了大量的疯人，他们无法得到医治，城市又没有那么多监狱，人们就把他们和罪犯、醉鬼一起装上愚人船，把疯人托付给水上反复无常的命运。漂泊的愚人船具有多重的意指：既是将疯人排斥，也是将他们放生。在许多地方，愚人船靠岸却不能上岸，他们被扣留在停泊的津口，被置于社会的里外之间：对于外边它是里面，对于里面它是外边。疯人是人们威胁的根源，也是人们嘲讽的对象，还是尘世非理性的晕狂。任由愚人船无目的的航行，表明当时人们对疯人的矛盾心态，好奇而又恐惧，拒斥却又茫然。

15 世纪后期，死亡成了笼罩一切的主题，人的末日与时代的末日交织在一起，死亡恐惧如影随形，无人可以躲避死亡之箭。到这个世纪末期，这种巨大的不安突然转向，对疯癫的嘲笑代替了对死亡的惶恐，大家发现在死亡把人化为乌有之前，疯癫已将存在变成虚无，它就是已经到场的死亡，"休言万事转头空，未转头时皆梦"。

那时的人们对疯癫的体验五花八门，疯癫的形态也千奇百怪：浪漫化的疯癫、狂妄自大的疯癫、正义惩罚的疯癫、绝望情欲的疯癫。人们把疯癫当作最纯粹最完整的错觉形式，以男人为女人，以谬误为真理，以死亡为新生……人们对愚人船也充满了幻想，船上装载着理想中的英雄、道德的楷模、社会的典范、游移的象征。

总之，文艺复兴时期对疯癫大致还比较友好，并没有将疯癫打入冷宫，疯癫与非疯癫、理性与非理性还能进行含糊的交流。

从第一章《"愚人船"》到第二章《大禁闭》，历史的脚步就从文艺复兴过渡到古典时期。

从第二章《大禁闭》到第七章《大恐惧》，福柯用六章的篇幅论述古典时期的疯癫，可见他对古典时期的重视。

这一章开头承上启下："文艺复兴使疯癫得以自由地呼喊，但驯化了其暴烈性质。古典时代旋即用一个奇特的强力行动使疯癫归于沉寂。"前两句归纳上章的旨意，后一句揭示本章的中心。

"大禁闭"以 1656 年颁布在巴黎等地建立收容所的敕令为开端，以 1794 年法国宣布解除疯子镣铐为结点。禁闭标志着理性对非理性的完全胜利，文明对疯癫的彻底征服。

17 世纪法国出现大型禁闭所，此后一百五十多年的历史时期，这些禁闭所就成了疯癫的自然归宿。禁闭所除了医院外，还有拘留所和监狱，被禁闭的人除了疯子外，还有懒汉、罪犯、醉鬼等。禁闭疯癫的总医院，与其说是一个医疗机构，还不如说是一个半司法半独立的行政机构，医院具有法院外独立的审判、裁决和执行权。

禁闭之初并没有赋予治疗的意义，以当时的医疗条件，懒汉不须治疗，疯癫不能治疗。禁闭疯癫的目的源于强制劳动的要求，它不是救死扶伤的博爱，而是对游手好闲的惩治。

中世纪傲慢是最大的罪孽，文艺复兴时期贪婪是最坏的污点，17世纪懒散又成了最可怕的恶习。此时，人们认为劳动与贫困成反比，勤勉与犯罪成反比，劳动不仅带来经济效益，而且具有道德的魅力。这样，禁闭疯癫的态度虽有点含混，禁闭疯癫的目的却很明确：它能廉价甚至无价地利用劳动力，最大限度地控制经济成本，说白了，就是冠冕堂皇地剥削疯子。

人们从社会角度来感知疯癫，如经济贫困、工作能力低下、群体融合能力差。贫困的社会危害、工作的社会义务和劳动的伦理价值，决定了当时对疯癫的认知和体验。

文艺复兴时期将疯人放逐，古典时期则将疯人禁闭，那么，社会大众怎样看待疯人呢？于是就水到渠成地接入下一章《疯人》。《疯人》勾勒了这个时代对非理性体验的轮廓。

古典时代把堕落、鸡奸、叛教、谋杀、懒惰视为羞耻，认为罪恶像传染病一样能带坏他人，遮掩和禁闭是限制它传播的最佳手段；但对疯人却十分例外，疯人不仅无须遮遮掩掩，反而在公众中展示和表演。于是，非理性禁闭在幽室中，疯癫则出现于舞台上。疯人成了尘世一种奇特景观，人们可以买票参观疯人"展览"。

对疯人为什么如此野蛮呢？古典时代并没有把疯癫视为病症，所以没有把疯人当作病人，而且认为疯人身上只有兽性，所以也不把疯人当作人。让疯人在栅栏中展览，和让猴子当众表演，二者在性质上别无二致。这种对疯人的冷漠源于对自身的恐惧，因为从疯人身上看到极端的兽性，急于将疯人与人进行剥离，不承认兽性内在于人的本能。既然疯人不能算"人"，疯人发作的兽性就无关乎人性。展览疯人表明文明对疯癫的肆意作践，理性对非理性的公开羞辱。其实，展览疯人非但没有把兽性升华为人性，反而把人性拉低到了兽性。

我们怎样对待疯人，我们自己就是怎样的人。

疯癫的野性因什么而产生？疯癫的野性又有哪些表现？第四章《激情与谵妄》为我们回答了这些问题。

古典时代认为激情是肉体与灵魂的聚合点，激情既向肉体扩散，又向灵魂扩散。疯癫与激情具有紧密因果关系，狂放的激情导致疯癫，野性的疯癫又释放了激情，也就是说，疯癫因激情而起，激情又因疯癫而止。

谵妄始终伴随着疯癫。谵妄常常表现为疯癫中的幻觉、胡话、意识障碍。作者就谵妄得出四点结论：A.古典时期，疯癫中并存两种谵妄，一种谵妄是某些疾病的并发症，另一种谵妄的原因不明，但症状十分明显；B.“这种隐蔽的谵妄存于心智的一切变动之中，甚至存在于我们最想不到的地方”；C.“话语涵盖了整个疯癫领域”；D.“语言是疯癫最初的和最终的结构，是疯癫的构成形式”。总之，谵妄既是肉体的又是灵魂的，既是语言的又是心象的，既是语法上的又是生理学上的。

从前常将疯癫的谵妄与活跃的梦境比较，古典时期则说谵妄状态是非睡眠状态的错置；古代认为做梦是暂时的疯癫，古典时期说是疯癫从做梦获得了自己的本性。作者对谵妄、梦境、眩惑和禁闭的剖析极有深度，这一章的后半部分必须反复咀嚼。

除了“激情与谵妄”外，疯癫还有哪些症状呢？于是就有了第五章《疯癫诸相》。林志明《古典时代疯狂史》译为“疯狂诸形象”。由于本人不懂法文，此章标题英译为 *Aspects of Madness*，从内容看，应当译为

"疯癫诸症状"。

这一章并不是论述 17 和 18 世纪精神病学的观念演变史，而"是要展示古典时期思想借以认识疯癫的具体形态"。作者共展示了四种疯癫的"具体形态"：躁狂症、忧郁症、歇斯底里、疑病症。作为疯癫的知识考古学，该著不在意疯癫的抽象本质，重点在于理性对疯癫的话语建构。这里涉及古典时代的精神病学史，但作者从未全盘接受精神病学对疯癫的界定，侧重于追踪话语建构中的"猫腻"，从而认识疯癫与文明、理性与非理性的关系，认清文明对疯癫的围剿，理性对非理性的污名。

将躁狂症、忧郁症、歇斯底里、疑病症纳入疯癫的"诸相"，古典时代不断赋予疯癫以新内涵，使疯癫随着时代的变化而"变脸"。

阐述了疯癫的各种症状，如何才能根治或减轻这些病症呢？这样就有了第六章《医生与病人》。看了这个标题，很多人可能会马上想看看那时医生如何治病，可作者一开头就让人一头雾水："治疗疯癫的方法在医院里并未推行，因为医院的主要宗旨是隔离或'教养'。"这就叫人纳闷了，俗话说，没有金刚钻别揽瓷器活，没有治疗技术还开什么医院呢？如果只是"隔离或'教养'"，那不是办一个拘留所更简单吗？前面已经说过，当时的医院其实是一个半司法半独立的行政机构，侧重点不是"整病"而是"整人"。不过在医院之外，古典时期疯癫的治疗技术仍在不断进展。

具体说来，有如下四种物理疗法，而每种疗法都借鉴了肉体的道德疗法：

1. 强固法。它是一种使精神或神经纤维获得活力的疗法。疯癫虽然有时表现为忧郁，有时表现为狂躁，有时表现为歇斯底里，但内里处于一种虚弱状态，疯癫时元气陷入无规律的耗竭之中。强固法就是扶持精神元气，扶持精神元气就能抑制自身的躁动，这有点像我们中医所谓"强筋固本"。

2. 清洗法。 当时认为疯癫的根源是内脏堵塞，体液和元气腐败，清洗法就是清洗这些腐败的体液和元气，以达到疏通内脏的目的。这种方法也符合中医的基本理念：通则不病，病则不通。其具体方法是用清洁透亮的血液置换患者黏滞、浑浊而又苦涩的血液。按那时的医疗水平，要数这种彻底置换的清洗法最为理想，也要数这种清洗法最不可施行，后来有了许多变更的方法。古今中外，"难言之隐，一洗了之"都是骗子的噱头。

3. 浸泡法。 古典时期误以为，长期浸泡可以改变液体和固体的性质，这种方法当然与古老的沐浴涤罪观念有关。开始以为冷水有冷却的作用，后来才知道冷水的效果反而加温，而热水才能实现冷却，冷却能使亢奋和狂躁平息下来。17 世纪到 18 世纪中期，社会上都以为水可以医治百病，宣称水具有万能功效。18 世纪末，水的声誉江河日下，人们发现水能证明一切，水也能否定一切；水什么病都能医治，正表明它什么病都医治不了。

4. 运动调节法。 这种方法是重新确立古人的养生信念。古人断定各种形式的散步和跑步有益健康：单纯的散步可以使身体强健灵活，逐步加速的跑步可以使体液在周身分布均匀，还可使各器官负担减轻，完整的跑步可使肌体组织发热放松，并能使僵硬的神经纤维重新恢复弹性。福柯对运动调节法的论述很精彩："如果浸泡法确实一直隐含着关于沐浴和再生的伦理上的和几乎宗教上的记忆的话，那么我们在运动疗法中也会发现一个相对应的道德主题。与浸泡法中的主题相反，这个主题是，回到现世中，通过回到自己在普遍秩序中的原有位置和忘却疯癫，从而把自己托付给现世的理智。"

在古典时代，决定医疗方法的不是真理呈现，而是一种功能标准。医学手段原来用于祛除罪恶和消除谬误，古典时代的医学只满足于调节和惩罚。那时医治疯癫的技术系统主要有两类："一类是基于某种关于品质特性的隐含机制，认为疯癫在本质上是激情，即某种关于灵肉二者的（运动—品质）混合物。另一类则基于理性自我争辩的话语论述运动，认为疯癫是谬误，是语言和意象的双重虚妄，是谵妄。"其中第二类又分为三种基本类型：1.唤醒法。因为谵妄是疯人的白日梦，唤醒法旨在使患者从白日梦中清醒过来。2.戏剧表演法。此法表面上看与唤醒法恰好相反，前者是中断疯人的梦游状态，后者则以患者的思维和想象进行表演，让患者看出其中的荒谬，并从谵妄中走出来。3.返璞归真法。此法又刚好与戏剧表演法相反，戏剧幻觉的表演要是没有效果，人为的逼真表演法就被一种简单的自然还原法所取代，"这种方法有两种方式，一方面是通过自然来还原，另一方面是还原到自然"。

在古典时代，别去徒劳地划分生理疗法与心理疗法，因为那时根本就没有心理学。有此时候生理的药物疗法，同时也是心理的治疗干预，譬如让病人喝苦药就不是单纯的生理治疗，它可能也作用于病人的心灵清洗，因为此时疯癫的含义就是非理性，洗涤心灵就是消除心中的非理性因素。

本以为非理性已成了理性羞辱的对象，文明已完全拒斥了疯癫，哪知天道轮回又出现了"大恐惧"。第七章《大恐惧》就是阐述"大恐惧"

与非理性的关联。

此章以《拉摩的侄子》引入正题。古典时期，思想家笛卡尔认为自己没疯，因为理性与疯癫势不两立，假如能理性思辨就不会疯癫，假如已经疯癫就不会理性思辨。然而，拉摩的侄子却清楚地意识到自己疯了："你知道，我既无知又疯狂，既傲慢又懒惰。"《拉摩的侄子》是一部对话体长篇小说，作者是法国启蒙运动健将狄德罗。拉摩的侄子是启蒙理性的一面晦暗的镜子、一幅恶意的漫画，"好像理性在欢庆胜利之际却让自己用嘲弄装扮自己的形象死而复生"，"理性既从中认出自己又否定自己"。拉摩的侄子预示着重大的变化：从前门赶走的非理性，又悄悄地从后门溜了进来。

即使在理性和文明威风八面的时候，非理性和疯癫并没有销声匿迹。如果说拉摩的侄子还只是一个小说里的形象，萨德可是现实中一位放荡作家，一个疯子，一个恶魔，一个性施虐狂，一个性变态者，一个疯狂的享乐主义者。对古典时期的人来说，拉摩的侄子只是一种不祥的预兆，萨德则给人实实在在的恐惧。

麻风病业已消失，疯人已经禁闭，本以为非理性像孙悟空一样被压在五行山下了，不意18世纪中期突然冒出一种新的恐惧，这种恐惧经由医学术语得以表达，经由道德神话得以传播。各禁闭所传出一种神秘的疾病，人们纷纷猜测它是"监狱热病"。这自然让人联想到禁闭所的囚车，戴镣铐的囚犯，有的说囚车经过会造成传染，有的说坏血病会引起传染病，有的说被病症污染的空气会毁灭城市居民，一时弄得人心惶惶。从前以禁闭清除的邪恶又卷土重来，并以一种古怪的模样带来恐慌。当时流行一种含混的"腐烂"意象，既表示道德的腐败，又表示肉体的腐烂。

该章最后对疯癫进行更深刻的思考，他说古典时期，"人们的疯癫意识和非理性意识一直没有分开"，到 18 世纪末这二者才开始分道扬镳。他分别阐释了疯癫与多方面的关系："疯癫与自由""疯癫、宗教与时间""疯癫、文明与感受力"。

在"大恐惧"中结束了古典时期，在"新的划分"中迎来了新世纪。这样就有了第八章《新的划分》。这一章的重点是要阐述：随着新世纪疯癫意识的转变，人们对禁闭的态度也随之改变。

一跨进 19 世纪门槛，所有的精神病学家，所有的历史学家，都被同一种愤怒情绪支配，都出于同样的义愤，都发出同一种谴责："居然没有人因把精神病人投入监狱而脸红。"人们好像一夜之间就换了一副菩萨心肠，其实，这"与其说是一种博爱意识，不如说是一种政治意识"。不管是出于博爱，还是由于政治，人们对疯人友善多了。此时的法国人开始郑重考虑：如何对待疯癫？如何安置疯人？这一改革进程分三个阶段：第一阶段是尽可能减少禁闭；第二阶段《人权宣言》规定，必要的禁闭也必须得到法律许可；第三阶段是发布重要法令，规定禁闭的范围和责任。

有了如何安置疯人的思考，就顺理成章有了第九章《精神病院的诞生》。

精神病院的诞生作为一种标志，疯人已经被当作病人对待。不管是图克的疗养院，还是皮内尔的疯人院，既不同于文艺复兴时期的驱赶，也有别于古典时期的禁闭，都带有某种神话的色彩，散发出人道的温馨，闪耀着博爱的光辉。实际上，恐惧仍旧是他们精神病院的底色，从前恐怖是由于外在的暴力，现在的恐怖则是由于内心的禁忌；从前苦于禁闭所的高墙，现在困于负疚的良心；从前是被他人监视审判，现在则是自己审判自己——镣铐从疯人的双腿移到了疯人的灵魂。

皮内尔的疯人院管理模式不同于图克，他从不提倡任何一种宗教隔离。在他的疯人院里，宗教不仅不能作为生活的道德基础，反而纯粹是一个医治的对象。但是皮内尔的疯人院，是"一个没有宗教的宗教领域，一个纯粹的道德领域，一个道德一律的领域"。家庭和工作的价值，所有公认的美德，统治了这里的疯人院。皮内尔治下的疯人院，既是道德整肃的工具，又是社会谴责的工具。他具体的操作手段是：（1）缄默；（2）镜像认识；（3）无休止的审判；（4）神化医务人员。

谈到精神病院自然不会忘了弗洛伊德，福柯说他"是第一个不把目光转向别处的人，第一个不想用一种能与其他医学知识有所协调的精神病学说来掩盖这种关系的人，第一个绝对严格地追寻其发展后果的人"。我再补充一下，弗洛伊德也是第一个将疯人去污名化的人，第一个恢复疯人尊严的人。但是，弗洛伊德强化了医生魔法师的效力，把医生捧到了无所不能的地位，疯人在医生面前放弃了自己。其实，他的精神分析无缘进入非理性的精神空间。

18世纪末叶以后，非理性的声音几乎彻底消失，只有偶尔几声声嘶力竭的呐喊打破沉寂，如荷尔德林、奈瓦尔、尼采、阿尔托的作品，它们是对道德桎梏的强烈抗议。可悲的是，我们习惯于把这种道德桎梏，称为图克和皮内尔对疯人的解放。

第九章之后就是全书的《结论》。通过对画家戈雅和梵高、作家萨德和阿尔托、思想家卢梭和尼采的分析，阐明"非理性一直属于现代世界任何艺术作品中的决定性因素","任何艺术作品都包含着这种使人透不过气的险恶因素"。作者以此为非理性正名和辩护。

这几个画家、作家和思想家，其为人曾经疯癫或一直疯癫，其作品表现疯癫甚至赞美疯癫，但他们都创造了许多不朽的杰作，为人类文明作出了杰出的贡献。这给我们留下巨大的思考空间：难道疯癫与文明必定是生死冤家？

沿着《疯癫与文明》思想的线路，我像导游一样带领大家做了一次神游，一路上把福柯的思想风景看个够：时而奇峰峻岭，时而幽谷深溪，时而平原莽莽，时而溪水潺潺……读《疯癫与文明》如行山阴道上，让人应接不暇，掩卷后仍然回味无穷，流连忘返。

神游归来不能两手空空，我们不妨总结一下《疯癫与文明》的主旨。从古代社会到文艺复兴，从古典时代到现代社会，人们对疯癫的体验和感知都不一样：中世纪尚无明确的疯癫意识，文艺复兴时期对疯癫尚存浪漫的想象，古典时代疯癫就成了被禁闭的恶魔，进入现代以后疯癫又成了必须医治的对象。因而，疯癫既不是一种病理现象，也不是一种社会现象，而是一种文明的建构。该著旨在追溯疯癫是如何建构起来的，所以福柯说它是对疯癫沉默的考古学。

古典时代认定疯癫是非理性的极限，出于对自身非理性的恐惧，人们便急忙与疯人切割，不再把疯人当作人，或将他们严密地禁闭起来，或将他们像动物一样展示出来。自欺欺人地以为把疯人划入异类，就能剥离自己身上的非理性。事实上，理性与非理性是一对孪生兄弟，它们都同属于人的本性。如果只有理性而没有非理性，那人就成了受逻辑程序操控的机器人；如果只有非理性而没有理性，那人就成了暴烈的凶猛野兽。理性代表思辨、认知、权衡、节制、稳健、伦理……非理性代表激情、想象、感受、梦幻、冲动、活力、血性、情欲……没有理性就没有清明的理智，没有理论的深度，没有严谨的逻辑；没有非理性就没有奇特的想象，没有强烈的激情，没有勇往直前的血性。总之，一旦没有非理性，我们就将丧失生命的活力。只有理性与感性达到高度的平衡，我们才会既有思考的深度，又有奔放的激情和旺盛的创造力。该著第四章《激情与谵妄》，英译原文是 *Passion and Delirium*，"Passion" 就是"激情"，"Delirium" 就是"谵妄"。福柯为什么要推崇激情与谵妄呢？如果我们只有理性的算计，如果没有我们粗犷的豪情，没有非功利的冲动，人类的生命必将枯萎。宋明理学就曾高叫要"存天理，灭人欲"，希望彻底剿灭非理性，现代西方社会更是要扼杀窒息非理性而后快。这正是福柯对疯癫抱以同情，为非理性热情辩护的动因。

在《激情与谵妄》这一章中，作者十分清醒地写道："虽然疯癫是无理性，但是对疯癫的理性把握永远是可能的和必要的。"不仅仅是《疯癫与文明》，福柯几乎所有的代表作品，都是理性对非理性的深刻把握，是理性对非理性的"理解之同情"。人类的文明史，就是一部文明围剿疯癫的历史，一部理性排斥非理性的历史。由于福柯对非理性有深度的体认，他才公开站出来批判理性的傲慢，指责文明的冷酷，给疯癫以温情，还非理性以公正。这是人类理性对自身的反省，是理性对自身的檄文，当然也是理性对自身的救赎。

我还想说，这更是福柯对主体的塑造与建构。当理性排斥非理性的时候，人类主体仍然残缺不全。福柯独特的人生经历，深厚的理论素养，耀眼的学术才华，使他兼具惊人的理论深度和体验深度，所以重塑人类主体的重任非他莫属。

《疯癫与文明》是他的成名作，也是他后来所有著作的诞生地。他的运思方式，他的学术路数，他的学术取向，譬如知识考古、知识谱系、生存美学，又如知识、权力、自我，都能从这本书中找到它的源头。这本书中的价值倾向，如反抗理性的专横，崇尚生命的激情，肯定人类的非理性，成了他后来一生的学术功课。如他另一本重要著作《词与物》，英文版译为 *The Order of Things*，在知识和经验中他推崇经验；在《性经验史》中，他推崇快感；在《知识考古学》中，他强调"断裂"；在《规训与惩罚》中，他发现了"温柔的暴力"。晚期他有一本《自我技术》，此书关注"那些被表述出来的情感"，那些"所能体验到的欲望"。他在知识中发现了权力，在理性中识破了压制。他晚年倡导人们关怀自我，此处的"自我"既指个体更指人类，关怀自我就是人类的终极关怀。他的学术风景气象万千，他的人生经历同样多姿多彩；他不仅在理论上重塑人类主体，在生活中也实践了他的"生存美学"。

《疯癫与文明》表现了福柯史学家的博学，思想家的深刻，还有诗人的才华。西方学者认为，《疯癫与文明》是史学也是诗学。书中的许多章节富于诗意，他的述学语言又极有穿透力：

　　　　疯人被囚在船上，无处逃遁。他被送到千支百汊的江河上或茫茫无际的大海上，也就被送交给脱离尘世的、不可捉摸的命运。他成了最自由、最开放的地方的囚徒：被牢牢束缚在有无数去向的路口。他是最典型的人生旅客，是旅行的囚徒。他将去的地方是未知的，正如他一旦下了船，人们不知他来自何

方。只有在两个都不属于他的世界之间的不毛之地，才有他的真理和他的故乡。（第一章《"愚人船"》）

以华丽的语言表述深刻的思辨，以丰富的想象来阐释奇特的思想，朋友，这是在论述还是在抒情？这是思想史还是散文诗？福柯百转千回的运思，常给人以"曲径通幽"的快乐；他那别致优美的文笔，又往往让人沉溺于他那迷人的诗境。

2023 年 5 月 8 日初稿
2023 年 6 月 9 日定稿

如何临时抱佛脚？

许多将毕业和已毕业的本科生，很快就要走进研究生考场了。同学们，这里我预祝大家旗开得胜，金榜题名！

写这篇文章，是希望给考研的同学提供一些帮助。编辑听说我会"临时抱佛脚"，很想听听我抱佛脚有哪些妙招，就邀请我在考前和备考的同学们聊聊。编辑这次算是找对人了，我觉得自己能胜任这项任务，所以就爽快地答应了他们的要求，哈哈！

为了取信于大家，我先来"王婆卖瓜"。

小学和初中时，我的成绩平平，到了高中学习才突飞猛进，我的文理科发展非常平衡，数学成绩在班里独占鳌头，语文成绩也相当突出，作文在课堂上常常被老师选作范文。当然，有几个同学作文写得比我好，而在解数学题方面，我在班里可是绝对的高手。至今我都觉得不可思议，麻城母校的高中居然在 1973 年举行了一次数学竞赛，我还碰巧荣获第三名。在这里，我可以自信地说，假如自己迟生几十年，我可能是一名"学霸"或"考霸"。

在 1977 年举行的高考中，我轻而易举地考进了华中师范大学。那时实行的是"估分填报"，也就是在不知道自己分数的情况下填报志愿，中学母校的老师让我填报了华中师范大学（当时它还叫华中师范学院）。30 年后，在省档案馆工作的同班同学邓衍明兄，才从湖北省档案馆查到了大家的高考分数；几年前，华中师大档案馆的朋友也给我打印了我们年级的高考分数，我这才知道自己高考有多走运，纯属考场上的超常发挥，一不小心考得如此之好，竟然比同年级有的同学高出近百分，已经超过了顶尖大学当年在湖北的录取分数线。当时，中学没有分文理科，1977 年高考时，湖北文理科的语文和数学都用同一张试卷。我的数学无疑考得比语文好，一时心血来潮想当诗人，这才报考了文科，念大学时，这成了我的心病，老来以后则成了我人生的笑谈。

由于大学四年级时，我的教学实习一塌糊涂，1981 年大学毕业前，我匆匆决定参加研究生考试，结果考研也是一考就中，好像"得来全不费工夫"。那时各个大学研究生招生的人数极少，有些名牌大学全校只招几十个人，现在，我原先工作的文学院一年就招生两三百人。顺便说一下，我高中时没有学英语，大学第一学期也没开英语课，我学了两年多英语就去参加考研，而且瞎猫碰上死老鼠——赶得巧，竟然一考就中，听说英语的考分还不低。

无论是读高中还是念大学，我各科考试成绩几乎都名列前茅，考试从来都没有失手过，这是我一生唯一能吹的牛皮。

可以说，我对"考前抱佛脚"得心应手。

这时候同学们可能要问了：考前应怎样抱佛脚呢？

这得话分两头——

首先，要调整好考前心态。

我还是以自己为例，现身说法。1977 年那次高考，走进考场时我还有说有笑，和平时进教室没有什么两样。这倒不是我的心理素质好，而是我对这次考试是不是算数还半信半疑，因为当时上大学都靠"推荐选拔"，上大学主要看家庭出身、个人表现，尤其是领导印象。文化水平不是上大学的必要条件，有时候领导想让谁上大学，谁就有资格上大学。那时我对上大学没有抱任何希望，只打算随大流陪考一次。之所以愿意陪考，是对这次高考还心存一点侥幸。这种心态帮了我的大忙，让我的高考心态轻松无比。

考研那次，我倒希望自己考上，因为我的实习成绩太差了，实习组里所有同学不是"优秀"就是"良好"，只有我一个人的评分是"合格"。每一个人都心知肚明，"合格"事实上就是"不合格"的委婉说法。四十多年前，大学和研究生毕业会分配工作，我估计自己会被分配得很差，毕竟当时我的普通话实在"太有个性了"。师范大学毕业生的出路基本是教书，最适合我教书的地方是我家乡，偏偏我又特别害怕被分回去。说来也怪，家乡虽让我魂牵梦萦，但我并不想回到家乡工作，我至今喜欢也适应大城市的生活方式。不过，那次考研也不是特别着急，因为录取的人数太少，而且考研还是比较新鲜的事情，大家都是糊里糊涂地考试，也是糊里糊涂地被录取、糊里糊涂地被淘汰。那时上榜和落榜都不通知考分，我的考分还是在入学之后，研究生处的老师告诉我的，至今我都没有去查过自己的确切分数。

调整心态的办法，就是要清醒地认识到，读研不是人生唯一的出路，考研也不是只有唯一的一次。人生有很多选择，考研也有多次机会。在这一点上，考研酷似恋爱：恋爱时要是把对象看成自己此生最重要的人，你就会成天胆战心惊，在对象面前非常卑微拘谨，你的潇洒、你的聪明、你的风度，就必然跑得无踪无影，最终你甚至会失去你的女神或男神；要是把读研当作自己唯一的人生出路，你考研就难得收放自如，复习时你可能焦虑，考试时你可能紧张，在这种情况下别说超常发挥，不失常就算谢天谢地了。

能一次考取当然很好，再考一两次也没有什么不好；能够读研当然不错，不读研也未必就是大错。俞敏洪高考了三次，马云高考了三次，而且他们都没有考研，谁说他们的人生不成功呢？比尔·盖茨和乔布斯不仅没有读研，甚至在大学期间便主动辍学，他们在科技和商业上不同样都光芒耀眼吗？"失之东隅，收之桑榆"，这句话凝聚了古人的智慧，也是今天医治考研焦虑的人生良药。

我这样讲不是要大家轻视考研，更不是要大家放弃考研，目的是要大家在战略上"藐视敌人"，不必把考研搞得那么悲壮，考前做到 relax，relax，relax。

其次，我再和大家聊聊考前抱佛脚的方法——

1. 硕士考试不会出怪题、偏题，博士考试也差不多，考试主要是检验你的专业基础、你的思维能力，还有你的表达能力。同学们的复习不要弄偏了，去专门找一些刁钻古怪的题型。当然，也有一定比例的考题超出教材范围，不过这个比例不会很大，大家不要过分在意，平时学习碰上了该你走运，没有碰上也不至于倒霉。只要你把基础题抓住了，报考的大学就会向你招手。

2. 文科考生要看的书很多，而可用的时间又很少，我们要如何复习呢？"用减法"是我的复习诀窍。以文学史为例。《中国文学史》通常有 4 册，仅通读一遍就要花许多时间，我也只通读一遍，绝不读第二遍。怎么读呢？首先看目录。在目录上占一章的作家最重要，占一节的比较重要，只占几段几行的相对次要。不管重要还是次要，章章我都要通读一遍。对于重要的章节，读后归纳出几个最重要的问题，每个问题先在心里默默回答，答完后再在书上写下每个问题的简要提纲，把每一章中的知识点都写在书上，在书中重要的地方画上红线，红线旁边注明对应哪个问题。重要的问题可能成为考试论述题，知识点可能成为名词解释、填空和问答。看完一章，务必把所有重要问题、知识点复述一遍，直到能熟练复述出来，再看下一章。

这样，下次复习时不看全书，只需看书中写下的问题和知识点，在心里默答一遍或几遍，答不出来时，再看一下画了红线的重点。

到了考前一周或两周时，可以再抱一次佛脚，把书一册一册地像电影一样过一遍，先回想一下这册文学史中有哪些问题、有哪些知识点，并在心里默默回答一遍。回答完后，再翻开书，检查有哪些遗漏和错误。

文科要记的东西太多，这时候不能再死记硬背，你背不下来就会心慌，越慌你就会越心虚，这严重影响你的考前心态。立志报考古代文学的同学，经典诗文平时熟读成诵，考前就不要再背那么多作品了，那样会加重自己的心理负担。

3. 对于理工科的同学，有些课程也是需要记忆的，比如化学、医学、农学、地理学、地质学等，也可以试试我这个方法。数学、理论物理等学科，需要记忆的相对较少。这些学科的同学千万不能只满足于

"懂"，而一定要动笔"做"。学数学的同学平时一定要动笔，就好比懂小说不一定会写小说，懂这道题不一定能解这道题。

学外语的同学也要培养笔译的兴趣，读的时候以为自己读懂了，动笔翻译的时候才知道并没有真懂。黑格尔说"熟知并非真知"，这一点用在翻译上再贴切不过了。

4.不管是哪个专业的考生，考前务必多做一些报考学校前些年的试卷，每个学校的考试风格都有一定的连续性，熟悉报考学校的考试特点十分重要。对报考学校的试卷要做一番认真分析：它的内容偏好、它的题型比例、它的试题分量，等等。

5.考研还有一个抱佛脚的好方法：不妨到各相关网站上逛逛，看看相关学科老师提供的复习"硬通货"，看看考研过来人提供的考研经验谈，这些东西对你也许管用。哪怕只谈考研的欢笑与眼泪，对你也可能是一种莫大的心理安慰。

最后还想告诉大家的是，我见过长六个手指的人，但没见过长三个脑袋的人，连长两个脑袋的人也没见过，"三头六臂"只是神话传说。既然大家都只长一个脑袋，考前没有人把握十足，大家都有自己的"阿喀琉斯之踵"，都会留下许多学习的痛点。你心里七上八下，人家心里也七上八下，大家都彼此彼此。

美国一所高中里，有个壮小子平时喜欢恃强凌弱。毕业多年后同学聚会时，壮者与弱者在厕所碰面，这时已不是"仇人相见分外眼红"，而是"兄弟一笑泯恩仇"。弱者问壮者："你小子有次欺侮我，我准备和你拼个你死我活，说真话你当时怕不怕？"没想到壮者回答："当时我怕得要死。"我讲这个故事的用意，是要告诉所有考生：考前你害怕，别人也害怕，所以你用不着害怕。

　　同学们，抱佛脚只是求一个彩头，考研还是要踏踏实实地学习，认认真真地复习，切切实实地打有准备之仗。但是也要看到：考试重心态，复习讲方法。只要大家注意复习方法，调整好考前心态，同学们能笑着进考场，必定会笑着出考场；现在能笑着去考研，很快就将笑着去读研；现在学会笑看考研成败，将来定能笑看人生得失，一生就会笑看春风秋月。

　　唐朝韩愈和孟郊都连考几次才考取进士，"摇尾乞怜"这个成语源自韩愈，说的是他落第后可怜兮兮的神态；"春风得意"这个成语源自孟郊，说的是他中榜后得意忘形的神态。同学们，考试的成败得失都很正常，没有失意又哪来的得意？最后，我想用孟郊那首著名的《登科后》，祝大家考研心想事成：

　　　　昔日龌龊不足夸，今朝放荡思无涯。

　　　　春风得意马蹄疾，一日看尽长安花。

2024 年 12 月 3 日

于广州白云山麓

怎样使自己学习上瘾?

　　看到这个标题,你千万不要期望值太高,以为我兴趣广泛、多才多艺,在这个问题上有很多独到的见解可供大家借鉴。说实话,要是真的兴趣广泛又多才多艺,我早就去干自己感兴趣的事情了,何苦还在这里与你们空谈"兴趣"呢?恰恰是由于我没有什么"兴趣",这才有兴趣来和大家谈论"兴趣"。

　　当然,你也千万不要听我这么一说就立马走开,觉得我在这个问题上卑之无甚高论。如果你真的这么想,那说明你离"人情练达"还有十万八千里。兴趣广泛的人绝对谈不好"兴趣",因为兴趣太多必然把"兴趣"看得太贱。口袋里钱太多了反而觉得钱是个累赘,说"无钱一身轻"这种鬼话的都是那些亿万富翁,一个身无分文的穷光蛋还轻松得起来吗?口袋空空如也才会视钱如父。正因为我兴趣单一才觉得兴趣可贵,所以我才能把"兴趣"谈得津津有味,兴趣广泛的人谈论"兴趣"肯定让你兴趣索然,你信不信?

　　说到这儿,我先交代一下自己谈兴趣的思路。我是中文系科班出身的，自己虽然写不出好文章，但知道什么样的文章好：一是要能说出一点只有你自己已经想到或已经见到，而别人尚未想到尚未看到的东西，用酸溜溜的话来说就是"立意要新"，现在大部分文章说的都是一些陈芝麻烂谷子，如"白天出太阳，夜晚有月亮"，又如"男大当婚，女大当嫁"之类的废话。二是要把你想到的、见到的东西说得清楚明白，有些人一辈子都说不清楚，他和你讲了大半天，还不知他要表达的是什么观点，要是找上这样的老婆或老公，你肯定要骂一句：真是作孽！三是要使自己写的文章有人愿意看，自己说的话有人愿意听，我在这一点上受尽了折磨，教室里听有些老师讲课，书斋中读有些人的文章，能昏昏欲睡就算是八辈子福气；大会上听有些领导做报告，我真希望自己赶快折十年阳寿。

为了具备这三个条件，本文打算先谈兴趣对于求知的重要性，再谈培养兴趣的方法，最后，我还将尽可能把话说得使大家觉得有点"兴趣"。要是谈论"兴趣"却让你们觉得了无"兴趣"，那"兴趣"就成了黑色幽默。

我父亲是民国时期的大学生，也许由于他自己一生成就太小，所以对两个儿子希望奇高；他一生什么都没有干成，所以希望我和弟弟什么都能干。他给我取名"戴建业"，给弟弟取名"戴建勋"。弟弟一直觉得这个名字让自己活得太累，他老人家尸骨未寒，弟弟就赶忙换了另一个名字；我没有弟弟那么较真，反正父亲已不在人世，没有建功立业也没有谁来找我麻烦，父亲在世时这个名字不敢换，老人家过世后又觉得没有必要换，所以我的大名还一直叫"戴建业"。由于先父殷切盼望我能建功立业，天天逼着我写字、读书、做数学题，我还不知道 1+1=2 的时候，他就强迫我背乘法口诀表，仅是背这个乘法口诀表我就不知挨了多少顿毒打。一直到小学毕业，我还痛恨做算术题，年满十一岁还不会算简单的乘法，总是分不清楚 3×7 和 $3+7$ 有什么差别。练毛笔字挨的打就更多了，虽然从小练字没少花时间，但直到现在，我写的字比我这个人还难看——至于我本人到底有多难看，我太太心里最有数，她总是肯定我人品好，不管走到哪里她对我都很放心。作文就不用说了，现在年过半百还只能写出这么烂的文章。

小学阶段是走读，天天在父亲的魔掌之中，我觉得天底下最痛苦、最无聊的事，莫过于读书、写字、做数学题。父亲要求越严我就越想逃学，一离开父亲的视线，我就绝不翻一页书、不写一个字、不做一道题。不论教我数学，还是教我作文，抑或教我写字，父亲的教育方法都只有一种——用拳头，只偶尔才会改用一下巴掌。我一生还没有见过魔鬼，但我知道先父当时的状态已经很接近了。

如此讨厌读书，还能读好书吗？"棍棒底下出人才"，这是十八层地狱里魔鬼最邪恶的教学经验！

读中学后我就开始住校，回到家父亲也不再过问我是否读书，老师更不敢随便管教我们，从此，不用读书，不必写字，不须做题，天上的神仙也不会有我那么快乐！可是，人是一种非常怪的动物，"无事可做"的日子一长，慢慢又觉得特别无聊。有一次母亲要我去生产队领取分给我家的小麦，会计当时忙得不可开交，便临时叫我帮他记账。在给我家算工分时，我突然领悟了 3×7 与 $3+7$ 的本质区别，当时我兴奋得有点颤抖，啊，我的天，我终于明白了 3×7 为什么不同于 $3+7$ 的道理！这也许就是豁然开朗！于是，我找到小学算术课本和初中数学课本，"停课闹革命"以后，白天我到生产队下地干农活，晚上一个人躲在家里学数学，我第一次感受到了读书的快乐！我中学的数学老师叫阮超珍，是华中师范大学毕业生，也就是我现在供职的这所大学的校友，她看到我喜欢琢磨 x+y=z 这些玩意儿，送了我一本《初等几何》和一本《初等代数》。1973 年，我读高二的时候，我就读的那个山村中学里，竟然还搞了一次数学竞赛，我和另外两个同学名列前茅，其中一位老兄叫漆家福，现在是中国石油大学的教授、博导，另一个哥们叫鲁里程，现在是成都铁路局的高级工程师。我一直记得自己证明几何题，常常连续写几页稿纸，那时不知道什么是成就感，但懂得什么叫"过瘾"。由于觉得过瘾，不在乎别人对我"走白专道路"的恶意批评，听不进"少做数学题"的善意劝告，偷偷摸摸地看数学书，持之以恒地做数学题。现在才知道，干某事十分有瘾，对某事十分着迷，就是对这种事情具有强烈的兴趣。

自己觉得非常"过瘾"，甚至已经极度痴迷，还需要别人来逼迫吗？还用得着棍棒来毒打吗？

我在高中的时候，慢慢也觉得写作文很过瘾，导致自己写作上瘾的原因十分滑稽。我喜欢年级一个女孩，一看到她心就怦怦地跳，当时觉得世上没有一个仙女能比得上她的美貌，没有一个仙女能比得上她的身材，要命的是，她不喜欢数学，但作文写得像她人一样漂亮。她常看那时很流行的一种名叫《朝霞》的文艺刊物，我想尽了歪办法和她套近乎。她的《朝霞》我每期必借，借后每期必读，还像她那样模仿着写小说、诗歌、散文。每天在书桌底下，我不知偷看了多少像《西游记》《水浒传》《三国演义》《青春之歌》《苦菜花》这类小说。这样两三年下来，我的写作能力进步神速。那个"同桌的你"慢慢对我也"有点意思"，我看她总是眼睛放光，她看我好像也开始眼睛发亮。"美人赠我金错刀，何以报之英琼瑶"——我发誓要让自己配得上仙女的"水盼兰情"。有一次学校办"墙报"，自己东拼西凑"写"——其实是"抄"——了三首小诗，我突发"神经"将它们一起寄给了武汉一家地方报纸，没想到这家报纸的编辑比我还"神经"，竟然将这三首诗歌发表了出来，我激动得几夜没有合上眼。在我们那个小地方，我的天，我一夜成名！从高三以后，到1977年高考之前，我没日没夜地读书写作，在农村"接受贫下中农再教育"的三年多时间里，我连续发表了一个独幕剧、多篇散文、两个短篇小说和二十多首诗歌。歪打正着，我真的喜欢上了文学写作。正是同班那个美丽"仙女"，正是武汉那个"糊涂"编辑，让我坚信自己很有才华，让我选择了今天这样的生活道路。

从个人的"成功经验"，我深切地体会到，你要是觉得干某事非常过瘾，就是上天入地你也要想法去干这件事情，你就一定会把这件事情干好。这种情况可以用理论语言将它表述为：兴趣，是求知的内在动力。

你如果干此事觉得不仅毫不过瘾，而且比上刀山入火海还要难受，那就说明你对此事毫无兴趣，这时不应勉强自己去干它。否则，不仅棍棒起不了什么作用，旁边就是放上铡刀也照样干不好。

兴趣既然是驱使一个人去干好某事的强大力量，那么，怎样培养自己的强烈兴趣？怎样让自己学习上瘾呢？

在这个问题上，我有话要说。

我的专业是中国古代文学，我儿子在国外学的是数学；我天天读那些发黄的中国古书，儿子天天看西方那些蝌蚪洋文。我是如何在儿子身上培养出与自己专业完全相反的兴趣的呢？要是不把这些妙方写出来，与天下父母和学子共享，那我就未免太自私了，那无疑也是我们民族乃至人类不可挽回的"重大损失"。

虽然在中学的数学成绩很好，但我觉得自己现在的中文水平更高，读中学时我文理就绝不偏科，至今我仍然觉得文理都很重要——数学可以让人思维缜密，文学可以使人想象丰富。现在很多父母在儿女教育和专业选择上重理轻文，实在是既功利又可笑。"不学则文无本，不文则学不宣"——我一直认同清代学者焦循的这句名言。不管是学文科还是学理科，你要想真正学有所成，有学而能宣，能文而有本，是一个学者必备的能力。所以我对儿子的语文成绩非常在乎，我对自己的语文教育能力更是信心满满。

于是，好戏就开场了。

为了不让后代"输在起跑线上"，还在妈妈肚子里没有长好大脑，还不知道是男是女的时候，我和太太就没有让这个宝贝闲着。从儿子还没有来人间报到开始，他就接受了只有我们人类这种"无羽毛的两足动物"才能想得出来的奇怪教育方法——胎教。我太太在这方面没少动脑筋，我也让她怀孕时就开始教小孩背唐诗，儿子在她肚子里就已经被胎教整得失去当"大胖小子"的资格，出生时 3.1 公斤。至于他在娘胎里背会了多少唐诗，天知道！不过，从儿子一岁之前不会说话这一点判断，太太胎教的成效似乎不佳。等他两岁以后我就开始教他认字，太太教他英语单词。由于我性子太急，儿子还不到四岁的时候，我就恨不得要他背熟《康熙字典》。上幼儿园后至上小学前，我每天教他背唐诗宋词，教学方法和我父亲当年教我时一模一样，稍有不同的是父亲常用拳头，我则多用巴掌，最后弄得儿子一听到唐诗宋词就起条件反射——想吐。从小学一年级开始，我就教他写作文，仍然还是用"魔鬼式训练法"，最后弄得他最害怕的就是写作文，小学、中学没有写过一篇像样的东西，我对他失望至极，他对我讨厌至极。

记得他在中学历次写游记都是这样开头："天还没有亮，妈妈就起来给我做早餐，吃完早餐，我就出发了。"每篇游记都是这样结尾："这个地方玩够了，我们就坐车回家了。"这种游记作文看多了，太太就暗暗摇头叹气，有一次她委婉地对儿子说："儿子，不必每次游记的开头都写'出发了'，结尾都写'回家了'，可以考虑换一种写法。"儿子看着妈妈两眼茫然："妈妈，我要是不写回家，那回到哪里去呢？"太太无语，我连摇头的心情也没有了。

有一次他的作文让语文老师十分震怒："你父亲是干什么的？怎么生出你这么个不会写作文的儿子？"儿子老实地告诉语文老师说："我父亲是华中师范大学中文系教授。"语文老师火气更大了："你连撒谎也不会，大学教授的儿子会写出这么烂的文章吗？明天叫你爸爸来见我。"我当然不敢怠慢和违抗儿子的先生，第二天便匆匆忙忙赶到儿子学校拜见他的语文老师："陈老师，您好！儿子给您添麻烦了！"陈老师："你是戴伟的爸爸？""是，是，是。""你是华中师范大学中文系教授？""惭愧！惭愧！""你还真是应当惭愧！一个教文学的大学教授，居然把儿子的语文水平教成这个样子！对自己的孩子要严格要求！你对儿子的教育也太不放在心上啦！自己的事业诚然重要，但孩子是我们的未来，每天花点时间教育自己的孩子总是可以的吧？"我无限委屈地说："陈老师，我儿子的主要问题，就是我太把儿子放在心上了，在他身上花的时间太多了，对他要求太严了。"这次轮到陈老师无语了："是这样？……"

幸好天无绝人之路，"失之东隅，收之桑榆"，我们老祖宗这个成语真是道尽了人间的悲喜。我在家天天批评儿子作文的时候，小学那个白发苍苍教他数学的张老师，天天表扬儿子的数学成绩。小学三年级时，儿子碰巧在学校全年级数学竞赛中得了第一名，他不仅在学校大会上得了表扬，张老师还自己另买奖品来我家道贺。这时我才看到儿子脸上容光焕发，两眼炯炯有神。于是，随着越来越喜欢数学，他也就越来越讨厌语文。毕竟时代不同了，我小时候看到父亲像老鼠见了猫，儿子却常常和我对着干。有天夜晚我对他说："喜欢学数学是好事，但轻视语文就不对了。"他不屑一顾地对我说："爸爸，只有那些白痴才去学语文。"儿子从小学到高中对数学都有点发狂，在中学阶段全国最高级别的数学竞赛中，一次得了二等奖，两次得了三等奖；高中三年级就开始自学北京大学张筑生教授的三卷本《数学分析新讲》。

现在听明白了吗？这就是我培养儿子数学兴趣的奇妙方法。

我、弟弟、我儿子的学习兴趣和成长道路，具有进行教育学深度分析的理论价值。在培养兴趣上，我个人感性的体会是：

你要想让你自己，你的学生，你的后代，喜欢学习某门学科，真正爱上某门专业，千万不能把这门学科和专业看得过于神圣，否则，学起来就会十分紧张，更无法完全放松。太紧张和不放松是兴趣的天然死敌。培养兴趣有点像谈恋爱，你越是爱自己的对象，越是要在战略上藐视她（他）。如果你把她（他）当成皇后或皇帝，连一句话也怕说错，连一个玩笑也不敢开，连碰也不敢碰她（他）一下，天天两眼仰视对方，你还能谈得下去吗？即使能谈下去，你会感到幸福吗？

你越是想要自己或儿女把某门学科学好，就越是不能对自己和儿女要求太高，你要求越高他就越发自卑，要求越高他就越发烦躁，又自卑又烦躁还会有快乐吗？没有快乐还会有兴趣吗？我父亲在我小时候对我要求越高，我的学习成绩就越是不好；中学以后对我没有任何要求，我的学习成绩反而奇好无比。"文化大革命"时我弟弟才三岁，父亲从小学到中学都不要求他读书，弟弟的学习就好上加好，从古老东方一个偏僻的山村小学一直读到西方的学术圣殿哈佛大学。再打个比方吧，如果你硬性规定自己，每天至少要挣五百元钱，即使挣到了四百九十九元，你也会感到很郁闷；如果你只希望自己每天挣一百元，最后每天挣到了四百元，你一定会喜出望外。由于自信心越来越强，最后真的每天挣到了五百元、六百元、七百元……

你越是想把某门学科某个专业学好，就越是不能把这门学科或专业看得过于重要，否则你学习起来就会谨小慎微，战战兢兢。只要你一战战兢兢，兴趣就跑得无影无踪了。事实上，没有哪门学科，没有哪个专业，是重要得离不开的东西。数学固然重要，但很多大科学家数学成绩并不好；会写文章固然重要，可这个世界上会写文章的人毕竟是极少数，不然的话，我早就失业饿死了。

好了，我要说的话你明白了吗？好吧，我再来对主题进行一次升华和提炼：你要想学好某门学科或某个专业，你就必须对此有强烈的兴趣；你要想对它们有强烈的兴趣，你就必须以一种游戏的态度来对待它们；你要想有一种游戏的生活态度，你就不能把学习对象看得太重要、太神圣。当然，要想有一种游戏的生活和学习态度，最为关键的就是干任何事情都不能有太强的功名心，都不能有太强的功利目的，要将青少年打游戏机的精神用于学习与生活：这场游戏打好了，很高兴；打得不好，也很高兴。人生和学习就像打游戏一样，全部的意义和快乐，就在于游戏的过程，而不在于游戏的结果。这样，你才觉得人生"有味"，你才觉得学习"好玩"。

　　嗨，朋友，稍等一等再走，最后也是最重要的一点我险些忘了：你要是希望儿女成龙成凤，你就不能要求你的儿女成龙成凤！

2011 年 7 月 25 日

剑桥铭邸枫雅居

砚边笔谈

小引：如何下笔?

后面这十二篇随笔，刊于《读书》2024 年的 12 期"砚边笔谈"专栏。这里除交代写这组文章的缘由，还想旁枝斜出谈谈作文杂感。

去年 9 月中旬，《读书》杂志主编常绍民先生来信说："戴先生好：《读书》杂志封二有一专栏，文配图，前两年是王蒙先生文、康笑宇图，今年是莫言先生文、韩美林图。因一些原因，莫言先生明年不再撰写，不知能否恳请担纲撰文，把这一专栏继续办下去？专栏文风比较自由，每篇六七百字即可，古往今来，嬉笑怒骂均可。"

《读书》作为严肃的思想文化评论刊物，不仅在学者中深受欢迎，同时也拥有许多白领读者。我本来就喜欢写专栏随笔，珍惜绍民先生给我提供的这个平台，于是立马和上海一家出版机构的总编商量。哪知这位年轻总编大泼冷水，一是怕我说话百无禁忌，稍不小心就会惹上麻烦，二是我负的文债太多，两家出版社的合同都没按时交稿。我不愿意辜负绍民先生的信任，没有听从这位总编的劝告，第二天就去信承应了下来。

后来才知道《读书》审稿极严，而且要提前几个月交稿，原因是要提前给漫画家配图。好在我写随笔很快，第1、2期两文我一天就写好了。由于自己长期在大学教书，开始打算专写一组教育随笔，主编认为最好穿插写一些文化和社会评论。第一篇《脸皮》刚一发表就"旗开得胜"，主编很快转来上海一位学者对拙文的好评。随后，又有些我在《读书》专栏中的文章，陆续被其他刊物转载。从小我就喜欢听表扬，老来仍"不忘初心"，表扬越多我就越来劲，决心尽力把篇篇随笔写成精品。

哪知到了第四篇就被返稿修改：有些方面不宜提及，有些表述应当委婉，有些棱角最好磨钝。我感谢主编邀请的美意，但哪敢奢望"嬉笑怒骂"？不过，开始还天真地觉得，"怒骂"虽当小心，但"嬉笑"应可尽兴；哪知"嬉笑"也属放肆，甚至调侃也有分寸。我理解杂志社里朋友的难处，副主编刘蓉林女士在业界有口皆碑，原中华书局总编周绚隆先生对她满口称赞："刘蓉林是个好人！"她工作的认真、细致和谨慎，表明她和作者一样如履薄冰。这些年来，上海那位年轻总编老埋怨我"口无遮拦"，弄得我每次动笔都犹豫再三，每次演讲更是提心吊胆。几位出版界的朋友也常提醒我哪些话不要说，哪些事不能碰。

照说我早有"前科"。十几年前一篇短文《逗你玩：大学本科生论文答辩》，上了央视的午间新闻，《光明日报》也为此发了长篇专文。新闻和教育部门，找了北京几所大学的相关领导，对我提的问题进行了深入的讨论。文章并没有给我本人带来什么麻烦，但给我供职学校造成了很大的困扰，尤其可能给文学院造成实实在在的损失——如果论文答辩真在走过场，院里本年度可能无缘评优，不能评优，年度奖金可能减半。这让我对同事有一种深深的负罪感。当时，管教学的副校长李向农很快就找我谈话：

"建业，以后你写什么话题我管不着，但千万别写教育这一话题。"

"我最了解教育存在的问题，文章又没有说问题出在我们学校。"

"你是我们学校教授，人家自然会想到是我们的问题。"

我明白领导所承受的压力。自己动动笔倒是轻松，他们面对舆情却心情沉重。

每个人都活得不容易。

于是我尽力回避教育问题。

"谈情说爱"总该相对安全吧？我兴冲冲地写了一篇《结婚吧》的长篇散文。哪知收进散文集时，编辑把标题改为《结婚琐谈》，理由是原标题语气"太硬"，可能会引起某些独身主义者的反感和反弹。北京一位大龄单身编辑，去年特地好心提醒我：少写婚恋一类的文章，它们让人精神更为焦虑。看来，即使"谈情说爱"也比较"敏感"。

如今，人们好像忘记了一个起码的常识：一天 24 小时包括黑夜与白天。日出日落都是常见的自然现象，说"旭日东升"固然"阳光"，喊"夕阳西下"也未必阴暗，二者都只是道出自然界的实情。可笑的是，有些朋友一听到某人提出"问题"，他们不去追问这个问题是否存在，而是马上反问"你为什么只谈问题？"

我想起了鲁迅《朝花夕拾》序中的喟叹："中国的做文章有轨范，世事也仍然是螺旋。""螺旋"的"世事"很难跟上，而"做文章"却极易越"轨"。

不知哪里有"写作速成班"，我现在迫切地想知道："做文章"如何下笔？

脸皮

前天和几个朋友一块闲聊，一哥们突然问道："现在等级最森严的地方在哪儿？"另一老兄应声而答："大学。"

眼下，学校、学科、学者、学报，都被划分为三六九等，比九品中正制还要等级分明。就学校而言，分为985、211、普通院校；就学科而言，统一分为A、B、C、D四等，A等又再细分为A+、A、A- 三个等级，B、C、D三等依此类推；就学者而言，划分的等级更多，从长江、黄河到泰山、黄山，中国的名山大川全占了，"天下名山僧占多"说的是老黄历。

这些等级可不只是虚荣，等级的高低对应待遇的好坏。如985、211、普通院校，行政拨款不同，学术地位有别，学生就业分层。第一学历对求职的影响极大，像样一点的大学、公司、中小学，对985、211的本科生笑脸相迎，对普通院校的则大门紧闭，看不见人影，投不进简历。

领导看政绩，学者重脸皮。应付各种评审，是学校"悠悠万事，唯此为大"的重心。每次评审，当事人四处求情，领导带队攻关。读书人特别要脸，要脸就得有头衔，要头衔就得求人，这样便陷入了人生的悖论：求人才会求于人，要脸就得不要脸。

其实，很多评审实属多余，譬如人文社科的学者，圈内人读他一篇随笔，大致就知道他的才情；看他几篇论文，基本就了解他的学问。头衔再多也不可能为他增色，没有头衔也不会让他掉价。层出不穷的评审，反而打破了学校的平静，污染了学术的空气。

打住！晚上要接着看一本有趣的传记——

《别闹了，费曼先生》！

原载《读书》2024年第1期

诱惑

小时候，我们村有一个光棍，年近四十未尝近女色。要是搁在今天，他就算很潮的"大龄处男"。要是搁在唐代，他定会像张生那样，宣称自己"内秉坚孤，非礼不可入"——非不能婚，实不愿婚也。

只可惜，四五十年前的农村，"不婚主义"尚未流行，纯朴的村民仍谨守"男大当婚，女大当嫁"的古训。农村青年通常结婚较早，全村只剩下他这一条光棍。"剩下"非但没让他"鹤立鸡群"，反而使他成为全村的笑柄。

说实话，我十分同情这老兄，早生一千多年与张生为伍，他会成为"始乱终弃"的文人；迟生五十多年，他就是"不婚"的黄金单身。问题就出在生不逢时，正所谓"前不见古人，后不见来者"。

要命的是，他是家中四代单传的男丁，这可急坏了他的父母，二老到处托媒婆为他提亲。近村的媒婆都只随口应承，远乡有个媒婆倒很热心，询问二老家庭的特点和儿子的长处。这一问难倒了他母亲，因为她家的特点就是"家徒四壁"，她儿子的长处就是"一无是处"。论长相，和武大郎不相上下，和我也可以打个平手；论能力，可归入百无一用的废材。他母亲急中生智，诚恳地对媒婆说："我家那娃，什么诱惑都能抗拒。"这媒婆是人精中的人精，冷冷地对他母亲说："你那娃遇到过诱惑吗？"

是呵，真相就是这样残酷：人生最大的悲剧，不是你不能抗拒诱惑，而是没有人来诱惑你。假如既没有能力又没有魅力，既没有权力又没有财力，女孩不会向你抛媚眼，男人不会给你赔笑脸，谁会闲得慌来诱惑你呀？

原载《读书》2024年第2期

圆融通透

有位著名的经济学教授，身上的头衔比某国将军的奖章还多。至于他到底写了什么好文章，出版了哪些大著作，几乎没人说得上来。但不论大会发言，还是小聚聊天，他都能让上下左右男女老少齐声叫好，讲话已停而掌声不断。你要问鼓掌人好在何处，同样也没人说得上来。尽管他没有吐出高论，也没有说出金句，甚至没有留下歪理，可无人不称道他"圆融通透"。

正是这"圆融通透"，让他上下通吃；正是这"圆融通透"，让他左右逢源；也正是这"圆融通透"，各级领导都喜欢请他去"提意见"。

上午，校办主任特地送来大会请柬，并转告了校长的特意叮嘱：请他务必出席。会议主题是给学校领导"找问题""提意见"。

每次领导为此请他，心里虽喜不自胜，脸上却云淡风轻，他在妻子面前更像不胜其烦："唉，校长又请我'找问题''提意见'！"妻子安慰道："这是领导对你的重视，说明你举足轻重。认真挗挗领导的问题，千万别辜负了校长的期望。""自己有哪些问题，他们比你我都清楚，哪用得着我来捋？要是真揭露了领导的问题，那才真辜负了领导的期望。说你笨，还不信！"妻子一脸茫然："难不成你次次只提假问题呀？你写文章也回避真问题吗？""唠叨完没有？"

　　第二天会上，教授声色俱厉地指出校长的问题，校长像啄米鸡似的连连点头。教授是那样仗义执言，校长是那样虚怀若谷！大会结束时，与会者把由衷的敬意和热烈的掌声，同时送给了校长和教授。他们两人的手握得很紧，心贴得更近……

原载《读书》2024年第3期

婴儿评奖

要想祖国的花朵鲜艳绽放，就必须从源头抓起。备孕、受孕、胎教、营养、出生……每个环节都马虎不得。年轻的父母心力交瘁，爷爷奶奶外公外婆步步小心。

为了给年轻父母以激励，为了给准父母以引导，也为了给育婴统一标准，相关部门决定评选"杰出婴儿奖"。

一石激起千层浪，年轻父母们无不摩拳擦掌，甚至婴儿们也咯咯憨笑，他们好像也觉得胜券在握。

年龄限定在三个月大的婴儿，一月至三月婴儿分三个层次，男婴与女婴分开评选。专家们从体重、身高、皮肤、心跳、呼吸、消化、视力、听力、反应、笑容等方面，制定了极为严格的十大标准。评审委员会由各地婴儿专家组成。评审专家为领域权威，评审标准客观科学，评审过程公开透明，一切都似乎天衣无缝。

各地报名站大排长龙，大家都充满了期待。

可一开始评选，专家就争论得面红耳赤，体重、身高、皮肤等争议尚小，视力、听力、反应、笑容等方面，"一千个评委就有一千个哈姆雷特"。专家通过反复讨论，领导又居中协调，好不容易才评出了最终结果。

哪知一经公示，社会立马炸锅。入选的婴儿父母大呼排名不公，落选的婴儿父母更愤愤不平：我家宝宝反应最快，我家宝宝笑容最甜……

唯有改变评审规则，才能平息民愤——婴儿基本条件相同的情况下，先看出生医院的级别，如各省三甲医院、全国十强医院，出生医院相同的情况下，再看接生医生的级别，如初级、中级、高级、主任医师。

刚一改变评审规则，又引来一阵哄笑：这哪是评审杰出婴儿，分明是评审杰出医院和杰出医生！

评审委员会强势回应说，这是比照985、211大学评职评奖的方法：论著在哪级出版社出版，论文由哪级刊物发表，是如今各大学评职评奖的硬杠杠，谁还有闲心去看论著论文本身的优劣呀？

论著就看"出"自何社，论文就看"发"自何刊，婴儿就看"生"自何院，还有比这更公平公正的吗？

于是，众怒全消。

原载《读书》2024年第4期

畅想未来

今年世界动物代表大会，于 5 月 15 日在非洲草原隆重召开，大会的主题是"畅想未来"。踏着庄严而又欢快的乐拍，狮子、豹子、老虎、猴子、狐狸、果子狸、马、驴、牛、羊、猪、鸡……个个步履轻松地进入会场。

动物之王狮子兴高采烈地致开幕词："去年 ChatGPT-4 横空出世，今年 Sora 又闪亮登场，那 Sora 真够神奇，它能深度模拟真实世界，能生成各种栩栩如生的动物、人物和各种高难度的运动场景，生成的狮子酷似我弟弟，生成的老虎吓跑了虎兄。从前，人类的科技每进步一分，我们动物的劫难就加深一层。他们发明长矛、大刀、飞机、枪炮，虽然是为了同类厮杀，但常常难免殃及池鱼。如今，Sora 可同时造福人类和动物，此后看猴戏就不劳猴弟来扮鬼脸，看鹰蛇之斗也不用鹰蛇两败俱伤。"

下午分组讨论，牛的发言可没有狮王那么乐观："尽管 Sora 生成的牛非常逼真，可人类每天照样大批地宰杀真牛。Sora 问世，人类得其利，我们受其害。"

猪马上站起来帮腔："可不是，生成猪的视频再形象，人类也不吃视频中的猪。他们虽天赋奇才，但未必善用其才。我只为人类科学制造食品点赞，譬如，过去厨师做高汤要用动物骨头熬炖，想想就全身哆嗦。如今高汤全用化学材料调制，味道竟然和从前一模一样，真神！"鸡举手补充猪哥的说法："他们已尝试做人工鸡蛋，酒店早已用调制牛肉，人造奶更是技术成熟。总之，吃鸡蛋不用鸡下，吃牛肉不必宰牛，喝牛羊奶更无须去挤。"

听到这儿，牛感动得热泪盈眶："宁可自己同类吃假肉喝假奶，也绝不残害我们动物，如此高科技善举，不智不能做，不仁不愿做！"长颈鹿喜欢冒充思想家："'民，吾同胞；物，吾与也。'说此话不易，做此事更难，不由你不服！"

闭幕式上，狮王描绘了神奇的未来："Sora 只模拟真实世界，智慧的民族则替代真实世界；Sora 只会画饼充饥，人工肉奶才真能果腹。人类的高超智慧，是我们的美好未来！"

大会在《好日子》的乐声中闭幕。

原载《读书》2024年第5期

项目

公司打桩进度一直很慢，程峰看在眼里急在心里，连日来寝食难安。

看着他忧心忡忡的样子，同事们都笑他皇帝不急太监急："又不是今天才变慢，公司从来就是这样打桩，睡不着觉的应该是老总，哪用得着我们咸吃萝卜淡操心？"

是呵，程峰只是个青年技术员，相当于大学里的"青椒"（青年教师），有他不多，没他不少。老总都不知道有叫程峰的职工，更别说多看他一眼了。

"受人之聘，尽己所能"，父亲的反复叮嘱，成了程峰的为人信条。"改进打桩方法"，虽非公司给他下达的任务，却被他当成自己的义务。

于是，寝食难安的焦虑，变成了废寝忘食的钻研。一遍又一遍的设计、一遍又一遍的实验、一遍又一遍的修改，外加打桩工一通又一通的嘲笑、女友一顿又一顿的痛责、同事一次又一次的冷眼，都没有让他灰心丧气。他既不考虑可能的失败，更不在乎他人的脸色。

辛勤的汗水，换来了成功的泪水。他研究出的打桩技术，使公司打桩提速了三倍。公司上下一片沸腾，原先给他冷眼的同事为他献上鲜花，原先嘲笑他的工人为他竖起拇指，原先痛责他的女友给他一个又甜又长的香吻。

有人说他会被老总重用，有人说他会被老总重奖。

鬼也没想到，老总冷冷地问道："程峰的打桩技术，有公司的项目依托吗？属于重大攻关项目吗？"助理回答说："他没申请公司的项目经费，公司科技攻关部也没立项，这项研究他自掏腰包。"老总轻蔑地说："没有项目，不予奖励。"

作贡献而不花他钱反遭奚落，只花钱而无贡献却被抬举，开眼了。

公司职工都在嘀咕：程峰真冤！

大家都会痛骂：老总真蠢！

看官息怒，上面是我编的"聊斋故事"，世上绝没有这么蠢的老总。

但遍地都是这么蠢的大学校长。

一位入职名牌大学的博士，三年来教学全优，发表 C 刊论文 8 篇，但未能申请到部级以上课题，也就是说，只因科研没花国家一分钱，他就不得不离开这所大学。

校长要是蠢死，教师必定冤死！

原载《读书》2024年第6期

美颜照相

现在许多人照相必开美颜，这一点我感到特别困惑。

照相的目的一是用于办证，二是留下自己的倩影，三是记录自己的成长历程。

办证照相由不得自己，不仅不能美颜，还不能化妆，不能戴眼镜，要尽一切可能让你原形毕露。

其他三种照相都操之在我——我的相机我做主，我的脸蛋我做主，我的姿势我做主。照相一定要打开美颜，妆容一定要精致无比，Pose 一定要仪态万千，总之，要尽一切可能包羞遮丑。

现代化妆术能巧夺天工，把莎士比亚当年的调侃变为现实——上帝给了你一张脸，你自己又再造了一张。很多人化妆后走出闺房，连家人也误以为天女下凡，要是再打开美颜照相或录像，怕是连本人也认不出自己，真正完成了对自我的"陌生化"。

难怪人们嘲笑说，相片就是"相骗"。

相片若不是真实的自己，这种照相失去了任何意义，它与其说是自我美化，还不如说是自我欺骗，而自我欺骗源于自我排斥。

　　前天在校园散步，一位女生要求和我合影，正当拿出手机要自拍时，她突然停下来对我说："老师，今天我没有化妆，明天您还来这儿散步吗？"第二天傍晚她又在原地等我。没化妆的她清纯可爱，化妆后的她尽失天真！

　　一位染发的兄长对我说："怕看到自己满头白发。"老了白发不是很自然的吗？年过古稀还一头乌云，那看上去才像妖怪！

　　排斥自我和过度自恋，都是一种人格障碍。害怕面对真实的自己，才会通过化妆和美颜，让自己陶醉在虚幻世界中。这会使自己精神更为自卑，自己心灵更加脆弱。

　　俊男美女属稀有动物。许多被奉为偶像的明星，其实也生就一张"司空见惯"的脸，化妆后惊人，卸妆后吓人。大家都彼此彼此，"谁弱又谁强"？你我大可以勇敢地素面朝天，这样，我们才会活得舒心，活得坦荡，活得自信："我与我周旋久，宁作我。"

原载《读书》2024年第7期

"还剩半瓶"

亚里士多德认为，在所有动物中，只有人类能按理性原则生活，因此"人是一种理性的动物"。

这可能是他身为人类的自恋。

试问，有多少人是按理性原则生活？"理性的动物"毕竟是一种动物，不同于受程序控制的机器人，理性并不是我们生命的主宰。大多数情况下，理性都是在为情感辩护，而不是情感为理性服务。譬如，恋爱的时候是因先爱她（他），再去寻找爱她（他）的理由，而不是先找到了爱她（他）的理由，然后再去疯狂地爱她（他）——没有爱的冲动，就没有爱的理由。事业也和恋爱一样，先有追求某一远大目标的生命激情，然后才会去思考实现这一目标的可行路径，绝不是相反，先理性地思考实现目标的路径，然后才产生追求远大目标的激情。

因此，对人事的情绪反应，关涉到个人的苦乐，家庭的悲欢，事业的成败。

遇上同一件事情，面对同一种风景，不同的人常有不同的情绪反应。且看林黛玉与薛宝钗，如何面对暮春柳絮：看到"一团团逐对成毡"的柳絮，林妹妹发出"飘泊亦如人命薄"的哀叹——柳絮轻才会飘零，人命薄才会漂泊。可这柳絮反而激起薛姑娘的雄心——"韶华休笑本无根，好风凭借力，送我上青云"！ 柳絮"无根"便无羁，缺点反成优点，坏事变为机会。

对人对事对景的第一印象，是以后做出决定的"首因效应"，甚至是有没有"以后"的关键因素。

哈佛女校长福斯特说，"教育不是要积累一堆知识，而是要学会一种思维"。我倒觉得，教育"第一义"是建立马尔库塞所谓新感性，一种新感性的建立之日，便是一代新人的诞生之时。有了新感性，我们的后代才会有敏锐的直觉，积极的心态，向上的活力，乐观的精神。当看到半瓶酒的时候，他们都将快乐地说："太好了，还剩半瓶！"

原载《读书》2024年第8期

谁还"为伊消得人憔悴"？

身边不少青年男女，也包括我自己的学生，年届不惑还尚未结婚，有的甚至从未恋爱。他们没有"独上高楼，望尽天涯路"的念想，没有"众里寻他千百度"的耐心，没有"为伊消得人憔悴"的意愿。

为什么许多年轻人失去了爱的动力？这是社会正面临的巨大难题，也是人文社会科学必须面对的学术挑战。

职场动荡，工作负担，经济压力，社会环境，可能都是病因之一。另外，过分考虑婚恋得失，无疑也会让人对婚恋意冷心灰。"爱"就是渴望为所爱无私奉献的激情，要是奉献之前就怕上当，付出之前就怕亏本，那谁还愿意"为伊消得人憔悴"呀？父母又老是担心儿女恋爱中吃亏，儿女自然会把恋爱视为畏途，那第一次去爱是犯傻，第二次还去爱就是犯贱。

"晚逐香车入凤城，东风斜揭绣帘轻，慢回娇眼笑盈盈。　消息未通何计是，便须佯醉且随行，依稀闻道太狂生"（张泌《浣溪沙》），现在哪里还有这种痴情的"狂生"？"春日游，杏花吹满头。陌上谁家年少，足风流？妾拟将身嫁与，一生休。纵被无情弃，不能羞"（韦庄《思帝乡》），现在哪里去找这种豁出去了的姑娘？

没了爱的动力，又哪来爱的能力？

如今男孩不想做情场上的猎手，而姑娘又只想守株待兔，于是，各大城市的青年男女"井水不犯河水"。

还指望男孩在情场上冲锋陷阵？看看球场上的男足吧，姑娘们别白日做梦了！主动去追男孩一点也不丢人，假如这个男孩值得你追的话。你追别人是自己挑，别人追你是被人挑——你愿意做前者还是后者呢？

姑娘，切记：自己动手，丰衣足食。

原载《读书》2024年第9期

妙手偶得

"文章本天成，妙手偶得之。粹然无疵瑕，岂复须人为"？陆游《文章》一诗中这几句名言，揭示了文学创作中的一种无意识现象：许多杰作来于作家突然的灵光闪现，而非"两句三年得"的劳神苦思。虽说"天成"之文出自"妙手"，猝然"偶得"端因积累，但灵感的光顾既无法预知，灵感的消失也全无预兆，所以陆游说"岂复须人为"——它不须"人为"，也不可"人为"。

这绝非文学艺术创作的特例，它也属科学创新中的常情。数学史上，不少世界数学难题的攻克，数学家都经历过"上穷碧落下黄泉"的艰苦探索，只是有的始终一无所得，"踏破铁鞋无觅处"，有的一朝倏忽顿悟，"蓦然回首，那人却在灯火阑珊处"。可见，数学与文学艺术的突破，同样是"妙手偶得之"，都是冥思、想象、直觉、顿悟的结果，不同只在于数学的证明必须逻辑推演，而文学艺术则通过形象呈现。

科学哲学家保罗·法伊尔阿本德认为，科学证明虽离不开逻辑理性，但"科学发现是非理性的"。在《反对方法——无政府主义知识论纲要》中，他开宗明义地写道："我抱着这样的信念来写作本书：无政府主义虽然或许不是最吸引人的政治哲学，却无疑是认识论的、科学哲学的灵丹妙药。"此处的"无政府主义"是一种比喻说法，旨在主张政府对科学研究的无为而治。

如今，不管是科学还是技术，不管是文科还是理科，全都纳入计划科研，实行项目导向，不知保罗对此是点头还是摇头？技术工程，文献集成，当然必须项目资助和团队协作，但一本成于众手的学术著作，哪怕它来头再大，装帧再精，我连翻阅的兴趣都没有。

心情闷闷，就此打住。昨晚想给小孩下点人生指导棋，岂料小子极其无理地呛道："你不懂，别瞎管！"

原载《读书》2024年第10期

只捡了芝麻

英国那位老奸巨猾的培根，只说了句"诗歌使人灵秀"，就常常被人们反复提起；早在二千多年前的孔子，对诗歌的认识比培根全面深刻得多，反而有意无意地被大家冷落。发现"诗可以兴，可以观，可以群，可以怨"，孔子把诗作为教育的起点："兴于诗，立于礼，成于乐。"（《论语》）

不过，孔子虽确立了我国的诗教传统，但由于历史的局限，他主要是从个人修身和社会教化着眼于诗教。也许是没有认识到，也许是无法顾及，孔子忽视了青少年诗教中的许多重要方面：生命活力的激扬，想象力的激发，直觉的培养，美感的教育，记忆力的锻炼。

现代教育学中的智力因素，通常包括想象、思维、感知、记忆、语言。窃以为，这些因素中当以想象力最为重要，说一个人没有想象力，就等于说此人没有原创性，所以我特地把想象排在首位。激发小孩想象力的最佳手段，莫过于诗歌、音乐和游戏。另外，诗歌也直接作用于人的感知、直觉、记忆和语言。

教育家极少注意到，这些智力因素激活的前提，是个人生命力的充分激扬，死气沉沉的人不可能有良好的想象、直觉、感知和记忆。前人推崇"诗必盛唐"，正是因为盛唐之音元气淋漓，"君不见黄河之水天上来，奔流到海不复回"，"长风破浪会有时，直挂云帆济沧海"，"四边伐鼓雪海涌，三军大呼阴山动"，"会当凌绝顶，一览众山小"，这种山呼海啸的激情，地动山摇的爆发力，读来让人血脉偾张。

可惜，今天的语文教学中，把原本激扬生命活力的诗歌，变成了窒息生命的死知识。学诗主要不是知识积累，而是独特的生命体验，我们的诗歌教学主次颠倒，偏偏只捡了几粒芝麻。

有道是："少陵自有连城璧，争奈微之识碔砆。"

原载《读书》2024年第11期

不屑还是不敢？

我每天的早点极其简单，几乎几十年一成不变：燕麦、牛奶、鸡蛋。这三种食物既营养又经济，水煮鸡蛋为固体，水冲燕麦为糊状，原味牛奶为液体，吃起来非常可口，看上去十分美观。它们构成了我早餐稳定的铁三角，多年来百吃不厌。相较而言，稀饭费时，油条太腻，下面麻烦，不管从哪个角度看，自己的早餐搭配近乎完美。我曾对太太赌咒发誓：此生一不换老婆，二不换早点。

不过最近有点烦，看来要违背誓言。

上周有篇谈食品安全的短文说，很多残留雌激素孕激素的鸡蛋流向市面。激素蛋容易导致性早熟、肥胖症、月经失调、前列腺癌、乳腺癌……怎样避免踩坑呢？请看这位专家的支招——

一不选"个头大的鸡蛋"，这很简单，能分清大官小官，就能分辨大蛋小蛋。二不选"蛋壳相对较薄"的鸡蛋，这个方法有点滑稽：要打破鸡蛋才知道蛋壳的厚薄，要有比较才知道哪个"相对较薄"，打破的薄壳鸡蛋谁来赔偿？打破的厚壳鸡蛋谁愿意买单？三是"了解鸡蛋产地和养殖方式"，这涉嫌地域歧视，哪里都有好人坏人，首都北京也可能产激素蛋，至于了解"养殖方式"，得先上养鸡学习班，后才能去超市买蛋。四是"闻气味和尝口感"，这个方法极具观赏性，它需要商家边炒蛋边卖蛋，买家才能先尝蛋后买蛋。五是"借助专业检测机构"，这不是买蛋而是"扯蛋"：买到鸡蛋马上去检测机构，走完排队、交费、检测流程，最快第二天可拿到检测报告，要是激素蛋还得找商家退款，重买鸡蛋后又送去检测，如此来回折腾，不是累死，就是烦死。

另一篇谈识别"黑心奶"的文章，比上文更为可笑，好像"脑残"也会传染。

看了二文以后，早餐一吃蛋喝奶，我都会想到激素，甚至看到鸡蛋牛奶就阵阵恶心，幸好身为男性，不然还以为自己怀孕。

如今，网上的"食品专家"虽鱼龙混杂，但在有一点上却不约而同：只教消费者如何不买有毒食品，而不去教监管者如何避免生产有毒食品。是监管者太懒不想教，还是太笨不屑教，抑或太凶不敢教？

原载《读书》2024年第12期

（全书完）

浪漫得要命

作者 _ 戴建业

编辑 _ 石祎睿　　装帧设计 _ 文薇　　主管 _ 王光裕
内文排版 _ 文薇　　插画绘制 _ 文薇
技术编辑 _ 顾逸飞　　责任印制 _ 杨景依　　出品人 _ 王誉

营销团队 _ 毛婷 魏洋 成芸姣 苑文欣 孙碧浓　　物料设计 _ 文薇

鸣谢 (排名不分先后)

贺彦军 施萍 刘朋 王专 张洁 一草

果麦
www.goldmye.com

以 微 小 的 力 量 推 动 文 明

图书在版编目（CIP）数据

浪漫得要命 / 戴建业著． -- 天津 ： 天津人民出版
社，2025.8（2025.10 重印）． -- ISBN 978-7-201-21461-0

Ⅰ．I267.1

中国国家版本馆 CIP 数据核字第 20256XB863 号

浪漫得要命
LANGMAN DE YAOMING

出　　　版	天津人民出版社
出　版　人	刘锦泉
地　　　址	天津市和平区西康路35号康岳大厦
邮 政 编 码	300051
邮 购 电 话	022-23332469
电 子 信 箱	reader@tjrmcbs.com
责 任 编 辑	康嘉瑄
特 约 编 辑	石祎睿
装 帧 设 计	文　薇
制 版 印 刷	嘉业印刷（天津）有限公司
经　　　销	新华书店
发　　　行	果麦文化传媒股份有限公司
开　　　本	710毫米×955毫米　1/16
印　　　张	18.5
印　　　数	39,001-44,000
字　　　数	200千字
版 次 印 次	2025年8月第1版　　2025年10月第3次印刷
定　　　价	68.00元